2020 年度湖南省教育厅科研重点项目"贾平凹
联研究"（编号 20A203）资助
湖南科技学院湖南省"十四五"应用特色学科中国语言文学学科资助

传统的魅惑
贾平凹小说研究

刘新征　刘国超　陈伟卿　著

沈阳出版发行集团
Ⓜ 沈 阳 出 版 社

图书在版编目（CIP）数据

传统的魅惑 : 贾平凹小说研究 / 刘新征 , 刘国超 , 陈伟卿著 . -- 沈阳 : 沈阳出版社 , 2024.6
ISBN 978-7-5716-4039-2

Ⅰ . ①传 ... Ⅱ . ①刘 ... ②刘 ... ③陈 ... Ⅲ . ①贾平凹—小说研究 Ⅳ . ① I207.42

中国国家版本馆 CIP 数据核字 (2024) 第 108444 号

出版发行：沈阳出版发行集团 | 沈阳出版社
　　　　　（地址：沈阳市沈河区南翰林路 10 号　邮编：110011）
网　　　址：http://www.sycbs.com
印　　　刷：河北万卷印刷有限公司
幅面尺寸：170mm×240mm
印　　张：12.75
字　　数：200 千字
出版时间：2024 年 6 月第 1 版
印刷时间：2024 年 6 月第 1 次印刷
责任编辑：赵秀霞
封面设计：寒　露
版式设计：寒　露
责任校对：郭亚利
责任监印：杨　旭

书　　号：ISBN 978-7-5716-4039-2
定　　价：78.00 元

联系电话：024-62564911　24112447
E - mail：sy24112447@163.com

本书若有印装质量问题，影响阅读，请与出版社联系调换。

目 录

绪　论

第一节　论题概述

一、项目研究意义

　　贾平凹是一位非常重要的中国当代作家，创作时间长，自新时期以来至今一直保持活跃的创作，被称为"文坛常青树"。贾平凹登上当代文坛始于 20 世纪 70 年代末。作为一个来自乡村且具有浓厚乡村情怀的作者，他于 1978 年在《上海文学》第 3 期发表了小说《满月儿》，同年该小说即获得"全国优秀短篇小说奖"，贾平凹因此一举成名。此后，其《鸡窝洼的人家》《腊月·正月》《小月前本》等小说被归入"改革文学"，《商州三录》被认为是"寻根文学"的发轫之作，都曾形成巨大的文学与社会影响。同时散文创作也以《月迹》和《丑石》等作品而名动一时。在 1984 年，第一部长篇小说《商州》发表后，有评论者认为贾平凹缺乏创作长篇的功力，长篇小说非其所长。这种说法激发了贾平凹的斗志，以后转向以长篇创作为主。《浮躁》于 1988 年获美国"美孚飞马文学奖"，是贾平凹文学道路上又一标志性事件。1991 年在《人民文学》第 10 期发表了长篇小说《废都》，并于 1993 年由北京出版社出版了单行本。长篇小说《废都》的发表与出版，引起了国内外文学评论界和读书界的强烈反响，成为轰动一时的文化事件。此部长篇于 1997 年获得法国"费米娜文学奖"，作者声名可谓如日中天。《收获》杂志于 2005 年第 1 期、第 2 期发表了《秦腔》，该作品于 2008 年获得"茅盾文学奖"。贾平凹以平均不到两年即推出一部长篇小说的速度创作，同时还有大量的中、短篇小说与散文作品发表。每有新作，必定有大量评论产生，也获得不少大大小小的奖项。

作品多，质量上乘，在国内外影响大，个人特色突出，其中一个最突出的特点就是他自己所说的"以中国传统的美的方法，真实地表现现代中国人的生活和情绪"。他的创作具有浓厚的中国传统文化特色，其作品从题材、主题到叙事模式、文体特点、语言修辞、美学趣味诸方面都体现着中国传统文化、文学的影响。另一方面，贾平凹又很看重作品的现代性，追求传统的创新与转化，以其丰富的创作在这一道路上做出了可贵的探索并取得丰硕的成绩。中华民族伟大复兴事业要坚定"四个自信"，其一就是"文化自信"，需要我们积极弘扬优秀传统文化遗产，对当代一位重要作家就此做细致的个案研究，梳理、分析、总结其创作对传统文化的创造性传承与转化，至少有以下几方面的意义：第一，当代文学的发展如何传承优秀传统文化方面的启示。第二，传统文化在现当代文学创作中如何流变的个案分析。第三，从贾平凹作品中探究当代国民各阶层生活、思想、精神状况，社会转型期存在的问题与困境，探究传统文化在当代所能发挥的精神抚慰与激励作用。

二、国内外相关研究现状分析

贾平凹一直是学界关注的作家，对其研究与评论极为丰富。大部分的评论持肯定态度，也有既肯定成绩又批评不足与缺陷的，同时还有持尖锐批评否定意见的。其中批评最严厉的两位学者是李建军与旷新年。李建军发表多篇论文认为贾平凹的创作是"消极写作""反文化写作""反现代性写作",总之一无是处。旷新年则指责《老生》是"用鼻子写作"的迎合之作,甚至严厉批评贾平凹是"文格渐卑庸福近":"这就是鲁迅所说的'文氓'。文人无行,此之谓也。黄宗羲在评论明末著名公子和文人侯方域的时候有言:'夫人不耐寂寞,则亦何所不至?'"①

这里只就其创作与传统文化关联的研究成果做一个简单的归纳分类介绍。

第一类,探讨贾平凹作品反映的现实问题的成果。贾平凹自认受儒家思想影响较深,积极入世的儒家思想在贾平凹作品中则体现为对现实的高度关注与表达。几乎每一部作品也都有相应的研究成果揭示其反映的现实问题。例如,孟繁华《面对今日中国的关怀与忧患——评贾平凹的长篇小说〈土门〉》(1997),吴义勤《乡土经验与"中国之心"——〈秦腔〉论》(2006),陈晓明《穿过"废都",带灯夜行——试论贾平凹的创作历程》,对贾平凹重要的长篇小说从思想内容到艺术变迁做了一个小结。这类论文数量巨大,此处只是举例而言。

第二类,就是研究贾平凹小说与儒、佛、道思想的关联,对神秘事象的书写。如梅兰《论〈极花〉与贾平凹的小说观》论述修身养性的人格理想对其小说创作的影响。陈绪石《论贾平凹创作中的道家悲剧意识》、石杰《贾平凹及其创作的佛教色彩》、樊星《贾平凹:走向神秘——兼论当代志怪小说》等。

第三类,相当多的研究侧重于贾平凹作品艺术上对传统文化的传承与转化,揭示其与志怪、传奇、话本,与明清小说之间的关系。如李遇春的一系列文章:《"说话"与贾平凹的长篇小说文体美学——从〈废都〉到〈带灯〉》(2013)、《贾平凹:走向"微写实主义"》(2016)、《传统

---

① 旷新年:《文格渐卑庸福近——评贾平凹〈老生〉》,《创作与评论》,2015年第1期。

的再生——为贾平凹长篇小说〈带灯〉新版作》（2016）等，研究贾平凹小说的"闲聊式"说话、微写实主义、屈子抒情传统的继承等与中国古代小说叙事传统和西方现代小说叙事资源的融合创新。另外，陈思和《向传统小说致敬——关于贾平凹新著〈山本〉》（2018）、李震《贾平凹与中国叙事传统》等论文关注的也是同一问题。贾平凹小说追求虚实结合，在日常写实的基础上营构自己的意象世界，对这一点，黄世权的专著《日常沉迷与诗性超越——贾平凹意象写实艺术》（2012）有非常细致深入的研究。谢有顺《贾平凹的实与虚》（1999）也探讨了这个问题。

第四类，探讨贾平凹作品的传统美学风格的著作。如栾梅健《与天为徒——论贾平凹的文学观》、孙郁《贾平凹的道行》、樊星《民族精魂之光——汪曾祺、贾平凹比较论》、徐勇《经验写作与混沌美学——评贾平凹长篇小说〈老生〉》等。

还有一些涉及贾平凹创作与传统文化关联而不太好归类的成果也是非常重要而深刻的。如程光炜《贾平凹序跋文谈中的"古代"》（2016）意在探究作家创作中传统文化资源。郭洪雷《讲述"中国故事"的方法——贾平凹新世纪小说话语构型的语义学分析》，从重复这个贾平凹小说广被诟病的"文本症候"入手分析其成因及影响。刘一秀的博士学位论文《传统与现代的纠结——贾平凹长篇小说创作研究》（吉林大学，2012 年）主要展现贾平凹长篇小说在叙事和意蕴中所表现出的文化上的传统与现代的纠结，以及这一纠结状态在其长篇创作的不同阶段的表现，在此基础上，力图对贾平凹的创作做出具有新意的评价。宋杰的博士学位论文《论当代文学的民间资源——以贾平凹的小说创作为个案》（兰州大学，2007 年）探讨了贾平凹小说中的诸如语言民俗、饮食民俗、节日民俗、婚嫁丧葬民俗、信仰民俗等民俗资源及其现代意义。吕杰的博士学位论文《贾平凹长篇小说文体研究》（苏州大学，2021 年）认为，贾平凹的长篇小说，在古典与现代之间、民间与文人之间、旧传统与新传统之间、叙事与抒情之间、文学与书画之间、小说与散文之间，觅得了属于自己的小说文体。贾平凹的小说语言文白相间，古今相宜，雅俗相偕，在旧传统和新传统之间、民间传统和文人传统之间，形成了独特的语言风格。在小说的叙事策略上亦取法于中国古典文言小说和白话小说的叙事技巧，并且因贾平凹经年累月涵泳于中国书画艺术，其小说文体亦颇受书画理论的泽被。由是在古今的俯仰和多种艺术的往复之间，其小说文体呈现出多义性和模糊性、传承性和转化性、贯通性和互渗性、直觉性和整体性的美学特征。还有刘宁的博士学位论文《当代陕西作家与秦地传统文化研究——以柳青、陈忠实和贾平凹为中心》（陕西师范大学，2011 年）研究贾平凹创作与秦地传统文化的关联，等等。

　　总之，贾平凹几乎被公认为是一位很传统的作家，学术界对他的研究，成果很多涉及传统文化。上述分类不免有牵强之处，例证也是挂一漏万。但是，概言之，侧重某一方面而论的多，成系统而论的尚属罕见。一些有意追求整体而论的著作又出版得较早，如费秉勋《贾平凹与中国古代文化及美学》（1986）、费秉勋《贾平凹论》（1990 年）、王仲生《贾平凹的小说与东方文化》（1992 年），其时贾平凹的重要作品《废都》及其后十几部长篇小说都还没有创作、发表，这些研究自然是不全面的。因此，很有必要做一个全面、系统的梳理、归纳与分析，让人们对此有一个较为整体、明晰的认知。

三、研究目标、研究内容和拟解决的关键问题

　　本课题的研究目标是在已有成果的基础上进行归纳、梳理，结合作家作品分析研究，总结贾平凹创作对中华传统文化的传承与创造性转化的成就与不足，以期对当代文学与文化的发展提供一些有益的启示与借鉴。

　　研究内容包括：第一个方面，探究传统儒家文化积极入世的思想在其创作中的体现，关心国计民生，富有忧患意识，其作品题材可以说是非重大现实题材而不入，例如农村的空心化、农民工进城、农村基层政

府维稳、妇女拐卖、生态平衡等。同时在美学风格上也具有儒家温和敦厚的一面。第二个方面，其作品内容经常写到佛、道以及神秘事象，悲悯、达观、超脱等思想意蕴也深深浸染在其作品中，空灵、虚静的美学趣味也显露着佛、道思想的影响。第三个方面，从女人与性的角度探析其思想中的传统性因素的根深蒂固。第四个方面，分析其小说整体所呈现的混沌美的成因以及研究其写实与意象营构的结合，虚实相依，以实写虚的艺术手法的传承。第五个方面，是探究其小说的叙事艺术、文体美学对古代笔记、传奇、话本以及明清小说的借鉴与传承。第六个方面，是探究其作品语言艺术的传统渊源。其语言从早期的清新秀丽到古雅简洁，再到《废都》开始的仿明清小说语言，再到《带灯》时期的追求两汉风骨，时时注重挖掘古代文学语言的表现魅力，追求"在传统与现代之间的新汉语写作"。同时还涉及其作品的民间性。传统在民间，其创作有意识地讲求民间性，其实也是对传统文化的一种发掘与保护。其传统性与现代性的融合，传统的创新转化自然需要现代性的视角与思维，现代性也是贾平凹念兹在兹的追求。拟解决的关键问题是把目前还显得零散，不系统、不全面的关于贾平凹创作与传统文化的关系这个问题，梳理归纳，查漏补缺，使之全面系统，明晰深入。

四、拟采取的研究方法及可行性分析

研究方法主要是作品文本解读、相关文献收集整理归纳研究。可行性分析：首先，笔者长期跟踪阅读、研究贾平凹，收集购置了绝大部分贾平凹作品，对于贾平凹相关研究也很熟悉，积累阅读了大量文献，参加过有关学术研讨会，发表过系列论文，为本课题的研究打下了良好的基础。其次，贾平凹创作与中国传统文化的关联（对中国传统文化的创化）是一个实实在在的问题，是作家一个标志性的特征，学界已经有了不少的探讨，本课题的任务是深化、细化、全面系统化，是一个脚踏实地有根基的研究。第三，学校拥有知网、超星图书等较为丰富的网络资源和图书馆藏书，能够为本课题研究提供资料支撑。

五、本项目的创新之处

贾平凹创作与中国传统文化的关联（对中国传统文化的创化），学界已有不少探讨，现在存在的不足是不全面、不系统，有些方面不够细致深入，还存在蜻蜓点水泛泛而谈的地方，本项目的创新之处就是要弥补这些不足，对中国传统文化在哪些方面如何影响贾平凹的创作，而其创作又在哪些方面对传统文化有创新与转化，其优长与不足、经验与教训如何等，作较为全面系统深入的回答。

第二节 贾平凹及其作品述略

一、著作成就

要论贾平凹的著作成就，简明扼要地说，可以取他最近的长篇小说《山本》上的作者简介：一九五二年出生于陕西丹凤县棣花镇，一九七四年开始发表作品，一九七五年毕业于西北大学中文系。现为全国人大代表、中国作家协会副主席、陕西省作家协会主席、《延河》《美文》杂志主编。出版作品有《贾平凹文集》二十四卷。代表作有《废都》《秦腔》《古炉》《高兴》《带灯》《老生》《极花》《山本》等长篇小说十六部，中短篇小说《黑氏》《美穴地》《五魁》及散文《丑石》《商州三录》《天气》等。作品曾获得国家级文学奖五次，即茅盾文学奖、鲁迅文学奖、全国优秀短篇小说奖、全国优秀中篇小说奖、全国优秀散文（集）奖。另获施耐庵文学奖、老舍文学奖、当代文学奖等五十余次。并获得美国"美孚飞马文学奖"、法国"费米娜文学奖"、中国香港"红楼梦·世界华文长篇小说奖"、法兰西文学艺术骑士勋章。作品被翻译出版英、法、德、俄、日、朝鲜、越文等三十余种。被改编电影、电视、话剧、戏剧二十余种。

这个简介较简短，但突出了重点，就是作品的获奖情况，包括国内国际的重要的文学奖项，长篇、中篇、短篇和散文的都有了，这从一个重要的方面说明作者是中国当代重要的作家。但还有必要说明的是，在中国当代众多的重要作家中，贾氏独特的一些地方包括：一是作品数量之多，注意简介里的一些数字就可以了。再就是贾氏的一些诸如"文坛常青树""文坛鬼才"之类的称谓，一个客观事实是，贾氏的作品大都出版有多个版本，畅销长销，当然主要指国内，在国外销售的情况不是很理想。有关研究显示属于"内热外冷"，这与作者的语言风格有关系，也恐怕与其作品没有如莫言的《红高粱》一样被改编成电影，获国际知名电影奖项有关系。贾平凹最著名的作品莫过于《废都》，正版盗版合计达千万册之巨，加上此书又有被禁再被解禁的遭遇，因此已经成为一个文学文化事件。在文学日益边缘化的今天，2018 年《山本》由作家出版社和人民文学出版社同时出版，首印数达几十万册，不能不承认贾氏的市场号召力。同时贾氏也是学术界、评论界所追踪的热点作家，每出新作，各种评论文章，各种研讨会都会热闹一时。文学批评界的知名批评家雷达、陈晓明、陈思和、孟繁华、谢有顺、李遇春等都对贾氏持肯定态度。当然也有批评激烈的，知名的如旷新年、李建军等。

二、家庭亲人

《我的小传》①云：姓贾，名平凹，无字无号；娘呼"平娃"，理想于通顺；我写"平凹"，正视于崎岖。

在《山石、明月和美中的我》②一文中，作者写道："在我们门第，

---

① 贾平凹：《贾平凹散文全编·土门胜境》，长春：时代文艺出版社，2017 年，第 1 页。

② 贾平凹：《贾平凹散文全编·旷世秦腔》，长春：时代文艺出版社，2017 年，第 9 页。

八代里没有一个弄墨的人，艺术的熏陶，于我是不知道为何等物事儿；搜遍记忆，也没有祖母或外祖母之类的什么人，给我讲述过天上美丽的童话和从前动人的故事。社会的反复无常的运动，家庭的反应连锁的遭遇，构成了我是是非非、灾灾难难的童年、少年生活，培养了一颗羞涩的、委屈的，甚至孤独的灵魂。"

不是书香门第，而是世代务农，"我是农民"，或我是农民的孩子，没有从小接受艺术熏陶。

但他的家族，人丁兴旺。父亲贾彦春，有兄弟四个。到了他们这一辈"我们有十，再加七个姐妹"。《祭父》①写道："在他的幼年，家贫如洗，又常常遭土匪的绑票，三个兄弟先后被绑票过三次，每次都是变卖家产赎回，而年仅七岁的他，也竟在一个傍晚被人背走到几百里外。贾家受尽了屈辱，发誓要供养出一个出头的人，便一心要他读书。"当年三个伯父都为父亲读书做出过贡献，使父亲读完了中学，成为贾家第一个有文化的人。此后的四五十年间，兄弟四人亲密无间，二十二口人的大家庭一直生活到二十世纪六十年代。即使分家后，兄弟依然亲密，贾父在邻县中学任教，一直把三个侄儿带在身边上学，关爱有加。当然，《自传——在乡间的十九年》②里也说：在那么个贫困年代，大家庭里，斗嘴吵架是少不了的，又都为吃。贾母享有无上权力，四个婶娘（包括我娘）形成四个母系，大凡好吃好喝的，各自霸占……在另一篇似小说又似散文的作品《童年家事》里有更详细的叙写。

贾氏自云父亲是对其影响最大的人。老实忠厚、迂腐、家庭责任感极强，人生不幸，从贾氏沉痛的祭父文里，我们可以得出贾父的这个形象。让人印象深刻的一件事是，贾父带着两个儿子将全家唯一指望解决眼前困境的那头猪送到收购站，在一再等待后却被无情拒收的事情，它

---

① 贾平凹：《贾平凹散文》，北京：人民文学出版社，2005年，第93页。

② 贾平凹：《贾平凹散文全编·土门胜境》，长春：时代文艺出版社，2017年。

会唤起经历过那个时代的人回忆起最底层的农民在"公家人"面前的卑微的辛酸。再一件事是父亲被诬陷为历史反革命分子，"父亲遭回的那天，我正在山上锄草，看见山下的路上有两个背枪的人带着一个人到公社大院去，那人我立即认出是父亲……我跑回家来，父亲已经回来了，遍体鳞伤地睡在炕上，一见我，一把揽住，嚎声哭道：我将我儿害了！我害了我儿啊！"（《自传——在乡间的十九年》）一位将儿女放在最重要位置的慈父如在目前。贾父为儿子在文学上取得成绩而高兴，经常为此请人喝酒。"一九八二年的春天，我因一批小说受到报刊的批评，压力很大，但并未透露一丝消息给他。他听人说了，专程赶三十里到县城去翻报纸，熬煎得几个晚上睡不着。……第二天搭车到城里见我。"（《祭父》）在儿子遇到挫折时，为儿子打气，给予支持，操心另外几个孩子的工作、婚事。不幸的是，这位慈父年仅六十六岁就因胃癌去世。

母亲周小娥。纪念母亲的文章有《我不是好儿子》①。贾氏的母亲没有文化，服从丈夫，疼爱孩子，是一位很普通的乡下妇女。但是，"母亲的伟大不仅生下血肉的儿子，还在于她并不指望儿子的回报，不管儿子离她多远又回来多近，她永远使儿子有亲情，有力量，有根有本。人生的车途上，母亲是加油站"。

第一任妻子，韩俊芳。《题"与妻女方新村合影"》②云：二十二岁，奇遇乡亲韩俊芳，各自相见钟情，三年后遂成夫妻。其生于旧门，淑贤如静山，豁达似春水。又年后得一小女，起名浅浅，性极灵慧，添人生无限乐趣。

其散文《性格心理调查》③称爱情的顺、逆境是其一生中性格变化的

---

① 贾平凹：《贾平凹散文》，北京：人民文学出版社，2005年，第155页。
② 贾平凹：《贾平凹散文全编·旷世秦腔》，长春：时代文艺出版社，2017年，第197页。
③ 贾平凹：《贾平凹散文全编·商州寻根》，长春：时代文艺出版社，2017年，第266页。

重大因素之一，云："我虽孱弱，但却固执。我要想怎么就得怎么，我不受外界干扰。爱情的开始，阻力很大，我做过艰难的斗争，我成功了。如今的爱人，虽然在事业上未能给我直接协助，但从她的身上，我获得了写女人的神和韵。她永远是我文学中的模特儿。"但两人于1992年11月26日离婚，原因是韩认定贾与他人有染。一位夏女士，在一部根据贾氏小说改编的影视剧中饰演角色，贾称两人关系纯洁。另外，贾氏称韩脾气太犟，常给他造成不悦，他接济一些穷亲戚往往受阻，自己的劳动成果得不到尊重；又说韩没有精神上的追求。[①]1996年秋，与郭梅结婚，郭时年27岁，"一位高个子的小同志"，两人育有一女。在小说《高老庄》里可以感受到贾氏对这位娇妻的喜爱之情。

三、身体性情

回忆起自己青少年时期的生活，贾氏似乎总有一种屈辱感。"社会的反复无常的运动，家庭的反应连锁的遭遇，构成了我是是非非、灾灾难难的童年、少年生活，培养了一颗羞涩的、委屈的，甚至是孤独的灵魂。""我不喜欢人多，老是感到孤独……这种秉性在我上学以后，愈是严重，我的学习成绩是非常好的，老师和家长却一直担心我的'生活不活跃'。我很瘦，有一个稀饭灌得很大的肚子，黑细细的脖子似乎老承负不起那颗大脑袋……班里的干部子弟且皆高傲，在衣着上、吃食上以及大大小小的文体之类的事情上，用一种鄙夷的目光视我。……且他们因我孱弱，打篮球不给我传球，拔河从不让我入伙，而冬天的课间休息在阳光斜照的墙根下'摇铃'取暖，我是每一次少不了被作'铃胡儿'的噩运。那时候，操场的一角呆坐着一个羞怯怯的见人走来又慌乱瞧一窝蚂蚁运行的孩子，那就是我。""文革"荒辍学业在公社务农时，"老农们全不喜爱我做他们帮手，大声叱骂，作践。队长分配我到妇女组里

---

① 　孙见喜、孙立盎：《贾平凹传》，西安：陕西人民出版社，2017年，第147页。

去做活，让那些三十五岁以上的所有人世的妒忌，气量小，说是非，庸俗不堪诸多缺点集于一身的婆娘们来管制我，用唾沫星子淹我"。(《自传——在乡间的十九年》)

"我出生在一个二十二口的大家庭里，自幼便没有得到什么宠爱。长大体质差，在家干活不行，遭大人唾骂；在校上体育，争不到篮球。所以，便孤独了，喜欢躲开人：到一个幽静的地方坐地。愈是躲人，愈不被人重视；愈不被人重视，愈是躲人；恶性循环，如此而已。"(《性格心理调查》)

可见，一是身体方面的原因，个子矮小，小时候患过病，险些没了，病蔫蔫的，缓不过气来，常悄悄抠墙皮硬土偷吃；另一方面是性格方面的原因，内心细腻丰富，却内向孤独；再一个方面是父亲被打为历史反革命的家庭变故。这些原因导致贾氏这段生活的屈辱感和孤独感。

但是，贾氏自有坚韧要强的一面。他在文章里提到自己身上的坚毅精神及其养成，从小从山上背柴，背得重，而山路崎岖，非得到了特定的歇息处才能歇息，否则只能咬牙坚持，这也就养成了他在文学创作中的顽强毅力。

"懦弱阻碍了我，懦弱又帮助了我。从小我恨那些能言善辩的人，我不和他们来往。遇到一起，他愈是夸夸其谈，我愈是沉默不语；他愈是表现，我愈是隐蔽；以此抗争，但鬼使神差般，我却总是最后胜利了。""我能坐下来，平时是油锅溢了也能坐稳。""我从不失眠，老是睡不够。""我可以在大集市上写我的东西。住房小，家人看电视，我就在电视机旁边写。"(《贾平凹性格心理调查表》)这些长处，恐怕也是贾氏能在创作上取得较大成功的原因。

他从没说过一句硬话，从没办过一件软事。这句《山本》里评论主人公井宗秀的话，其实是别人评价贾平凹的。也可以看出其性格特点。

第一章　传统的小说观念

在当代文坛，贾平凹的小说有自己鲜明的特征，他也有着自己明确的小说观，在他每部小说的后记里，他反复地阐述着自己的小说主张。甚至引起了一些评论者的批评，认为这些后记"强悍地规约了"读者的作品解读。他也有一些讲演、访谈表达其小说观。结合贾平凹的自我表达与各位学者的研究，这里尝试对贾平凹的小说观做一个简单的概述。

第一节　文学的"大道"

现实情怀，即对当下现实生活的关注和思考，是贾平凹绝大多数作品的根本特点，也是他自称受儒家思想影响最深的一个体现。儒家积极入世的思想，在文学作品中则体现为关注现实，关注民生。有评论家提醒人们注意"他对今日中国社会生活的持久关注和耐心的表达"[①]。关注现实，关注当下，是中国具有传统思想的作家的一种共性，对于贾平凹则更具自觉性。尽管作家并不能解决社会问题，无非是"引起疗救的注

---

① 　孟繁华：《面对今日中国的关怀与忧患——评贾平凹的长篇小说〈土门〉》，《当代作家评论》1997 年 1 期。

意"，为之鼓与呼，为之呐喊罢了。这既是"铁肩担道义，妙手著文章"的远的传承，也是近的"五四"新文学精神的流裔。"五四"以来的中国文学史渗透着强烈的社会政治忧患意识，传达着对国家、民族和社会的责任感和道义感。

而对于自己的作品关注现实、反映现实这一点，贾平凹在多处夫子自道，毫不讳言。首先，他认为关注社会、关注人生、关心精神，是文学最基本的东西，是文学的"大道"。2012 年 4 月，贾平凹在咸阳职业技术学院演讲时说："在中国古典文学传统里，有天下之说，有铁肩担道义之说，崇尚的是关心社会，忧患现实。在西方现代文学的传统中，强调现代意识。现代意识也就是人类意识，以人为本，考虑的是解决人所面临的困境。所以，关注社会、关怀人生、关心精神是文学最基本的东西，也是文学的'大道'。"① 他认为：虽然不敢说作家就是人民的代言者，但作品要传之久远，必须是某个时代的真实记录。今天说信访和民情，文学作品就是另一种形式的信访，就是一面民情的镜子。② 在《老生》后记里他认为小说就是说公道话。

其次，他认为是自己所处的时代，以及自身的特点决定了他的作品要关注现实。在《带灯》后记里，他分析发达国家的文学为什么多有未来的题材，多有地球毁灭和重找人类栖身地的题材，而我们还是多有现实题材和历史题材，他认为这是正常的，是彼此不同的发展水平决定的，"因为贫穷先关心着吃穿住行的生存问题"，"或是增加自己的虚荣，去回忆祖先曾经的光荣与骄傲"③。"我不会写历史演义故事，也写不出来未来的科学幻想，那样的小说属于别人去写，我的情绪始终在现当代。我的出身和我的生存环境决定了我的平民地位和写作的民间视角，

---

① 孙见喜、孙立盎：《贾平凹传》，西安：陕西人民出版社，2017 年，第 363 页。

② 贾平凹：《信访·民情和作家》，《时光长安》，长春：时代文艺出版社，2017 年，第 99 页。

③ 贾平凹：《带灯》，北京：人民文学出版社，2013 年，"后记"，第 360 页。

关怀和忧患时下的中国是我的天职。"①

"大转型的社会有太多的矛盾、冲突、荒唐、焦虑，文学里当然就有太多的揭露、批判、怀疑、追问，生在这个年代就生成了作家的这样的品种，这样品种的作家就必然有了这样品种的作品。"②

再次，他不认为自己是一个具有浓厚批判意识的作家。自己对现实的批判是源于对人民的爱，绝没有企图和罪恶。批判的目的在于建设。"我是作家，作家是受苦与抨击的先知，作家职业的性质决定了他与现实社会可能发生摩擦，却绝没企图和罪恶。"③

而在具体创作中，这种特点也是非常明显的。有研究者指出："贾平凹的长篇小说在题材的挑选上几乎是非重大现实题材而不入，农村与现代化进程、城中村拆迁、农村传统宗法制的消亡、农民工的拾破烂群体、'文革'在农村的发生、农村基层政府与维稳、百年中国农村的变革史、农村的妇女买卖问题等，贾平凹比中国当代任何作家都希望做一个中国社会转型时期的见证人和记录者，他20年来的长篇小说已经成为中国当代社会转型期的历史长卷。"④ 为了实现自己的写作理想，贾平凹经常到农村跑动，体验生活，融入百姓，接地气，像《高兴》《带灯》《极花》等作品人物与故事都有现实生活的原型。

第二节　民族形式与现代意识

贾平凹强调民族形式与现代意识或人类意识的结合。他说：西方现代派的东西给我影响很大。但我主张在作品的境界上、内涵上一定要借

① 贾平凹：《高老庄》，北京：同心出版社，2005年，"后记"，第308页。
② 贾平凹：《极花》，北京：人民文学出版社，2016年，"后记"，第210页。
③ 贾平凹：《秦腔》，北京：作家出版社，2005年，"后记"，第566页。
④ 梅兰：《论〈极花〉与贾平凹的小说观》，《中国现代文学研究丛刊》2017年第5期。

鉴西方现代意识，而形式上又坚持民族的①。他不同意"越有地方性越有民族性，越有民族性越有世界性"的话。"首先，这个地方性、民族性得趋人类最先进的东西，也就是说，有国际视角，然后才能越有地方性、民族性越有世界性。天上的云彩这一块能下雨，那一块也许下雪，不论从哪一块云彩通过，到了云彩之上都是灿烂的阳光。我们应该追求那阳光的地方，但不必抛弃东方思维的这块云彩而去西方思维的那块云彩。中国人不能写西方小说。"②在《与穆涛七日谈》中说："一个国家的文学写作，如果不去追寻、适应世界的趋向，不解决全人类共同关注的问题，愈是民族的，就愈不是世界的。我强调的是前提，然后才是民族的发展。"③

从这些表述可以看出，贾平凹是很看重现代性的，像所有的云彩之上都是灿烂的阳光一样，地方性、民族性之上都应该是全人类共同关注的问题，都得趋向人类最先进的东西。但同时，他也显然反对跟在西方后面亦步亦趋，对那些纯粹模仿西方技巧而缺乏自己思想内容的作品是不以为然的，斩截地说"中国人不写西方小说"。有论者指出："在当代作家中，贾平凹算得上最具古典风味，他的文学趣味、语言表述、叙事模式等都比其他当代作家具有更明显的古典渊源。"④贾平凹经常将日本川端康成和拉美魔幻现实主义的成功作为现代意识与自己民族传统的东西结合的典范，希望用西方现代意识激活中国传统文学中的优秀成分，放眼世界，扎根本土，创造出既富有本民族特色又能比肩世界优秀作

---

① 贾平凹：《病相报告·附录》，上海：上海文艺出版社，2002年，312页。

② 贾平凹、陈泽顺：《贾平凹答问录》，《时光长安》，长春：时代文艺出版社，2017年，第212页。

③ 贾平凹：《与穆涛七日谈》，《远山静水》，长春：时代文艺出版社，2017年，71页。

④ 黄世权：《日常沉迷与诗性超越——贾平凹意象写实艺术》，北京：北京师范大学出版社，2012年，第172页。

品的成果来。所以这一点是与他小说观的其他方面紧密结合在一起的，是其作品的思想内容、艺术特征的整体趋向，可以说涵盖了其他各个方面。

那么，他所说的现代意识、人类意识具体是什么呢？在《带灯》后记里他说："地球上大多数人所思所想的是什么，我们应该顺着潮流去才是""考虑着人类的出路""我们的眼睛就得朝着人类最先进的方面注目，当然不是说我们同样去写地球面临的毁灭，人类寻找新家园的作品，这恐怕我们也写不好，却能做到的是清醒，正视和解决哪些问题是我们通往人类最先进方面的障碍？比如在民族的性情上，文化上，体制上，政治生态和自然生态环境上，行为习惯上，怎样不再卑怯和暴戾，怎样不再虚妄和阴暗，怎样才能真正的公平和富裕，怎样能活得尊严和自在。只有这样做了，这就是我们提供的中国经验，我们的生存和文学也将是远景大光明，对人类和世界文学的贡献也将是特殊的声响和色彩。"[1]这可以说是他的"现代意识"的大致内容，而民族特色的艺术形式体现在下述几个方面。

第三节　小说是一种说话，生活化小说

贾平凹追求把小说写得像生活一样自然，追求一种"混沌"的美学形态。有学者认为贾平凹在小说后记中阐发的最核心的小说观，就是希望把小说自然化，隐藏技巧，回归生活[2]。

在《废都》后记中他说：中国的《西厢记》《红楼梦》，读它的时候，哪里会觉得它是作家的杜撰呢？恍惚如所经历，如在梦境。好的文

---

[1] 贾平凹：《带灯》，北京：人民文学出版社，2013年，"后记"，第360页。
[2] 梅兰：《论〈极花〉与贾平凹的小说观》，《中国现代文学研究丛刊》2017年第5期。

章，囵囵囵是一脉山，山不需要雕琢，也不需要机巧地在这儿让长一株白桦，那儿又该栽一棵兰草的 ①。在《白夜》后记中，贾平凹认为"小说是一种说话，说一段故事"，而且是平等的闲聊式的说话。对还原日常生活的长篇小说写实艺术有了更加明确的阐述："小说让人看出在做，做的就是技巧的，这便坏了。说平平常常的生活事，是不需要技巧，生活本身就是故事，故事里有它本身的技巧。所以，有人越是要想打破小说的写法，越是在形式上想花样，适得其反，越更是写得像小说了。" ②在《古炉》后记里他再次阐述这种写作理想："如果写出让读者读时不觉得它是小说了，而相信真有那么一个村子，有一群人……甚至还觉得这样的村子和村子里的人太朴素和简单，太平常了……这，就是我最满意的成功。" ③

《高老庄》后记中，贾平凹解释自己小说写法的改变原因："为什么如此落笔，没有扎眼的结构又没有华丽的技巧，丧失了往昔的秀丽与清晰，无序而来，苍茫而去，汤汤水水又黏黏糊糊，这源于我对小说的观念改变。我的小说越来越无法用几句话回答到底写的什么，我的初衷里是要求我尽量原生态地写出生活的流动，行文越实越好，但整体上却极力去张扬我的意象。" ④

在《秦腔》后记里所言："我不是不懂得也不是没写过戏剧性的情节，也不是陌生和拒绝那种'有意味的形式'，只因我写的是一堆鸡零狗碎的泼烦日子，它只能是这一种写法，这就如同马腿的矫健是马为觅食跑出来的，鸟声的悦耳是鸟为求爱唱出来的。我唯一表现我的，是我

---

① 贾平凹：《安妥我破碎了的灵魂——〈废都〉后记》，林建法、李桂玲主编：《说贾平凹（下）》，沈阳：辽宁人民出版社，2014年，第2页。

② 贾平凹：《白夜》，武汉：长江文艺出版社，2004年评点本，"后记"，第395页。

③ 贾平凹：《古炉》，北京：人民文学出版社，2011年，"后记"，第606页。

④ 贾平凹：《高老庄》，北京：同心出版社，2005年，"后记"，第309页。

在哪儿不经意地进入，如何地变换角色和控制节奏。"①

在《极花》后记里说："这个小说，真是个小小的说话，不是我在小说，而是她（主人公胡蝶）在小说。""不是我在写，是我让那个可怜的叫胡蝶的被拐卖的女子在唠叨。"②

我们不能误会其小说理想就是简单的复制生活，而是一种返璞归真的美学理想。成如容易却艰辛，"最容易的其实是最难的，最朴素的其实是最豪华的""看似塞满，其实有层次脉络""看似写实，其实写意，看似没秩序没工整，胡摊乱抹，整体上却清明透彻"。③ 为了达到这个目标，贾平凹从多个方面进行努力。

在叙事内容上，选择凡人琐事、日常生活。在这一点上，其实与流行一时的"新写实"小说是类似的。有学者认为，西方现代派诸家，从意识流小说、荒诞派戏剧到法国新小说以及美国后现代主义小说，都力求将传统小说过分强调情节戏剧性的特点化解，这影响了贾平凹的此一选择。当然，更主要的影响来自《红楼梦》与《金瓶梅》，这种饮食男女的写法种种，模仿与师法的痕迹非常明显。不管是写城市的《废都》《白夜》，还是更多的乡土小说《高老庄》《秦腔》等，写的都是普通人、普通事，吃喝拉撒睡、婚丧喜庆、聊天吵架、生老病死，加上大一点儿的斗殴风波。

在情节结构上，可以说是"自然化生"的情节模式，至少，看上去是写到哪算哪，像贾平凹说的聊天，本来是聊这个话题，后来怎么不知不觉就聊到了另外一个话题。无所不写，旁逸斜出，行于所当行，止于所当止。确实像日常生活一样，千丝万缕，牵牵绊绊，即淡化主干，强化节外生枝的闲笔。

① 贾平凹：《秦腔》，北京：作家出版社，2005年，"后记"，第565页。
② 贾平凹：《极花》，北京：人民文学出版社，2016年，"后记"，第211页。
③ 贾平凹：《古炉》，北京：人民文学出版社，2011年，"后记"，第607页。

在人物设置上，越到后来的作品，人物越多，主要人物越不突出，次要人物，哪怕一闪即过的，也运用其高妙笔法，一语传神，构成庞大的人物群像，众声喧哗。也就是学者们总结的人物群像的散点透视。还有叙述语调的日常说话态势。不仅仅是开头，大量的人物对话、叙述语言，都用口语的语气和节奏，追求逼真生动、随意散淡、自然转合。

再是日益平实的语言取向。从《秦腔》开始，甚至更早一点儿，从《高老庄》开始，在语言上，既不同于早期的清新秀丽，慢慢地也似乎放弃了《废都》时对明清小说语言的模仿，连文言词语也用得少了，追求平实。为了达到逼真写实的效果，作品里如《带灯》甚至把公文大段搬进作品，如"综治办的主要职责""本年度的责任目标""樱镇需要化解稳控的矛盾纠纷问题"等。这既是作者"立此存照"作为社会记录的表现，也是有意降低作品文学色彩，造成不像小说而是生活本身原貌的写作意图的体现。

为了追求生活的自然，作者还采取生活原态的美丑呈现策略。在贾平凹作品中经常写到抹鼻涕、砸粪便、尿窖子脏水横溢的丑陋场景，《废都》里庄之蝶直接在奶牛奶头上喝奶，《高老庄》里把粪便当辣酱子放进嘴里，《古炉》里狗尿苔和牛铃吃大粪模样的东西，《土门》里女主角与男友做爱时发现床单上有男友因为痔疮而留下的黄色印迹等。另外人物的各种缺陷：《高老庄》里大部分男人个子都很矮，子路的儿子是残疾；《秦腔》里夏风和白雪的孩子没有屁眼，引生自己割掉生殖器；《土门》里更多，瘫痪的云林爷、梅梅的尾骨、成义的阴阳手，连狗阿冰也有亮鞭，当地又是一个收治肝病的地方，真是一个处处有病的丑陋世界。贾平凹小说的这种处理既是受西方自然主义、现代主义文学的影响，也受中国传统道家思想以丑显真思想的影响。

客观冷静的叙述态度。如果说，在《废都》等作品中，主观性的抒情还比较明显，到了《古炉》等作品，作者的笔调就越发冷静客观而类似于所谓的"零度叙事""冷漠叙事"，在当代作家中，余华以冰冷的笔调叙述惨烈的故事，"血管里流的不是血，而是冰碴子"，这句话是对此特点的形象表达。但在感觉上，贾平凹的作品只能说是"冷静"，还不是"冷漠"。无论是《古炉》里叙述榔头队和红大刀队的械斗，还是《带灯》里元家与拉布家的打斗，虽然写得冷静，总觉还有哀怜意在。至于像《带灯》里写范库荣的临终凄凉，通过带灯的视角，悲悯之情至为明显。到了《山本》写死亡犹多，无论主要人物次要人物，也不论哪一派势力的人物，说死也就死了，更是平淡。作者存心打破传统文艺作品里英雄人物死得轰轰烈烈的虚妄，更有人命如草、江山永恒的一番感慨在。

上述诸方面都是让小说接近生活原态的途径。

第四节　意象写实，虚实相生

在写实的基础上讲究意象的营构，追求虚实结合。

作为一位关注现实的作家，整体而言，贾平凹无疑是一位现实主义作家。有人称之为"法自然的现实主义""日常现实主义"，也有人称之为"微写实主义"，其实都是指其描写普通人日常生活琐事的内容取向。但优秀的文学作品不能仅仅停留在现实写照的层面上，还必须具有超越现实层面的形上品格。贾平凹的策略就是在存在之上建构其意象世界。简单而言，意象是情与景的统一，或是心意与物象的统一。"立象以尽意"，正是在语言难以表达心意思想的时候，在"可以意会不可言传"的时候，通过意象的营构来表达，取得更幽微、更含蓄、更完整的表达效果。意象本来更多地用在抒情性的诗歌作品中，如"雨中黄叶树，灯下白头人"。两幅画面外，不着一语，凄清迟暮的情感已然震撼人心。在叙事文学中适当营构意象，可以点醒故事，画龙点睛，使作品在人生况味、哲理意趣、形上境界上更加丰富。所以，一方面贾平凹注重写实，因为他认为"脚蹬地才能跃起"。很多评论家，不管是对其整体上肯定的，还是对其持有批评态度的，都承认其极强的写实能力。黄世权说：可以说贾平凹的毕生功力其实都在于其高超圆熟的写实技法[①]。谢有顺说：就贾平凹这种对现实事象的表现力而言，在当今文坛是无人能出其右的[②]。同时，贾平凹也非常看重意象世界的建构。在《浮躁》的序里，他明确提出要建立自己的意象世界。他说："艺术家最高的目标在于表现他对人间宇宙的感应，发掘最动人的情趣，在存在之上建构他的意象世界。"在《怀念狼》后记里说，局部的意象已经不被他看重了，要直接将情节处理成意象。他说："如此越写得实，越生活化，越是虚，越具有意象。以实写虚，体无证有，正是我把《怀念狼》写完的兴趣所在。"[③]

贾平凹经常提及《西厢记》《红楼梦》，认为其成功首先就在于读的过程中确实觉得那是真实的，"所以一定要把作品写真写实了，让读者相信这是一个真实的事情，然后才能把读者引入另一个境界，不管是大荒的境界还是别的境界，都首先需要读者相信故事的真实性，这样才能产生一种幻觉，从而进入另一个境界。所以说就'实'和'虚'的关系而言，'虚'是一种大的东西。这又符合佛教、道教包括《易经》里边所阐述的，整个世界是一个大虚的东西，但是具体的又是很实在很扎实的一些东西。越'实'才容易产生'虚'的东西。而如果一写就'虚'，境界反倒是'实'的东西，最后就落实到反对或揭露什么东西。目的落在这里，境界就小了。境界一旦实，就是小的表现"[④]。

在贾平凹的笔下，小说的篇名、人物的名字都可以成为意象。篇名

---

① 黄世权：《日常沉迷与诗性超越——贾平凹意象写实艺术》，北京：北京师范大学出版社，2012年，第23页。
② 谢有顺：《贾平凹的实与虚》，《当代作家评论》1999年第2期。
③ 贾平凹：《怀念狼》，北京：作家出版社，2000年，"后记"，第270—271页。
④ 贾平凹、杨辉：《究天人之际：历史、自然和人——关于〈山本〉答杨辉问》，《扬子江评论》2018年第3期。

如《古堡》《废都》《高老庄》《白夜》《秦腔》《土门》等，人物名字如庄之蝶、子路、西夏、带灯、陆菊人等。动物、植物、建筑、河流、声音也可以成为意象，《浮躁》里的州河，看山狗，《古堡》里的麝，《废都》里的牛、哀乐、埙。《高老庄》里的飞碟、白云湫。《秦腔》里的秦腔。《怀念狼》里的狼。《山本》里的猫、皂角树等。我们说这些事物是意象，是因为它们在作品中寄寓着比字面意义更深沉的含义。如《废都》，西京这座废弃的都城，成了溃败颓废的象征，是庄之蝶这样的知识分子在丧失信仰以后的郁闷彷徨。而"庄之蝶"这个人名自然会让人想到庄周梦蝶的典故，弥漫浮生若梦的虚无感。充满神秘气息和有着某种象征意义是这些意象的共同特征。

日常写实与意象营构是贾平凹独特的艺术特征，是他在探索民族形式与现代意识相结合的艺术道路上的独特成绩，沟通现代主义的象征手法和中国古典诗性意象传统，在近现代现实主义的基础上创化中国古典叙事艺术手法，无疑是有益的探索，尽管正如一些学者指出的还存在这样那样的局限与不足。

在 2018 年《山本》出版后，在与韩鲁华的对话[1]中，贾平凹又提出了这么一些关于文学、小说的观点：

任何作品都是写自己，写自己的焦虑、恐惧、怯弱、痛苦和无奈。

所有小说在我心目中就是梳理历史、梳理现实。

在答杨辉问[2]中又说：

实际上好多哲学，好多文学等等，都是在教育人怎样好好活，不要畏惧死亡，不要怕困难，不要恐惧，不要仇杀，不要恩怨等等，都在说这个事情。一是解除人活在世上的恐惧感，另一个就是激励人好好做贡

---

[1] 贾平凹、韩鲁华：《天地之间：原本的茫然、自然与本然——关于〈山本〉的对话》，《小说评论》2018 年第 6 期。

[2] 贾平凹、杨辉：《究天人之际：历史、自然和人——关于〈山本〉答杨辉问》，《扬子江评论》2018 年第 3 期。

献。所有的哲学，所有的教育最终都指向这个方向，让人明白自己应该做什么。我觉得小说的最高境界也应该往这个方向走。小说的境界和哲学的境界是相通的，只是表现形式不同。

这些晚近提出的说法，并非老的文学观点换了新的说法，新的说法还是有新的内涵与自己的个性。任何作品都是写自己，写自己的焦虑、恐惧、怯弱、痛苦和无奈。不就是作品的抒情功能吗？不就是司马迁的"发愤著书"吗？但没有了"意欲以究天人之际"的宏大理想，落实到一己的悲欢，低调多了，更贴近了文学关注"人"本身的特点。梳理历史，梳理现实，不就是小说的认识功能吗？当然这个表达更好的地方是暗含了作者创作是一种梳理，读者阅读也是一种梳理的双重性。而且，"梳理"比"认识"更多了主动的意思。人们的潜意识里，"认识"有个对与错的问题，但"梳理"不同，它强调过程，它是没有止境的，是永远在路上向清楚、明晰的逼近。这无疑是更准确、丰富的表达。第三段话，是说文学的教育与抚慰功能，但脱去了说教的嘴脸，更实在、朴实，也更接地气。

第二章　入世精神：现实忧患

从文化原型上看，中国的任何一个作家都受到儒家文化人格的影响。关注现实，满足于实用理性，始终是中国知识分子的主要传统，这点已经成为中国文化的底色，已经弥散到任何一个层次中，成为中国知识分子人格的基本成分。

"鸟兽不可与同群，吾非斯人之徒与而谁与？天下有道，丘不与易也。"儒家这种面对社会现实不回避、勇于担当的精神几千年来深入中国读书人的内心。"致君尧舜上，再使风俗淳""先天下之忧而忧，后天下之乐而乐"，可谓代不绝书。儒家的入世精神和佛道的出世精神相结合，成为滋养中国传统文人的双翼。正如有论者所说，中国传统的知识分子，得志时是儒家，失意时是道家。得志时胸怀治国平天下之志，失意时以出世之想抚慰心灵。今天西方人常常称知识分子为"社会的良心"，认为他们是人类的基本价值（如理性、自由、公平等）的维护者。知识分子一方面根据这些基本价值来批判社会上一切不合理的现象，另一方面则努力推动这些价值的充分实现。……根据西方学术界的一般理解，所谓"知识分子"，除了献身于专业工作以外，同时还必须深切地关怀着国家、社会以至世界上一切有关公共利害之事，而且这种关怀必须是超越于个人（包括个人所属的小团体）的私利之上的。……与中国的"士"极为相似。孔子所最先揭示的"士志于道"便已经规定了"士"是基本价值的维护者；曾参发挥师教，说得更加明白："士不可以不弘毅，任重而道远。仁以为己任，不亦重乎？死而后已，不亦远乎？"这一原始教义对后世的"士"产生了深远的影响，而且愈是在"天下无道"的时代也愈显出它的力量①。

20世纪中国文学史渗透着强烈的社会政治忧患就是儒家承担精神的表征和写照，它在社会功利性中注入了理性精神和情感体验，传达着对国家、民族和社会的责任感和道义感，这种普济天下的儒家精神特质几乎贯穿了整个20世纪中国文学。"五四"新文学初起就兴起问题小说潮流，顾名思义，它是指以普遍存在的社会问题为题材的小说。20世纪40年代解放区赵树理的小说创作也有"问题小说"之称，因为他是根据自己在农村工作中遇到的问题以及如何解决问题的思考来创作小说的。李泽厚对中国现代文学内容最精练的概括就是"救亡压倒启蒙"，可见关注现实既是儒家思想为主体的中国传统文化大传统，也是"五四"新文学以来的小传统。贾平凹又是传统思想、趣味更为浓重的作家。回顾其颇为漫长的创作历程，这种对现实的持久关注与表达很是令人动容。

1978年获得全国优秀短篇小说奖的《满月儿》，使贾平凹获得全国性的知名度，但这个清新美好的作品后来却被认为价值有限，是作者为了谋取文学"发言权"再说的权宜之作。《小月前本》《鸡窝洼的人家》《腊月·正月》称为"改革三部曲"以及被归入"寻根文学"发轫之作的《商州三录》，前者属于讴歌改革者的欣喜之作，后者属于写"故乡风物"的风情之作，前者感应时代情绪，后者引领文学新潮。两者都洋溢着新鲜和喜悦，但不是贾平凹作品的主色调，他作品的主调是忧郁的面影、沉重的情绪。也就是说，随着改革开放之初的新鲜喜悦过去，伴随着经济迅速发展，涌现的一系列社会问题就吸引了贾平凹的目光，使

---

① 余英时：《士与中国文化》，上海：上海人民出版社，2003年，"引言"，第2页。

其陷入深重的忧患之中。

改革开放极大地发展了经济，解决了大多数人的温饱问题，整个国家从农村到城市面貌发生了巨大的变化，人心也发生了巨大的变化。从《浮躁》到《暂坐》，贾平凹苦苦思索的问题很多，比如：基层干部的问题；重利轻义的社会风气，从《浮躁》雷大空贩假到《废都》里的假农药，再到《老生》里的激素养殖业；底层农民的艰苦与出路；农村的凋敝；城市的扩张；生态的失衡；《古炉》《老生》《山本》等作品对现代史的回忆与反思。下面，我们按主要作品发表的顺序做一个大体的回顾与梳理。

第一节　从浮躁到彷徨

《浮躁》是贾平凹第一部产生重大影响的长篇小说，获得美孚飞马文学奖。小说侧重渲染社会转型时期所弥漫的浮躁风气，以金狗、小水、雷大空等农村普通青年与田、巩两大官僚家族的冲突斗争作为主线，揭示某些干部腐化、堕落谋取个人私利侵害群众、国家利益的苗头，显然有引发党和政府关注改革中出现的问题的写作命意。生来身上就有看山狗图样的金狗不仅有着传奇的出生经历，而且聪明能干，充满活力和与邪恶斗争的勇气。小水善良、美丽，却命运坎坷，自幼父母双亡，跟着驾渡船的伯父韩文举长大，这不禁让人想起沈从文的名作《边城》里的翠翠。小水新婚之际，男人就忽然发病死去，不仅成了寡妇，而且落了个命硬的骂名。回到娘家后与金狗暗生情愫，虽然两情相悦，但守着传统道德的底线，不曾有越矩之事。金狗组织起在州河的河运队，干得风生水起，这时，乡里有推荐两名青年到州城进修进报社的名额，乡党委书记田中正想一个给自己的侄女英英，另一个给自己情妇的弟弟。田中正与自己的寡嫂，也就是英英的母亲一直就有私情，这嫂子一直盼着两人"熟亲"结婚，但田中正另有更年轻的情妇陆翠翠。金狗利用田中正的嫂嫂搅黄了陆翠翠的弟弟的这个名额，给自己争取了机会，面试时，英英也被淘汰，只有金狗进了州城报社做了记者，但为了达到目的，金狗也违心地答应了和英英的婚事，在情欲的冲动下两人发生了关系。金狗的这一行为极大地伤害了小水和韩文举等人。这个情节会让我们想到路遥的《人生》里高加林与刘巧珍的故事。做了记者的金狗利用自己记者的身份说真话，干实事，有文章上了《人民日报》的内参，甚至革掉了一个县委书记。他也利用自己的笔和田中正以及其靠山县委书记田有顺斗争。伤心失意的小水和笨拙老实的福运结了婚。田中正欺男霸女，打起了小水的主意，一次上门调戏，被雷大空、福运等人抓住，雷大空剁了他的一个脚趾，他指使手下以殴打干部的罪名逮捕了雷大空，金狗、小水等人想法把雷大空营救出来，雷大空立意大闹世事，以恶报恶，以行贿手段贷款开起了公司，买空卖空，弄虚作假，行贿拉拢各级干部，甚至联系上了州城巩家的势力，同时详细记录行贿对象礼金，妄图以此要挟对方。其间，福运因为田中正要招待许飞豹将军被叫去猎熊，被熊掌踩死。雷大空终于因为倒卖发霉无用的树种导致巨额损失引起省委重视，被逮捕归案，田家人就势找借口逮捕了金狗。在狱中，雷大空被杀灭口。小水千方百计营救金狗，得到金狗从狱中送出的一张纸条让她去找石华。石华是金狗在报社时的情人，美丽会交际。石华为救金狗，委身许将军的儿子，得以疏通关系救出金狗。金狗不能做记者了，干脆回了乡下，与小水组成了家庭，重新组织河运队。

贾平凹自称《浮躁》是传统的现实主义的写法，以后不这么写了。确实，《浮躁》比他以后的长篇作品更讲究戏剧性，讲究尖锐的矛盾冲突。也可以说《浮躁》是他批判现实最尖锐的作品，虽然集中刻画的只是乡党委书记的田中正，但县委书记、专员一级的干部也有直接的描写，而且都是负面的形象，特别是田中正的邪恶已经到了当时文学作品书写得极为突出的程度，也是贾平凹以后的作品所少见的。

另外，虽然说《浮躁》后贾平凹的写作风格有一个大的改变，但是，他长篇创作的一些基本特质，一直到他最新的长篇《山本》还在延续的特质，比如他自己写出的"传统性、民间性、现代性"，特别是"传统性、民间性"在《浮躁》里已经表现得非常明显，韩文举、和尚、民俗、神秘事象等，如会在他以后小说里反复出现的"通说"、拆字等，在《浮躁》里已经出现。

当然，作为一位兴趣只在反映现当代生活的作家，对当下社会热点问题的敏感可以说是贾平凹作品文学价值的一个亮点。正如王富仁在《〈废都〉漫议》[1]中所说："他常常能够感受到人们尚感受不清或根本感受不到的东西。在前些年，我在小书摊上看到他的长篇小说《浮躁》，就曾使我心里一愣。在那时，我刚刚感到中国社会空气中似乎有一种不太对劲的东西，一种埋伏着悲剧的东西，而他却把一部几十万字的小说写成并出版了，小说的题名一下便照亮了我内心的那点模模糊糊的感受。这一次，我也不敢小觑了贾平凹。我觉得贾平凹绝非随随便便地为他的小说起了这么一个名字。"但我们如果要套用"通过什么反映什么"的格式来归纳其小说的主题，却是一个难以完成好的任务。他抓住了问题，却往往没有给出答案。贾平凹主要的长篇作品，我们都可以指出它主要写一个什么问题，但绝不是全部。如《废都》，可以说是写文人丧失精神信仰后的颓废，但同时也是一幅20世纪90年代社会生活的《清明上河图》，以著名作家庄之蝶为中心，辐射社会的各个阶层，市长、秘书长、演艺界人士、书法家、编辑、企业家、尼姑、保姆、社会闲人、失足妇女，三教九流，无不涉及。一场名誉官司串联起当时种种的社会现象，作家不能安心于创作，日日活得泼烦，只能在情欲的放纵中寻求安慰。农药厂厂长制造假药牟取暴利。打胎的尼姑混得风生水起。街道办王主任强奸中专毕业生。吸毒的龚小艺败家亡身。老实的编辑钟唯贤死了才得到一个高级职称……信仰迷失，物欲横流，人人事事都弥

①　王富仁：《王富仁自选集》，南宁：广西师范大学出版社，1997年，第262页。

漫着颓废感伤的气息。

《白夜》是一部写 20 世纪 90 年代西京生活的作品。主人公男的叫夜郎，女的叫虞白，两个人只在若即若离的恋爱中，贾平凹借此写人隐晦内心的笔墨。夜郎却另有女友，叫颜铭，是一整形美女，是以生下的女儿很丑，盖像其整形前之原貌也，但引起不知内情的夜郎的猜忌。围绕着主人公，又引出官场落败者祝一鹤、戏班班主南丁山、暴发户矿主宁洪祥、痴情者吴清朴、辜负吴清朴投向宁洪祥怀抱的邹云、警察宽哥等。市井人生中夹杂了再生人、目连戏、气功师等等怪异事象。和《废都》一样涵盖了极其广泛琐碎的日常社会生活。

在我看来，《土门》在贾平凹的长篇小说中，不算出色之作，可能是作者对城中村的生活积累不够，也有可能是选择女性视角的叙述者的隔膜。国家城市化大潮中，城市对乡村的吞并不可阻挡，但城市文明的弊端与乡土文明的积弊，让作者陷在两难的困境中，只能发出无奈的哀鸣。主人公梅梅和成义都有点飘忽、别扭。

《高老庄》虽然不像《土门》写的是城乡接合部的故事，但在主题上有接近的地方。大学教授高子路携城里二婚娇妻西夏返乡为亡父过三周年，与前妻菊娃、残疾儿子以及母亲相处，涉入办地板厂的苏红、王文龙与葡萄园主蔡老黑的矛盾纠葛中。地板厂对森林的破坏、与地方政府的勾连乃至苏红"坐台小姐"的身份都暗示了代表现代经济形式的地板厂并不是理想的文明形态。而蔡老黑粗野蛮横的性格以及越轨违法的行为呈现了乡野文明的落后与破坏性。所以说《土门》中流露的两难困境依然如故。而高老庄、子路、西夏这些村庄与人物的名字，显然有着传统、外来文明等寓意。作品里也直接写到高老庄人都个子矮、人种退化的问题，子路找了高个子的西夏，就有着改良基因的愿望。

在我看来，《怀念狼》不是一部成功之作，似乎是讲生态平衡的主题，但主体内容却似乎是关于狼的神话魔幻故事，狼的形象也善恶难辨，飘忽不定。作为记者的高子明跟随老猎人傅山和烂头，本意是去寻找并保护仅存的十五条狼，结果却全部将其猎杀了，没有了狼的猎人也日益萎靡失常。与这个故事照应的还有大熊猫的退化、大熊猫繁殖基地的失败与大熊猫专家的精神失常。

《病相报告》从几个人物的视角讲述胡方和江岚之间穿越几个病态时代的深挚强烈的爱情悲剧。"在现今这个时代，很多人认为胡方此人有病，其爱情是种病症，更是不可信。如此说来，并不是胡方有病，胡方的爱情没有病相，真正有病的是我们。"①

2020 年发表的《暂坐》，写的是所谓的"西京十块玉"十余个西京女性和一个西京名片式的类似于《废都》里的庄之蝶的名作家羿光，她们一个个都有不错的事业和经济条件，但大多不是离异就是独身，心性更是差异很大，各有各的故事。以暂坐茶庄的女老板为中心人物，以留学西京的俄罗斯美女伊娃为视点人物，这个女儿国里有一个老的贾宝玉，就是名作家羿光。小说反映的有些问题其实还是老问题，如官商关系问题。不仅羿光与官场有着千丝万缕的联系，暂坐茶庄的女老板海若，这个长袖善舞的女强人其实也与市委秘书长，与密切接近市委书记的齐老板联系紧密，所以，市委书记出事后，先是她的心腹小唐被纪委带走，后来她自己也被纪委带走。有些问题是现实生活里近几年比较集中出现的新问题，如非法集资出事的问题。严念初介绍应丽后高息借给王院长的一个姓胡的朋友一千万元，没几个月这个姓胡的就资金链断裂跑路了。应丽后贪图高息，结果本钱都要不回来。而作为好朋友的严念初却玩弄手腕，在新的合约里更改自己担保人的身份，想摆脱责任。也是这个严念初，嫁给一个搞收藏的老教授，离婚分了一笔钱，女儿给男方抚养，结果男方发现女儿不是自己亲生的；得白血病被众姐妹照顾最终死去的夏自花是一个"小三"的身份；还有辛起，也是一个"不正经"

---

① 林建法、李桂玲主编：《说贾平凹》（下），沈阳：辽宁人民出版社，2014 年，第 152 页。

的女人。"暂坐"的书名告诉人们，人生如寄，本应超脱、达观，而主人公们一个个还是沉浸在贪欲之中，道德沦丧。一直说要来的活佛迟迟没来。贾平凹喜好的神秘事象在《暂坐》里依然没有缺席，冯迎的鬼魂托人了却生前债务，而陆以可因为见到酷似死去三十多年的父亲的男人而舍不得离开西京。

第二节　乡土文明的挽歌

《秦腔》被人称为"废乡"，是写农村的空心化、乡土文明的挽歌。作品以作家夏风和秦腔演员白雪的结婚始，离婚终。跟《废都》中的庄之蝶、《高老庄》中的子路，以及《带灯》里的元天亮一样，夏风身上多多少少有着作者自己的影子。但《秦腔》的主人公却不是夏风，视角人物是半疯半痴的引生，他疯狂地爱着美女白雪，用小说封面上的宣传语说是"畸形情恋动魄惊心"。围绕的是夏家，特别是夏天义、夏天智和下一代村干部君亭、秦安等人村里的琐碎流年，似乎就在不知不觉间，秦腔没人爱听了，土地荒芜了，村里没有青壮劳力了。夏天智是退休教师，乐善好施，又有夏风这个有出息的儿子，所以在家族和村里都很有威望。他是一个秦腔爱好者，秦腔成了传统乡土文化的象征，只能眼看着被年轻一代抛弃。有文化且已经进城的夏风对秦腔不感兴趣，留在农村的翠翠们也不感兴趣，他们喜欢听陈星唱流行歌曲。夏天义是当年的主任，是村里甚至乡里的风云人物，如今却要面对几个儿子为赡养自己而互相推诿的困境，充满英雄迟暮的感伤。他不满村支书君亭搞农贸市场的干法，率领一个哑巴一个疯子在七里沟淤地，表现自己最后的倔强，土地坍陷埋在了里面。

《高兴》本来是一个关于农民工的题材，也许是不想落入"底层叙事"的苦难文学潮流，作者刻画了一个颇具喜剧性的进城拾荒的农民工形象刘高兴。刘高兴本名刘哈娃，但自己改名高兴，"得不到高兴但仍高兴着"。刘高兴在城市捡破烂，但他时刻想融入城市，为此他不仅注重自己的仪表谈吐，还刻意模仿城里人的生活习性——穿西服、读报纸、逛公园、休周末……他要与他的同伴五富、黄八等人区别开来，追求一种精神生活，不仅仅是在城里挣钱，而是要融入这座城。刘高兴还有了一份高尚的精神之恋，他爱上了一个美丽的失足妇女——孟夷纯，虽然是失足妇女，但她卖身的缘由却悲情而正义——为追捕杀害哥哥的歹徒筹资，作者给她披上锁骨菩萨的宗教迷魅。刘高兴不为肉欲、不图回报地爱着她，资助她，关心她。像阿Q的精神胜利法一样，刘高兴以为自己的一个肾移植给了城里的体面人物韦达，自己也就是半个体面的城里人，而他的这点精神寄托后来都破灭了，韦达移植的不是肾。而五富却死在了城里，刘高兴要护送五富的尸体回乡。作品确实不同于一般的打工文学、底层叙事作品，更多地关注了农民工的精神需要，但这种充满浪漫主义的书写，又有何等程度的普遍性与真实性呢？

第三节　"像陈年蛛网，动哪儿都落灰尘"

2013年，人民文学出版社出版了《带灯》。这一次，贾平凹从一个乡镇综治办主任的视角来叙述乡村世界——一个"像陈年蛛网，动哪儿都落灰尘"的世界。主人公原名萤，后来改名叫带灯，一个年轻漂亮的女乡镇干部。经历了三任书记、两任镇长，带灯做了综治办主任，这是个以维稳为主的职位，也是带灯的主要工作。带灯因此和村里各种各样的人打交道。有真苦的，如带灯的那些老伙计，那些硅肺病人；有真刁的，如那些胡搅蛮缠的老上访户；有真横的，如元黑眼兄弟。萤是带灯夜行的小虫子，带灯也是一心要发光发热，去点亮和温暖一些人，但她是那么渺小无力，有时甚至不得不成为自己所厌恶的人，就像千方百计要洁身自好最终却还得适应身生虮子的处境。作者对笔下的人物都保持着克制、内敛的叙写态度，抱一种理解与同情，所以书中的书记、镇长等干部也似乎都有其不得已的苦衷，唯有市委黄书记的视察、调研颇有"贵妃省亲"之势，似颇含讥讽。贾平凹在多处写过乡土"美丽却不富饶，富饶却不美丽"的两难处境，作品写的樱镇就是如此，大矿区、大工厂能推动经济的发展，但会破坏污染环境，需要政绩让自己"进步"的书记、镇长自然只会推动其建设。樱镇的美丽或许就像发现的古驿站遗址石刻"樱阳驿里玉井莲，花开十丈藕如船"一样不能保留。为了在河滩建沙厂争地盘争利益，元家兄弟和拉布兄弟发生激烈的械斗，最先赶到现场制止的带灯、竹子后来却被处分撤职，成了替罪羊，带灯因此精神失常，时常梦游。"同时飞来的萤火虫越来越多，全落在带灯的头上、肩上、衣服上。竹子看着，带灯如佛一样，全身都放了晕光。"而带灯自己则说："我的命运就是佛桌边燃烧的红烛，火焰向上，泪流向下。"萤、佛、红烛，这些都是带灯的隐喻，弱小、悲悯、光亮、温暖是这些意象的内涵。小说中还加入了与小说整体风格不一的带灯给心中偶像元天亮的信息，是带灯的诗意信仰与精神支柱，尽管他没有回应。

2016年人民文学出版社出版《极花》，贾平凹回到当下，回到乡土。故事来源于现实，据《极花》与《高兴》后记交代，贾平凹认识了一个老乡的女儿，初中辍学来西安和收捡破烂的父母相聚仅一年，便被人拐卖。好不容易被解救后，女孩子却被媒体和闲人围观，指指点点，以至于无法正常生存，留下字条，还是回到她被拐卖的村子。这个女孩儿在小说里叫胡蝶，满怀梦想从农村到城市，却被拐卖到更加偏远贫瘠的圪梁村，被强奸，被禁锢，怀孕生子，但买她、强奸她、关押她的黑亮一家并非恶人，对她好，要感化她，留住她，甚至黑亮在村里还是比较富裕能干的人，只是也娶不到老婆，只能买。圪梁村有神一样的老老爷，有霸占女人、见利就伸手的村长，有被兄弟同妻的訾米，有神神道道的麻子婶，有最初给村里带来利益却行将被挖绝的极花，有壮阳的血葱，但是没有文明，缺少信仰，没有未来。《极花》选择逃离乡村去往城市却被拐卖到更偏僻乡村的农村知识青年胡蝶为叙述者，讲述地方传统文化和权威如何削弱和瓦解，乡村基层格局和配置如何变化，农村知识青年如何遭受现实与精神的挤压，善良而怯懦的底层民众如何成为施暴者和看客，最终缺少精神和信仰看护的中国农村如何成为涣散之乡并难袪暴力。中国农村的失落是 20 世纪 90 年代中期以来，贾平凹在《高老庄》《秦腔》《带灯》《极花》等小说集中书写的主题，对这个主题的持续而深刻的发掘和揭示，体现了贾平凹在文化、人性等维度的全面反思，彰显了他作家是受苦'先知'，对温暖人性和乡村未来仍抱有期许的文学理想。"① 也有批评者指出：《极花》引起争议的原因，在于把两件事说成了一件事。《极花》有两个交织在一起的主题，一是作为情节主线的被拐卖妇女胡蝶的命运问题，一是作为其原因和背景的黑亮等乡村男性的日常生活和婚姻问题。作者在二者之间建立了一个等级关系，使前者的重要性低于后者。小说叙事的风格，体现的是思维的混乱和作者视女性为物品的男性中心主义观念，他对一个虚幻的乡村共同体的维护，也体现出对乡村和农民采风所采取的度假式的赏玩目光②。

第四节　回望现代史

2011 年由人民文学出版社出版的《古炉》封底印着"十年浩劫，民族史诗"，是作者长篇小说里第一部将眼光转向现代史，而且是"文革"这么一个非常时期的作品。在后记里，作者讲述写作的缘由：一是自己年纪大了，忍不住回忆的诱惑；二是不满意当下的文艺作品都回避这段历史，也不满意"文革"后不久读到的那些关于"文革"的作品，认为它们写得过于表象，又多形成了程式。作者觉得自己有一种使命感写出

---

① 　何平：《中国最后的农村——〈极花〉论》，《文学评论》2016 年第 3 期。
② 　王晴飞：《把两件事说成了一件事——读贾平凹长篇小说〈极花〉》，《名作欣赏》2016 年第 19 期。

自己观察、记忆中的"文革"："我的旁观，毕竟，是故乡的小山村的'文革'，它或许无法反映全部的'文革'，但我可以自信，我观察到了'文革'怎样在一个乡间的小村子里发生的，如果'文革'之火不是从中国社会的最底层点起，那中国社会的最底层却怎样使火一点就燃？"可见，作者意在探究我们这个民族之所以发生"文革"的内在基因或者说文化根源。作品之所以得名在于写的就是一个叫"古炉"的村子。英语把中国叫瓷器，所以"写的是古炉，其实眼光想的是整个中国的情况"。《古炉》的视角人物是一个矮小丑陋而且出身不好的小孩儿狗尿苔，他有一种特异功能，每逢他闻到一股怪味，村子里就有不好的事情发生。他心地善良，却喜欢找"存在感"，在村子里跑来跑去，管东管西，家里只有一个婆，由于是反动军官家属，她教导狗尿苔要伏低伏小地活着。"文革"前古炉村的当权者是支书朱大柜。但村子里有一个野心勃勃的年轻人夜霸槽，时刻想着出人头地，发泄心中被压抑的不满。运动到来，村外世界的黄生生结合霸槽，在古炉村搅起了运动，以夜姓和朱姓为主先后成立了榔头队和红大刀队，展开了愈演愈烈的斗争，最后却落了个两边的领头人都被枪决的悲惨下场。作品以较多的篇幅塑造了一个以《王凤仪言行录》中王凤仪为原型的给人"说病"的善人形象，善人可谓亦佛亦道，亦巫亦医，又以儒家伦理道德为本。善人认为身体疾患大多源自心病，因此，他的"说病"可谓醉翁之意不在病，在乎世道人心。然而，更多的时候，他是徒劳的，没有几个人有耐心来听他的言说。《古炉》相对于伤痕文学、反思文学，确实是对"文革"的一次别开生面的书写。

贾平凹绝大多数的长篇小说时间跨度都不大，唯一的例外就是2014年出版的《老生》，讲述百年现当代历史。《老生》是由四个故事组成的，故事全都是往事，其中加进了《山海经》的许多篇章，《山海经》是写了所经历过的山与水，《老生》的往事也都是我所见所闻所经历的。《山海经》是一个山一条水地写，《老生》是一个村一个时代地写。《山海经》只写山水，《老生》只写人事。""如果说当年的那些'革命历史小说'"的确是在以文学的方式"为新的社会的真理性作出证明，以具象的方式，推动对历史的既定叙述的合法化"的话，那么，贾平凹的《老生》也就完全可以被看作是对于这些"革命历史小说"的解构与颠覆之作。①无论是从人品还是革命动机来看，老黑、匝三等革命者都乏善可陈。而第二个土改故事倒霉的地主王财东勤劳善良，得势的马生游手好闲、歹毒阴险，给人无尽叹息。第三个故事是公社化时期，讲述先后被过风楼公社书记老皮给递送到劳动改造场所黑龙口砖瓦窑接受严厉惩罚的张收成与苗天义，再就是小"反革命"分子墓生的悲剧人生。《老生》的最后一个历史关节点，选在了……当下这样一个物质化时代。"以戏生为主人公的这个时期着重在市场经济时代物欲横流所带来的悲剧，以一场显然以"非典"为原型的瘟疫悲剧收尾，前面的情节还糅合了"周老虎"事件。"很显然，在贾平凹看来，出现在自己笔端的这部长达百多十年之久且几经变迁的中国现代历史，实际上有着一种极其邪恶的到处充斥着血腥暴力的反人性本质。历史的这种本质，在作家所精心选择的四个历史关节点上都得到了可谓是透辟犀利的精彩艺术表现。通过这段历史反人性本质的尖锐揭示，贾平凹所出示的，正是自己对于这段历史一种坚定不移的深刻批判反思立场。"②

2018年出版的《山本》，有人认为是《老生》里第一个故事的扩展，因为它写的是秦岭20世纪二三十年代的一堆历史。"那年月是战乱着，如果中国是瓷器，是一地瓷的碎片年代。"(《后记》)贫家女孩陆菊人无意中知晓了家里一小块地是风水宝地，十二岁被送到杨家做童养媳时向爹要了这一小块地做陪嫁，不想这地却被不知情的公公送给井宗

---

① 王春林：《探寻历史真相的追问与反思——评贾平凹长篇小说〈老生〉》，《当代作家评论》2015年第1期。

② 王春林：《探寻历史真相的追问与反思——评贾平凹长篇小说〈老生〉》，《当代作家评论》2015年第1期。

秀葬了其父，伤心之余，看看不争气的丈夫杨钟，陆菊人觉得这可能就是天意。后来她把这个秘密告诉了井宗秀，井宗秀万分激动与感激，更增了彼此之间一份难言的情愫，但发乎情止乎礼，两人终生未越雷池半步。井宗秀有英雄梦想，陆菊人小家媳妇偏有大户人家夫人的气度，更有经商理财的才干。井、陆两人间这种知心体贴是小说的一条线索，另一个大的框架是井宗秀的预备旅和阮天宝的保安团以及井宗丞参加的游击队之间的斗争，三人本是童年玩伴，井宗丞在外读书，很早就参加革命。井宗秀和阮天宝开始共建预备团，但阮天宝不甘居人下，跑进县城杀了原来的保安团团长接了其位，为了争夺武器弹药与井宗秀反目成仇，保安团被打败以后，阮天宝又投奔了游击队，利用内部斗争害死了井宗丞，接着又暗杀了井宗秀，带领此时已是红十五军团的队伍炮轰涡镇，预备旅眼看着灰飞烟灭，但秦岭依然"峰峦叠嶂，以尽着黛青"。其间乱世人命如草，生生死死只以平淡之语叙之，血腥暴力如话家常。以《红楼梦》的笔法写《水浒传》的故事，此言不虚，作者依然延续日常琐事的写法，树木花草，飞禽走兽，勤于点缀，不厌其烦，书中麻县长于乱世无能为力，故倾心于《秦岭志草木部》《秦岭志禽兽部》的撰写，而作者本来也给本书命名为《秦岭志》，可见是有意为之。陆菊人心里不静时就去找瞎子医生陈先生或者哑巴尼姑宽展师父，百转千回，救世救人还是回到佛老思想，自然要惹起些许批评。

第三章　入世精神：国民性剖析

第一节　人物构成的大致模式

　　贾平凹既然是一位关注现实的作家、关注人民的作家，他的作品书写的内容，用一个林语堂用过的词语"吾国与吾民"来概括，我想也是恰当的。他说："我虽不敢说我在写什么史诗，但追随着人间巨变，我把底层社会的百姓生活一幕幕地如实记录下来，为后世留一份社会档案该是我能做到的。"①这话说得很谦虚，但谦虚里又有着一份自信与倔强，即对自己所选择的文学立场文学道路的价值的坚信。

　　作者浩繁的著作确实构建了一个庞大的人物世界、乡土世界，落笔在商州，命意在中国。他的这种艺术的刻画究竟如何？是肤浅的，还是深刻的？是浮泛的，还是沉实的？是神似，还是形似？是趣味十足，还是琐碎乏味？是浮光掠影，还是发人深思？这需要我们去研读，分析。

　　很多人会很自然地把贾平凹与乡土作家联系起来，因为他写的题材确确实实主要是乡土、农村，即使是被称为"西京三部曲"的《废都》

---

① 孙见喜、孙立盏：《贾平凹传》，西安：陕西人民出版社，2017年，第320页。

《白夜》《土门》也与农村有着紧密的联系，《土门》本来写的就是城中村，《废都》《白夜》里的人物也大多来自农村。

贾平凹的文章里经常看到的几句话，关于农村的，一句是"美丽却不富饶，富饶了却不再美丽"。还有一句说经济发展了的农村，"山是残山，水是剩水"。还有就是一个"像陈年蛛网，动哪儿都落灰尘"的世界。其中遗憾伤感之意甚是明白。而关于农民，他让人印象深刻的比喻是农民像风中的鸡"羽毛翻皱，脚步趔趄"，像拔离土地，连根须上的土也抖净的树木，栽在哪里也是难活。悲悯之心，忧患之意，让人动容。

众所周知，乡土文学是新文学的重头军，以鲁迅为代表的乡土文学打起启蒙的大旗，"哀其不幸，怒其不争"的态度是其重要特点。而沈从文则代表了另一流向，田园牧歌的情调、质朴美丽的人性书写是他留给人们的深刻印象。应该说，这两者在贾平凹的作品中都可以找到。但天真与优美在贾平凹的作品中没有持续多久，更多的是忧郁彷徨的面影。在整体风格上，他更接近鲁迅。与鲁迅不同的是，他不是精炼简洁的写意，他呈现的不是阿Q、闰土、祥林嫂等一样的精致的深刻的个体形象，他的特点是写出农村作为一个整体，农民作为一个群体在琐碎日常中的本然之态、混沌之形，进而窥视他们的心理、精神的深处。他一再说理想的小说就是要不像在做小说，要像生活本身一样自然。应该说，通过他数量不少的作品，他把乡村与农民的过去与当下，各个阶层，各类人物做了详细的扫描与刻画，形神皆备，气韵生动。他不仅有青少年在农村成长的经历，即使入城后，也常年回乡体验、观察，而且有意识地经常下乡采风，并且研读地方志，为他的这种文学追求打下了坚实的基础。

"法自然的现实主义""微写实主义""密实流年的写法"，这些都是对贾平凹小说独特写法的概括命名，不管叫什么，简单而言，就是写琐碎的日常生活，并不追求跌宕起伏的情节故事和尖锐的矛盾冲突，也不塑造高大的英雄形象，而是像生活一样平常，有人称之为"缓慢的流水"。但毕竟还是现实主义，作者追求虚实结合，懂得实了才能虚，"脚蹬地才能跃起"。作为一名文坛老将，文坛常青树，自然不会把琐碎的日常写成乏味的农村生活流水账，骨子里还是有路数的，当下农村的《清明上河图》，我们仔细去研读，还是可以看出些门道来。

20 世纪 80 年代的《鸡窝洼人家》《小月前本》《腊月·正月》等属于农村改革题材的作品，一定程度上还是比较观念化的，其中洋溢着喜悦的时代氛围，与后来贾平凹大多数的作品的悲凉意蕴也不尽相同。《商州》《妊娠》在其作品中也算不上成功之作。启蒙性主题的早期作品《古堡》的国民性批判主题是比较明显的。但比较全景式地反映农村的有代表性的作品，我想还是从《浮躁》说起比较好。《浮躁》《高老庄》《秦腔》《古炉》《带灯》《极花》最为典型，还可以旁及《土门》《怀念狼》《老生》《白夜》等作品。

作者自己说过《浮躁》还是比较传统的现实主义写法，以后不这么写了。在我们读者看来《浮躁》与以后的这些作品比起来不同的是，情节的戏剧性还比较强，人物的正反对立的阵营比较显明。它之所以成功，和《新星》等作品一样，因为揭示了改革开放以来遇到的阻力、显露的社会弊端，特别是干群关系的恶化、腐败现象的出现，反映了当时的部分现状。尽管有这些不同，但贾平凹小说的一些重要的特点还是在这个作品中显露出来，比如他自己写出的"传统性、民间性、现代性"，特别是"传统性、民间性"在《浮躁》里已经表现得非常明显，比如会在他以后小说里反复出现的"通说"、拆字等神秘事象与热衷民风、民俗等的叙写的特点，在《浮躁》里已经出现。

文学，特别是小说，确实是有它的认知功能的，恩格斯在谈到巴尔扎克的《人间喜剧》时说，从这里所学到的东西，比从当时所有的职业的历史学家、经济学家和统计学家那里学到的全部东西还要多。所以，我想在这里，首先抛开贾平凹乡土小说的艺术性不论，先从认识的角度，从"社会档案"的角度来分析其一系列作品对中国农村与农民的反映。从这个角度来分析，文学作品的价值可能与它的思想性与艺术性没有必然的关系，比如说鲁迅的作品，无疑在思想性与艺术性上都是优秀之作，但作为了解当时农村的"社会档案"，却显然单薄了一点儿。同理，沈从文、汪曾祺一路的作品显得单纯了一点儿，就像一个长时间远离故乡的人回忆中的故乡，把它美化了，牧歌化了。就像鲁迅在《风波》里写的："河里驶过文人的酒船，文豪见了，大发诗兴，说，'无思无虑，这真是田家乐呵！'"却忽略了"七斤们"的烦恼忧愁。十七年时期的农村题材作品受意识形态的干扰太大，自然不能反映当时农村的真实面目。甚至莫言、阎连科等新时期以来的作家，他们的魔幻现实主义、神实主义，不管是夸张狂欢的恣肆，还是寓言象征的抽象，这种艺术上的追求，都会损害作品认知价值的一面。尽管贾平凹自己也不愿意承认其是一位现实主义作家，说他倒是一位诗人，但他的小说观，他对小说艺术的那种泯灭小说与生活界限的追求，恰恰赋予了其作品在"纪实"上的价值，不是实录，胜似实录。

总说贾平凹小说写日常琐事，那么，究竟写些什么琐事？说是琐事，是以英雄史诗做参照而言，但既然写的是社会底层的小人物，他们身上没有事关民族国家的大事，而于其自身而言，吃喝拉撒睡，生老病死，悲欢离合，其实也是大事。

人是一切社会关系的总和，一个乡土社会，就是它的各种人际关系的总和。贾平凹小说的可贵之处就在于他纤毫毕现地呈现乡村世界的各类人物以及他们的关系。如果说《浮躁》相对于贾平凹后来的作品还不够成熟，其中一个重要的表现恰恰是把社会关系简单化成了两个对立的阵营，简单一点儿也可以说就是干群关系，即干部与群众关系的紧张对立。以金狗、小水、雷大空等人为普通群众的代表，以乡党委书记田中正以及同家族的县委书记田有顺为代表的腐化堕落的干部，两者形成尖锐的矛盾冲突。这是故事的主要架构，再穿插进去金狗和小水、英英、石华的情感纠葛，韩文举、和尚、考察人等对世事人心的体察议论，基本上就构成了小说虚构的世界，善恶是非、曲直褒贬还是比较显明的、简单化的。同样写农村，经过《废都》《白夜》的写作，1998年写出的《高老庄》就大为不同了。当然，变化的不只是作者的写法，还有写作对象——农村以及农民，也经历了十年的发展变化。但是我们这里关注的主要是作者写法更加客观、含蓄、细腻，更接近生活本源。作者叙述的态度是非常重要的，《浮躁》因为追求戏剧性，所以有意突出矛盾，突出善恶。比如田中正，读完小说的人肯定在脑海里留下这是一个大大的坏人的印象，但冷静地去列举他的恶行，也就包括：第一，以权谋私，要荐举侄女英英和情妇的弟弟去当记者；第二，乱搞男女关系；第三，利用河运队捞取政绩；第四，打击报复金狗、雷大空；等等。这些恶行，如果轻描淡写就不会产生这么浓烈的效果。而淡化，正是《浮躁》后面的作品的取向。再举一例说明叙述态度的重要性，同是贾平凹作品，《秦腔》《老生》里写到几乎同样的情节，就是土改干部奸污地主婆，《秦腔》里是夏天义，《老生》里是马生，读完的直觉效果是天渊之别的，夏天义让人毫无恶感，马生却让人觉得十恶不赦。

写法和写作对象都堪为贾平凹乡土叙事分析范本的是《高老庄》《秦腔》《带灯》，《古炉》因为写的时代与前述三本不同，与《老生》一样，可作历史的补充。《极花》地域有差异，可作不同空间的补充，因此贾平凹这一系列的作品，可以作为考察中国农村的一个艺术化的档案材料，具有很强的认知价值。

《高老庄》《秦腔》《带灯》时间虽有先后，但同属一个时代，一个相对稳定没有大的政治经济制度变动的时代，所以我们把它们放在一起来分析，看看贾平凹眼中观察到的、心里思考认识到的，或者他文学想象中的中国乡村与中国农民。

我们可以学习老一辈无产阶级革命家对中国社会各阶级进行分析的思路，以此我们可以看到贾平凹其实都会写到农村各个阶层、各种矛盾冲突。《高老庄》中，子路和西夏是中心人物，子路是高老庄出去的在省城当教授的，回到了高老庄他便是村里的体面人物，镇长、派出所所长等都要给他几分面子。同时，镇长、派出所所长这些人代表的是政府，村长顺善能干、精明。王文龙、苏红是地板厂的老板，有钱人，蔡老黑是开葡萄园的，由于酒厂倒闭，葡萄没有销路，处于破产的境地，但曾经是致富模范、有钱人，他和王文龙、苏红有很深的矛盾，是强龙与地头蛇的关系。各种性格的村民若干，疯子迷糊叔、病人南驴伯、先跟随蔡老黑后来投靠苏红的鹿茂、刁钻而可怜的背梁、外来商人江老板等。

《秦腔》在人物的安排上首先突出了夏家这个大的家族。上一辈的夏天仁、夏天义、夏天礼、夏天智，主要是夏天义与夏天智。下一辈的夏天仁的儿子夏君亭，夏天义的儿子庆金、庆玉、庆满、庆堂、瞎瞎。夏天礼的儿子雷庆、儿媳梅花、孙女翠翠。夏天智的儿子夏风、儿媳白雪、小儿子夏雨。然后从社会阶层来看，村里出去的名人夏风、中星；村委干部君亭、秦安、上善、金莲；乡干部张学文；商人马大中、丁霸槽；乡村医生、文人赵宏声；乡村横人三踅；窝囊人武林；青年一代陈星、翠翠等。

但在矛盾冲突上，主要是新旧的冲突：一是夏天义与君亭两代村干部之间保护耕地和发展农贸市场之间的矛盾，一是夏风和白雪夫妇之间对秦腔态度的矛盾。但剧烈的暴力抗税风波又发生在村民与乡政府之间。

《带灯》中主人公带灯作为中心人物连接着四种人物：一是作为综治办主任承担着维稳的职责，与上访者纠缠；一是作为一个心中有信仰的文艺青年与乡政府这些领导同事的龃龉；一是作为一位善良正气的基层干部对乡村贫弱者的帮扶；再是与村里元黑眼、换布等强梁人物的纠缠。剧烈的暴力冲突发生在元家与薛家家族势力之间，起因是在河滩办沙厂的利益之争。

从上述可知，村、乡镇干部以及乡村的头面人物或者强梁人物是贾平凹乡土小说着墨较多的。再考察其《土门》《古炉》《老生》《极花》等作品，可以看出，只要是写乡村，都是如此，《古炉》中支书、队长、民兵连长和造反派头头是主角。《老生》四个故事除了第一个革命的故事，其他三个故事是以土改干部马生、公社书记老皮、乡干部老余和一度担任村长的戏生为主要人物的。《土门》中成义是村长。《极花》中村长也是重要角色。可见，在贾平凹的乡土叙事中，村、乡两级的干部是聚焦对象，这是有意还是无意？是偶然还是必然？其实，无论我们观察一个什么样的群体，我们都不可能把目光平均地分配给每一个成员，总有些成员是"吸睛"的，而更多的是沉默的大多数，就像王安忆《桃之夭夭》里写女主人公小时候比较引人注目，一群孩子在那玩，你走过去，一眼看到她，你走过来，一眼还是看见她。要反映乡村生活，乡村干部是免不了的焦点人物。其他着墨较多的，必有特点，贾平凹的突出之处正在于不管着墨多少，写活了各式各样的乡村人物。

　　总之，通过上述梳理，我们可以看出，在琐碎的日常叙事中，贾平凹小说涵盖了各式人物，其中：1.乡镇、村干部；2.乡村强梁人物；3.女人；4.弱小者；5.智者（或异常者）；6.带有作者自我投射意味的"归来者"（即出身于此，因为读书有成跳出"农门"离开此地入城而作为归乡者的知识分子人物）（见表3-1）成为其小说人物的基本构架。也隐约反映出乡村的权力秩序。正如詹姆逊所言："一切事物都是社会的和历史的，事实上，一切事物说到底都是政治的。"① 日常生活既是权力秩序的基础，又是它的控制对象。其中，欲望身体、合作关系与生活仪式的内在关系更是现代权力所要渗透和操控的日常生活内容。

---

① 弗雷德里克·詹姆逊：《政治无意识》，王逢振、陈永国译，北京：中国社会科学出版社，1999年版，第11页。

表 3-1　贾平凹小说涵盖的人物

	"归来者"	基层干部	强梁人物	女人	弱小者	智者（异常人）
《高老庄》	子路	吴镇长、顺善	蔡老黑	西夏、菊娃、苏红	南驴伯	迷糊叔
《秦腔》	夏风	张学文、君亭	夏天义、三踅	白雪	引生、武林	中星爹
《带灯》	元天亮	镇长、书记	元家兄弟、薛家兄弟	带灯、竹子	老伙计	
《极花》		村长		胡蝶		老老爷
《古炉》		支书	霸槽、天布	杏开	狗尿苔	善人
《土门》		成义		眉子、梅梅		云林爷

　　这种分类当然是很勉强的，只能是大致如此。有些人物其实是身兼两类的，正如现实社会里的村干部往往是这村里的能人、富人、强人，《土门》里的成义，《秦腔》里的君亭、夏天义，《极花》里的村长，既是村干部（或曾经是），也是强梁人物，贾平凹喜欢给自己笔下这类人物一个标志性的穿着：村长又是披着褂子来了，黑亮爹说：你这褂子呼呼啦啦的，就觉得你要上天哪！（《极花》120 页）而《秦腔》《古炉》里放在"弱小者"一栏里的引生与狗尿苔，也是可以放在"智者（异常人）"一栏的。从此表可以看出，贾平凹在乡村日常时着笔重心所在，也可以看出乡土日常生活里的权力秩序。

第二节　"旧戏上一写县官都是白脸"

　　从没有人说贾平凹是官场小说作家，但他的笔下却有个丰富细腻的基层官场世界，值得我们探讨一番。贾平凹对现实的温和批判体现在对官员的书写上，他的小说基本上不会让乡镇以上的官员作主人公，官场人物也从来不是他主要描写的社会群体。但作为一个反映现实的作家，这一阶层不可能在其数量颇为可观的小说中缺席。回顾梳理一下，级别不高的干部在其作品中的活动也还是写得不少的，不过有些是侧面的、背景式的，隐隐约约的，正面描写的不多。写的内容也都是常见的，符合我国人情物理的寻常事象，没有极端的骇人听闻的伤天害理的事情，与莫言《天堂蒜薹之歌》、张炜《刺猬歌》以及官场小说的写作内容比起来，只能说是无事的故事，这也是符合作者写日常、不写戏剧性冲突的写作观一致的。《贾平凹传》也说："也有干部说，贾平凹基本上不了解官僚主义内部的生活，他写的那些实在是皮毛小事，真正的腐败现象他连边儿都没沾。"① 不了解是原因之一，更重要的原因是他不愿意写，这不是他的小说风格，也与他温柔敦厚的一面不相符，他反复说他有批判，但没有野心，没有恶意。他也经常在他的作品里说，基层干部容易引起民愤，说解放初期为啥国民党的高官反倒没事，枪毙的都是下面的官，国民党那些乡长、镇长呢，一半却被杀头了②。《白夜》里的羿副区长说：解放初，枪毙最多的是什么人？不是国民党那些大官，也不是毛毛随从，是县长，七品官这一级离百姓近，民愤大么。旧戏上一写县官都是白脸——为什么？一是写戏的人只熟悉七品官，也只敢写到七品官，二是写了七品官，老百姓看了戏能共鸣嘛③！细细品味作品中的一些基层干部形象，含蓄地批评了其粗暴执法、粗暴行政、独断专行、擅于权谋、欺上瞒下、钩心斗角、以权谋私等痼弊。

《高老庄》里村民滥砍树木被派出所关起来，作者写得不动声色，一间屋子关满了人，大便小便扔不出去，臭气熏天，然后，被放出来后

---

① 孙见喜、孙立盎：《贾平凹传》，西安：陕西人民出版社，2017年，第158页。

② 贾平凹：《带灯》，北京：人民文学出版社，2013年，第131页；贾平凹：《高老庄》，北京：同心出版社，2005年，第246页。

③ 贾平凹：《白夜》，武汉：长江文艺出版社，2004年，100页。

都抢着到水龙头那里喝水，一位村民到不了跟前去，端起一盆洗脸水就大喝起来。别说这些村民尚未定罪，就是罪犯，被关押时的大小便、喝水这些起码的人性需求都是应该得到解决的，然而没有，可见当时当地派出所执法的粗暴程度。《高老庄》里还写了饶有趣味的一出"鸿门宴"，上头来的黄秘书与吴镇长把子路、蔡老黑都请去吃饭，饭间也没讲什么正事，讲了一轮黄段子，后来大家才看到街上派出所的人在限令江老板离开本地。这时候蔡老黑才明白自己赴的是杀鸡给猴看的"鸿门宴"，因为这个江老板是蔡老黑攻击地板厂，特别是攻击苏红的有力武器，他到处散布苏红原来在城里是卖淫的，出过他的台。苏红没有选上人大代表与这个也有关系。在蔡老黑与地板厂王文龙、苏红的矛盾中，政府显然站在了地板厂一边，地板厂生意红火，不仅给政府带来税费收入，而且在民间的传说中吴镇长还经常拿地板厂的产品去县里送人拉关系。而蔡老黑的葡萄园已经陷入亏本境地，欠下信用社的贷款都还不起。再联想到蔡老黑当年葡萄园红火时也是政府表彰的致富能手、人大代表，似乎又有了世态炎凉的滋味。在蔡老黑的眼中，吴镇长与苏红她们似乎也是官商勾结，因为地板厂无疑要砍伐林木、破坏环境。而从吴镇长的眼光来看，打击江老板、蔡老黑，维护王文龙、苏红，则是优化投资环境。王文龙、苏红的人大代表选不上，可以改做政协委员。值得玩味的是蔡老黑对地板厂王文龙、苏红的憎恨何以如此强烈？其中一个原因显而易见，就是他和王文龙都喜欢子路的前妻菊娃，菊娃原来跟蔡老黑相好过，而现在倾向于王文龙，这对蔡老黑似乎是"夺妻之恨"（他尚未与原配离婚），但这仅仅是原因之一。蔡老黑组织了一系列针对地板厂的活动：到处说苏红是卖淫女；地板厂捐资办学，蔡老黑修塔，唱对台戏；殴打来地板厂卖木头的邻村人。煽动砍太阳坡的林子。利用背梁的死煽动群众直接暴力冲击地板厂，凌辱苏红，不惜触犯刑律。展现了蔡老黑较大的破坏力。除了上述原因，他对地板厂的憎恨，无疑还有嫉妒、心理不平衡等各种因素，他属于贾平凹作品里一系列的"不是平地卧"的角色（《浮躁》里的金狗，甚至雷大空；《白夜》里的夜郎；《废都》里的周敏；《土门》里的成义；《秦腔》里的君亭；《古炉》里的霸槽等）。这种人的特点就是不甘平庸，野心勃勃，有一定能量，能成事，也能坏事，心里没有原则，是非善恶非所计较，可以说为其所欲不择手段。《高老庄》里写到了高老庄的祖上兄弟相争，内斗厉害。蔡老黑与地板厂的争斗也是无谓的高老庄内耗，而且两派都能聚集群众，说明这种内斗心理的普遍性。

村长顺善在作品中着墨并不多，但其精明能干给人留下深刻印象。首先，子路给亡父办三周年就得请他来当主事人，他也确实能够迅速地安排清楚，各项事务纲举目张。同时，他说服子路邀请镇政府、派出所等部门的领导参加，他代为筹办，显然有他自己"密切联系领导"的目的。高老庄村民哄抢了太阳坡的林子，镇政府面临一个如何处理民众和向上面汇报的难题，因为村民违法，镇政府也失职要担责。顺善从林木的性质上做文章，村民从轻处罚，地方政府也推卸了责任。还有蔡老黑打砸了地板厂逃跑了，派出所抓不到他，又是顺善建议警察在菊娃屋边蹲守，抓到了蔡老黑。凡此种种都体现其精明。但他的本家叔疯子迷糊叔却总是骂他是贼，众人都说迷糊疯，但他列举顺善偷了公家什么什么东西，却不是无根无据，村民听了也觉得并非疯话。这也是贾平凹的虚实之笔，顺善这个村长谋私利己恐怕也是实有其事。

《秦腔》村支书君亭。主要写君亭的强势，一方面，他是与老一辈干部夏天义的重视传统农业、土地相对立的一方，要建市场，搞商品经济，符合社会经济发展的趋势，是得胜的一方。另一方面，他又是独断专行、擅于权谋之术的基层干部，他以举报秦安打牌的办法干掉了这个与自己意见相左的村支书，以捉奸的办法逼迫另一个村委会干部服从自己，用同样的办法逼迫要告他的三蹇撤回告状信。他在酒楼嫖娼被妻子堵住吵闹，却有办法让妻子第二天到酒楼道歉为自己正名。他颇具"开拓者"风度。他不满足于以往村干部仅仅只是应付上级的工作作风，"收粮收款，刮宫流产"，而是把建设清风街作为一项事业来干。他先是力排众议，在清风街建起了农产品集贸市场，大获其利之后，又着手用七里沟来换鱼塘，借以压制地头蛇三踅。为了跟乡领导要钱更换清风街的变压器以扩增电容量，他在酒桌上豪放喝酒，为了让水库管理站放水，他软硬兼施，请吃肉喝酒不成，干脆与秦安一起架起站长，逼着他开启闸门。为了把清风街的土特产品推销出去，他又远赴高巴县，利用在高巴县当县长的夏中星的关系硬是给清风街的土特产品打开了销路，一时被传为美谈。君亭是夏天义的侄儿，但又是新旧对立的两位村干部，这两人的冲突蕴含着复杂的内容，君亭的上台，未必就没有家族势力的支持。作为叔父，夏天义成为君亭的对立面，倒颇有点为了自己的信念（认为农村要以农为本，要保护耕地也可说是一种信念吧）而不顾家族观念。但也可以理解为对自己作为老主任的"既定方针"的维护，对自己声誉的维护。从两方面来看，都是一种守旧势力对新兴力量的抗拒。夏天义是《秦腔》里塑造得非常成功的一个人物，有一种"英雄末路"的动人力量。他年轻时也是地方著名的英武人物，如今县志里还多次提到他的名字，土改时还能利用权势霸占俊奇娘。即使退了，人人也尊称他一声老主任。但是人老了，在外，和君亭的斗争失败了，一些村民和他交往还害怕受到连累，他不再是受人尊敬的上座坐客。在家里，几个儿子儿媳为了他们两老的赡养问题争争吵吵。夏天义和书正闹矛盾，使书正摔伤了腿，要赔书正钱，夏天义没钱，又引起儿子、儿媳们责怪，他老泪纵横："我这是怎么了，弄啥事啥事都瞎？"他执拗地要到七里沟淤地，但跟随他的只有疯子引生、哑巴和一条狗。《秦腔》里，夏天义的末路之悲，就是乡土的没落之悲。

《带灯》中的乡书记、乡长都不能说是坏人，也没有什么特别的恶行，无非就是要做出政绩，想要提拔，或者进县城去工作。而且都在辛苦工作，上面有各种各样的任务，下面会出各种各样的问题，水灾发生时，四天四夜里，书记、镇长没合过一下眼。贾平凹写的正是这种"寻常之恶"，人们习以为常，然而"恶"在其中。欺上瞒下、弄虚作假是其一，水灾死了人，汇报死亡人数，报多了，破了红线要受处分，报少了怕被追究瞒报之责，还是书记水平高，用各种理由排除死亡人数，失踪的不算，因为某某原因死亡的也不能算，等等。于是，算出了一个理想的人数。又比如一个叫宋飞的仓库保管员因为和仓库主任为补贴争吵，偷了大工厂基建处十根雷管，事情比较严重，施工生产用的雷管、炸药，国家有严格的管理法规，如果发生被盗被抢，那就是重大治安事故，当事单位有关人以及主管部门负责人肯定要承担责任，给予严肃处分。书记却三言两语大事化小了，不说宋飞偷雷管，而是拿雷管去炸鱼。书记还是一个讲规矩的人，镇长的车一定要跟在书记车后边，这就是规矩。镇长的司机不懂规矩，有一回超过了书记的车，走在了前边，书记就取消了这次行动，让镇长白跑了一趟。没有原则，如对一些上访钉子户，有时无原则地收买，给下面综治办的工作人员带来麻烦。镇长允许元黑眼家族尚未办理手续就在河滩办沙厂。书记则正如上访者举报的，"在建大工厂过程中重用恶人，强行搬迁，鱼肉百姓，中饱私囊"。又因为拉布兄弟在县里找了关系打招呼就允许他们也开沙厂，一个河滩开了两家沙厂，势必产生利益冲突，为后边两家的恶斗埋下了祸根。推卸责任。元、薛两家为了沙厂大打出手，闹出人命，带灯和竹子最先赶到现场制止，反而承担了此次事故的主要责任，承受处罚。镇长、书记是真正埋下祸根的人却逃避了责任。粗暴行为。王后生说书记引进樱镇的大工厂有污染，是别的地方不接受才到樱镇来的，书记大怒，责令王后生写标语宣传大工厂没有污染。书记说，选干部就是把和咱们一心的人提上来，把和咱们不一心的人撸下去。书记穿大工厂的西装。可见，书记、镇长确实也在努力地工作着，也没有做什么特别的坏事，找关系、开后门是有的，得点好处也是有的（当然仅就小说直接叙述的而言，其中也颇有含蓄之言，如镇政府干部讨论谁最有钱），但是其工作似乎就是上下敷衍，如一位村民所说，政府是泥瓦刀就会抹光面子墙。

能够捞取政绩，能够进步，正如乡干部们背地里议论的："如果真去交通局当了局长，那可是能吃肉的地方，几年里就发了。"

《带灯》的内容更加体现"碎片化"的特点，它以樱镇综治办主任带灯的工作为线索，全面展示农村基层政府以及农民面临的问题。村干部的问题。损公利私比较普遍，如都把公家的电话装到自己家里，账目不清。南胜沟村旱得没水吃，带灯想让村里买个抽水机。带灯说，村委会有多少钱？村长说，有屁哩，前年退耕还林款我没有发，就是想留下来以备村里有了紧急事，十八户联名上访告我，你知道这钱就全发了。带灯当然知道那次上访，说，是你想留下给村里的？！村长支吾了一阵不吭声了。带灯提议让各家各户集资买一台抽水机，可和村长跑了十二户，都不愿意出钱，不是说人穷得要炒屁吃呀，哪儿有钱，就是说买抽水机能抽上水吗？抽过这旱天了，这抽水机又咋处置呀？带灯说：那也是村里一份财产。他们说：村委会里还有啥财产？！那十二页新做水魔坊的核桃木板呢？那拉电时剩下的电线、梯子和灯泡呢？说要修东涧子的路，存了上百袋水泥，水泥又在哪？连村里那一套闹社火的锣鼓，鼓破了还在，锣都卖了铜！村长说，你说这些干啥？他们说：集资了好过私人呀？！没水喝了也好，都渴着，这也是公平！（148页）村民愤怒于村干部侵占公款公物，宁愿没水喝也不集资。这是比较典型的事例。

《老生》中第四个故事中的老余，更具有那种野心勃勃往上爬的小官僚特点，他有靠山，有野心，能吃苦，一步步按着自己的计划创造政绩，他扶植利用戏生，戏生也精明会来事，戏生抬回了一棵特大秦参，老余说要收购送礼，戏生不要钱，老余就给他批了五万扶贫款。戏生搞养殖、种植，只顾经济效益，不顾食品安全，乱用生长素之类药剂。后来弄虚作假，伪称发现老虎。

《极花》中村长是边穷地区的村长，吃、穿还成个问题，村长便表现得有点占吃占喝。正说着话，村长又是披着褂子来了，黑亮爹说：你这褂子呼呼啦啦的，就觉得你要上天哪？……吃了没？村长说，我不饿。黑亮爹说，不饿就是没吃么。黑亮给村长盛上饭……村长是连吃了三碗，不停地说黑家总算把脉续上了，以后不再担心大年三十晚上窑门上没人挂灯笼……他身为村长，不仅不以协助纵容拐卖妇女为违法犯罪，而且以此邀功，甚至以此为"政绩"。他还向人索要名牌衣服、鞋子。在村人的心目中，他的形象是：能把鸡毛撂远，能把犁辕拉展，能把牛皮吹圆，能把驴笼嘴尿满。村里任何挣钱的事，他都要插手、多占。利用职权占有女人这一"贪官本色"他也具备。却听到里边有了话：把嘴给我！吓了一跳，忙放下衣服，朝那窗里瞅了一下，没想到村长和菊香在那里，菊香胳膊搂着村长的脖子，双腿交叉在村长的腰上。

当然，贾平凹也写到城里的官人，主要是《废都》与《白夜》。《白夜》里写的市府秘书长祝一鹤原是师范专科学校的讲师，文人习气，欣赏唱秦腔的南丁山，小说主人公夜郎通过南丁山结识祝一鹤，与女友颜铭常到祝家打理无家无室的祝一鹤家务，祝一鹤便推荐他到图书馆做一份工作。西京市委书记与市长不和，不久市长调走，树倒猢狲散，市长这一派的祝一鹤便被打压，要求返回学校教书，评个教授职称。但因数年不执教鞭，又是墙倒众人推，职称数次评不上，竟突发脑出血，从此瘫痪，失聪亡音，在夜郎、颜铭的照顾下，成了白胖如蚕的一具活尸。安排夜郎工作的图书馆馆长宫长兴见祝一鹤倒台，也即刻变脸，辞退了夜郎。

吴清朴开饭店，托宽哥找工商局局长办营业执照没有结果，夜郎认识银行的信贷科科长李贵，找李贵替工商局局长办企业的儿子批下贷款，工商局局长才办下营业执照来。

吴清朴饭店开张，邀请的贵宾包括派出所的所长、副所长，街道办事处的书记、主任、办公室主任，税务所的干部，电管所的干部，工商管理所的干部，街上的闲汉，新闻界的朋友，而礼品则是一条意大利真丝头巾，一块西铁城手表，一枚金戒指。还想邀请市上的领导，正职的请不来，也不敢请，后来商定只请东方副市长，送上四千八的剪彩费，其秘书则给一千的红包。晚上夜郎与其秘书送到东方副市长家里去，写了一番副市长的平易近人，然后细写副市长吃胎盘。开张宴席上东方副市长解决了宽哥的住房分配问题，面对宽哥的感激，副市长说："这是我分内事么，用不着感激。现在社会风气不好，做了许多正常的分内事好像就不得了了，比如电视上常报道什么领导下乡了解情况呀，联系群众呀，这些是领导干部起码的工作作风嘛……"

《废都》里间接地写到了市长，直接写到的则只有秘书以及街道办主任。（黄德复）就拉了庄之蝶到一边，悄声说，开人代会比打一场战争还紧张的。会议前，他和秘书长每天晚上开车去郊县和市内各区政府了解情况，找人谈话，该讲明的就讲明，该暗示的就暗示，他是囫囵五个晚上没得睡觉。

《废都》里作为线索的那场名誉风月官司的起起落落，更是一个含蓄的富有反讽意义的描写，一场官司的成败，事实与法律都不是最重要的，而是各种各样的关系，特别是庄之蝶这边通过白玉珠找该案的主审法官司马恭一节，真是"一肚子《水浒》"，先说请司马恭来喝酒，他如果来了，这事就有三分指望。来了之后，送给他龚靖元的字，他若收了，这事就有六分指望。收了字，再问这案子，他若不说，这事又难了，若是愿意说，就有八九分指望了。这一番话，果然就是《水浒》里王婆帮西门庆勾引潘金莲的话一般。作者的讽刺之意含蓄而深切。

第三节 "不是平地卧的"

这类人物前文已有述及。这些"不是平地卧"的角色，首要的特点就是绝不安分守己。在《古炉》里：

六升的媳妇说，让你甭说你偏要说，你知道霸槽成啥人呀？下河湾的李双林小时候多浪荡的，人见人恨，可后来出去跟上队伍背枪，谁能料到现在是县武装部部长！土改时大柜也是整天跑得不落屋，斗地主哩，分田地哩，不是当了支书！你能料了霸槽的前程①？！

这里，一位农妇凭着自己直观的经验，总结了两位不安分、浪荡的"成功人士"的经验，得出这样的人不一定就没有好前程，因而推测当时大家认为人品不好的霸槽前程不一定不好。这其实可以说是贾平凹自己的一个体会，所以这种人物才会成为一个类型出现在他的作品里。尽管作者以客观之笔写此类人物，但内心深处并无好感。比如《老生》里土改干部马生游手好闲，贪淫好色，心狠手辣，纯粹的恶棍形象，是让人厌恨的，当然这是极端的例子。《古炉》里霸槽就并不如此，他外形俊朗，所以杏开爱他，有时讲情义，所以狗尿苔喜欢他。但不安现状，不甘心处于被支配的地位，想出人头地，是他最大的特点。他很像《坚硬如水》里的高爱军，又像向往"革命"的阿Q，最后也落了个被枪毙的结局。这两个是当代乡村强梁人物的前身，带着时代的烙印。到了改革开放之后，他们会被赋予新的时代特征。不安现状是人进步的动力，《高老庄》里的蔡老黑，无疑是走在乡村改革致富前列的能人，他开办葡萄园一度红火。《秦腔》里丁霸槽不仅会开酒店，而且私下里搞起色情服务。做了村干部的君亭说："咱这一届班子，总得干些事情，如果仅仅'收粮收款，刮宫流产'，维持个摊子，那我夏君亭就不愿意到村部来的。"《带灯》里的元黑眼兄弟，换布兄弟，都有敏锐的经济嗅觉，开沙厂，购房产，跟乡镇干部套近乎，送礼行贿，使强用狠。这种人离开农村进了城就是《白夜》里的夜郎、《废都》里的周敏，这两个人一出场就是对自己现状的极度不满，恨"城是人家的城"，自己一无所有，千方百计地找出头之法，夜郎攀上了祝一鹤，周敏攀上了庄之蝶。

其次，这类人是不受约束的，规矩意识淡薄，更谈不上什么法治观念，就是传统的乡村是非观念也很淡薄，所以，这些人无一例外地最终都走上了暴力之路。"文革"中的夜霸槽一伙以极其惨烈的武斗结束了

---

① 贾平凹：《古炉》，北京：人民文学出版社，2011年，第273页。

很多人的生命，自己也被枪毙。不妨看看书中堪称惨烈的描写：

马勺从磨盘下抱住了迷糊的双腿使劲一扳，迷糊一个狗啃屎跌倒在地，马勺就扑出来骑在迷糊身上，迷糊当然力气大，迷糊又把马勺压在了身下，马勺腿使不上劲，使迷糊的身子也拉扯着翻了个过①。

更加惨无人道的是马部长、霸槽一伙把炸药包绑在灶火的身上将其炸死。本是互为乡邻的人们在无谓的政治帮派斗争中将身上的魔鬼兽性放纵发泄。

元黑眼兄弟与换布兄弟因为沙厂发生造成几人伤亡的殴斗：拉布往后打了个趔趄，把钢管再抢出去，这一次打在元老三的脑门上，钢管弹起来，而元老三窝在了那里。拉布又是一阵钢管乱抢。元老三再没有动。拉布拉起元老三的一只脚要把他倒提了往沙壕里蹾，元老三已是断了线的提偶，胳膊是胳膊，腿是腿，把他放成什么样就是什么样，两眼蹦出了眼珠子。眼珠子像玻璃球，拉布只说玻璃球要掉下来了他就踩响个泡儿，眼珠子却还连着肉系儿，在脸上吊着。拉布转身提着钢管走了②。

这场打斗还有后续，这里只是一个片段，已叫人触目惊心。野蛮，残忍，对生命的极度漠视，这些词语都可以用上，而这些打斗的人，平时并非恶魔，只不过是再平常不过的普通村民而已。

蔡老黑煽动村民以武力冲击地板厂，殴打羞辱苏红。夜郎和周敏都在自己遭遇失败后对仇人使用暴力进行报复。这种暴力叙事在反映历史的《老生》《山本》等作品里有更加惨烈的呈现。在贾平凹大部分的长篇小说中都会写到严重的暴力冲突，冷静，但是细致具体，显然有着感性经验，也有着深长思考。

---

① 贾平凹：《古炉》，北京：人民文学出版社，2011 年，第 578 页。
② 贾平凹：《古炉》，北京：人民文学出版社，2011 年，第 321 页。

第四节 "农民像风中的鸡，羽毛翻皱，脚步趔趄"

　　贾平凹写农村生活为主的作品《高老庄》《秦腔》《古炉》《带灯》《极花》以及写农民进城拾荒的《高兴》等作品反映农民的日常生活，关注、描写其物质生活与精神状态。有些人的物质生活的极度匮乏叫人触目惊心。当代文学作品中，阿城的《棋王》对王一生"吃"的描写给人留下了深刻的印象，刘恒的《狗日的粮食》舔碗的"吃相"以及瘿袋接骡粪筛粮的细节，莫言《丰乳肥臀》母亲用胃偷粮食等，都是饥饿叙事的经典片段。但其时代背景都是改革开放之前诸如"文革"时期等，而在《高老庄》《高兴》等新时期以来的时间段的农民日常生活中，贫困虽然不似上述作品那般惨烈，但也是出乎大多数读者意料之外的。同样是"吃"：

　　《高老庄》：子路夫妻到劳斗伯家磕头，二婶下面来吃，西夏无意中看到厨房的土炕上却有一个人，伸出鸡爪似的手，迅速在碗里抓了一撮面塞进了口里。①

　　这里写了一个偷面吃的动作，"鸡爪似的手，迅速在碗里抓了一撮面塞进了口里"。作者惜墨如金，没有介绍这个偷吃者是谁，为什么要偷吃，因为这些不重要，有了这个动作，这个家庭物质上的贫乏已经可见一斑了。

　　也许，新时期以来，绝大部分的国人已经不再受饥饿之苦，但是，吃得怎么样就是另外一回事了。《高兴》里进城收破烂的刘高兴等人就是如此：

---

① 贾平凹：《高老庄》（评注本），北京：同心出版社，2005年，第30页。

　　我（刘高兴）吃饭是讲究的。就说吃面吧，我不喜欢吃臊子面，也不喜欢吃油泼面，要吃在面条下到锅里了再和一些面糊再煮一些菜的那种糊涂面。糊涂面太简单了吧，不，面条的宽窄长短一定要标准，宽那么一指，长不超过四指，不能太薄，也不能过厚。面条下锅，要一把旺火立即使水滚开，把面条能膨起来。再用凉水和面粉，苞谷面粉，拿筷子迅速搅成糊糊，不能有小疙瘩，然后沿锅边将糊糊倒进去，又得不停地在锅里搅，以免面糊糊裹住了面条。然后是下菜，菜不能用刀切，用手拧。吃这种面条一定得配好调料，我就告诉五富，盐重一点，葱花剁碎，芫荽呢，还得芫荽，蒜捣成泥状，辣子油要汪，醋出头，白醋最好，如果有些韭花酱，味儿就尖了。五富说：你说得都对，但咱只有一把盐。①

　　除了吃，生老病死都是苦。就如《高兴》后记里"我"和刘高兴的对话所说：听了他的话，我就叹息了，他说你叹息啥哩？我说：农村还这么苦。他说：瞧你，苦瓜不苦那还叫苦瓜？！②《秦腔》后记里说："村镇出外打工的几十人，男的一半在铜川下煤窑，在潼关背金矿，一半在省城里拉煤、捡破烂，女的谁知道在外边干什么，她们从来不说，回来都花枝招展。但打工伤亡的不下十个，都是在白木棺材上缚一只白公鸡送了回来，多的赔偿一万元，少的不过两千，又全是为了这些赔偿，婆媳打闹，纠纷不绝。"这些现实情况，自然都被写入作品，如《高老庄》：

　　南驴伯的儿子得得在地板厂做工，锯木头的时候一块板子飞蹦了，巧不巧击中了得得的太阳穴，当下流出一摊血水人就没命了。地板厂认为得得是挖厂区下水道的小工，他没有伤亡在挖下水道的工地上，而是他贪图便宜，去电锯棚找小木板要为自家做小板凳，人家不要他靠近电

① 贾平凹：《高兴》，北京：作家出版社，2007年，第43—44页。
② 贾平凹：《高兴》，北京：作家出版社，2007年，第292页。

锯，他偏不听，出了事故当然与厂方无关的，但念及事故在厂区发生的，一次性付给一千元安葬费。这一千元的分配又引起了其父母与其妻子菜花的矛盾。

《高兴》里的五富也死在了城里，五富死于脑出血。昂贵的医疗费用已经成为普通百姓的梦魇。上述《高老庄》里的南驴伯，《秦腔》里的秦安，莫不写得凄凉伤感。

《带灯》里写到带灯的一位"老伙计"老年农妇范库荣临死前的凄凉：

小叔子当然也认识带灯，说：啊，你也来看我嫂子！带灯问院门咋关着，那儿子儿媳呢？小叔子告诉说他哥去世后，这一家人日子就没宽展过。儿子人太老实了，又没本事，好不容易在大矿区打工赚了钱回来，去年秋里媳妇却得了食管癌，现在还在县医院。他嫂子一睡倒，儿子两头顾不住，昨天媳妇又要第四次化疗，他让儿子去医院照顾媳妇了。嫂子毕竟是上了年纪，他在家里帮着照看着就是。带灯说：事情咋都聚到了一起？！小叔子说，我已经六十的人了，还得伺候我嫂子么！院门开了，开门的是范库荣的孙子，只有六七岁。小叔子说，你咋不开门？孩子说，我趴在炕沿上瞌睡了。……一进去，屋里空空荡荡，土炕上躺着范库荣，一领被子盖着，面朝里，只看见一蓬花白头发，像是一窝茅草。小叔子俯下身，叫：嫂子！嫂子！叫不醒。小叔子说，你来了，她应该有反应的。又叫：嫂子！嫂子！带灯主任来看你了！带灯也俯下身叫：老伙计！老伙计！范库荣仍一动不动，却突然眼皮睁了一下，又合上了。小叔子说：她睁了一下眼，她知道了。带灯就再叫，再也没了任何反应。带灯的眼泪就流下来，觉得老伙计凄凉，她是随时都可以咽气的，身边竟然连个照看的人都没有。带灯给范库荣掖被子，发现她的双膝竟然和头一样高，问人咋蜷成这样啦？小叔子说她一睡倒就这个姿势，将来一咽气还得拉展，要不入不成殓①。

这种一个家庭两个重病人的祸不单行的情况就更不用说了。

这种对现实的关注是以农村农民为中心的。贾平凹最擅长讲述的一个是流传民间的奇闻异事，一个就是他熟悉的农民的家长里短、音容笑貌。而写农村农民最亲切有味的则是《高老庄》与《秦腔》。《高老庄》被有的学者认为是贾平凹艺术上最好的作品，不是没有道理。他最熟悉这些父老乡亲，一写起他们，就妙笔生花，不管是肯定还是批评他的评论者，都认为他具有非凡的写实能力。写乡民，启蒙话语还是一个重要的方面，早在《古堡》等作品里对牛磨子之类自私、狭隘、刁钻的品性进行鞭挞，小说的结尾，乡人争抢老大被判刑布告上的红印章，认为能够避邪，更是与鲁迅《药》里的人血馒头相呼应。在《土门》《古炉》里又有在枪毙人时用馒头蘸死刑犯脑浆吃的风俗的描写。而在《高老庄》里，这种对乡民劣根性的批判更多的是在不动声色的细节里：

这一日，子路因去砖瓦窑结算拉去的砖款，西夏在坟地招呼工匠，墓坑挖下八尺深，开始砌墓左侧墙，一个泥水匠坐在坑沿上吸烟，不小心将一把直角木尺掉下去折为三截，当下心里不高兴，认作这坟地风水太硬，就问这墓穴是谁看的？西夏说："铁笼镇的阴阳先生王瘸子。"泥水匠说："是子路陪着人家吧，阴阳先生水平再高，也是随主人意思行事的，子路一定是怕花钱换地，才到这个地方的？"西夏说："这冤枉子路了，他做侄儿的，总想给南驴伯寻个好穴的，一半钱还是他出的。"泥水匠说："子路这般大方？！你们这个家族没有大方的，大方的只有庆升，开口要五千元！"几个人就嘻嘻哈哈起来。西夏听了，吃了一惊：这些人怎么也知道了借种的事？就一头雾水，不敢多语。工匠们见西夏不说话了，就问西夏有了孩子了没有？西夏说没有，他们说，那怎么不快生出个大个子来呢，要等着菊娃也生一个城市的白脸娃娃吗？

----

① 贾平凹：《带灯》，北京：人民文学出版社，2013年，第92页。

因为心怀不满，故意当面揭人短处，说人是非，个个都是由此及彼的转折高手，转得何其自然！

后来，这工匠要求赔偿他的木尺，子路不同意，工匠们就红脸吵起来，还是西夏掏出二十元钱给了他，西夏说："尺子值多少钱？你不用找了！"那工匠偏从口袋掏出二角钱来放在地上，说："我是穷人，可我不多要你们一分的！"其刁钻丑陋如在目前。

偷砍太阳坡的树木时，老年妇女也上了山，砍不了大的砍小的。三婶说："人家都发财了，西夏，人家都发财了！"明知道是违法的事，但别人砍了，自己没砍就怕吃亏了。陆建德在《贾平凹长篇小说〈带灯〉学术研讨会纪要》中谈到《带灯》里的细节元家兄弟在河床上拿了一块地，开始轰轰烈烈地挖沙，卖沙赚钱。这是破坏生态的行为，无人干涉，政府的干预之手是看不到的。其实这里有镇政府领导的默许，其中的利益交换作品没有写。

背梁这个人物也显得丑恶。他是石头的舅舅，来接石头去跟蔡老先生学针灸，对西夏和子路都表现出明显的敌意，话里夹枪带棒，后来和西夏发生口角，直接谩骂西夏："后娘，谁认你后娘啦？你能有这么大的娃娃，你那小 × 生得下虼蚤来？！"后来想动手打西夏，却被西夏一个侧身就撞倒在地，抹了一把鼻血，叫道："好啊，今天这流血事件可是你一手制造出来的！"这一句很冠冕的外交辞令式的话在这种情境下很有搞笑的效果，也是贾平凹多次重复使用的细节。弱小而狭隘、卑微而充满戾气，这是并非个例的叫人叹息不已的品性，阿Q的身影似乎无处不在。

要面子，吹牛皮这种特色也很突出。《高老庄》中，因为打人，晨堂被派出所抓去，铐子将双手铐在了屋柱上，一顿拳打脚踢。警察要他交代打人的到底是谁，是怎么打的，他提出要尿，警察照头泼了他一盆水说：反正全湿了，你尿吧。他又提出要喝酒，警察脱下鞋用鞋底扇他的嘴，所长却提半瓶酒往晨堂嘴里灌。又被铐在窗棂上，正好让他脚尖踮起来胳膊才不疼。后来是子路来说情才被放出来。饶是遭受如此虐待，回村后，却对村人说，他派出所人打我哩，可他也得给我喝酒，他妈的，咱在家也喝不上五粮液哩！让人闻他口里的酒气。

《带灯》里有一节叫“王中茂家过事”，集中刻画王中茂的吝啬、刻薄。王中茂招了一个上门女婿，首先对女婿就小气，但凡未婚女婿一来，他就说，还是吃了饭来的？女婿肚子再饥也只能说吃过了。他又说，还是不吃纸烟？还是放下礼就走？女婿只得不吃纸烟放下礼就走。给女儿结婚摆席，当舅的都没有告诉。舅从别人处听说了，只说，没钱的舅算个屁！流一股眼泪。俗话说，娘亲舅大。但王中茂只看有钱没钱，不论亲疏。酒席上低声指责主事人不该把纸烟散得那么勤。又看见有人在怀里揣了半瓶没喝完的酒要走，就赶紧过去，说：哎呀他伯咋走呀，还有一道硬菜哩。那人说，我牙不好。他说，是牙不好，瞧吃饭撒一胸口的饭点子！用手去擦，趁势从怀里取出了酒瓶，却说，你让娃们家给你补补牙么，牙不好吃饭就不香啦！他为人苛刻，别人对他也可想而知，酒席上有人吃了饭，空碗并不放回桌上，而顺手扔在了尿窖子里，从厕所捞出来十几个碗碟。

当然，乡村温情也有绽放之时。《秦腔》里秦安生病后，大家都去，就显得非常体贴暖心，去的都是钱，不用物，吃席时每户都只去一个人。收到的礼金多到秦安自己都难以相信。

不孝顺老人。《带灯》里的马连翘，兄弟两家分别赡养公公与婆婆，因为兄弟不和，居然就不让老两口在一起生活。贾平凹给了我们一个细腻生动的场面：

老两口并排走，共同提着一个笼筐，一摇一晃，摇摇晃晃。笼筐里是几十颗带着青皮的核桃。竹子悄声说，咦，老两口在一搭过日子啦？老两口一个说，你慢点。另一个在说，你也慢点。带灯觉得老人举止感人，说，再不让老两口在一搭，那就造孽了。但是，话没说毕，斜对面卖寿衣纸扎店里冲出来了马连翘，她对着她婆婆尖锐地说，哎，哎！老婆子抬头见是儿媳，说句：碰上了！手一松，笼筐倾斜，把老汉子拖得打了个趔趄，七八颗青皮核桃在地上滚。马连翘说，叫你哩！老婆子说：噢。马连翘说：你又去老二家啦？谁让你去他家，你就恁缺不了老汉？！老婆子说，不是我去老二家，是你爹想吃核桃，给我捎话，我领他去后坡里摘了咱些核桃。马连翘说：那是老二家的核桃吗，他跟着老二过活凭啥吃我家的核桃？老婆子说，分家的时候核桃树分给你了么。马连翘说：你给他摘核桃，还把家里什么给他了？老汉子说，我不吃，不吃了！把核桃笼筐放下，颤颤巍巍就走。马连翘就过来拿了笼筐。

马连翘的无理、无情与凶恶，老人的如老鼠见猫表现更可见出马连翘一贯如此，两位老人本该相依相惜，却被强行拆散，连自家的核桃也吃不上，读来让人无限叹息。

第五节　升华还是堕落——从庄之蝶到羿光

知识分子是社会的良心。但中国现代文学自鲁迅以来，小说中知识分子形象并不光辉夺目，鲁迅笔下的三类知识分子形象分别是封建科举制度的牺牲品孔乙己之类，封建卫道士伪君子高老夫子之流与接受新思想初而进取终于失败颓唐的魏连殳、吕纬甫等人。并无一个坚定、伟岸的人物。此后郁达夫笔下痛哭颓废自杀的留日学生，沈从文《八骏图》里精神畸变的大学教授，钱锺书《围城》里丑态百出的知识分子群像等，虽然人品思想各不同，但冠以共名的话，一个"弱质"的词语堪称恰当。以"启蒙"姿态现身的新文学作家们，塑造的知识分子形象却如此，也是一个颇堪玩味的现象。

贾平凹小说中，着墨较多的知识分子并不多，但延续了现代文学传统，大都是一些弱质的知识分子形象。《浮躁》里的金狗是个例外，金狗从文化程度来说也许还不算严格意义上的知识分子，但在特定的时代背景下，他已经是文化程度较高的人，而且他一度是以报社记者的身份活动的，属于知识分子阶层了。

从心态上来说，此时的作者声名未著，还在奋斗阶段，怀有英雄的梦想，热血沸腾，正义感、事业心都很强烈。金狗不是当时的作者自况，而是憧憬和梦想，是自己向往的人物，因此金狗和贾平凹自身是对不上号的，我们读金狗，不会以为他是贾平凹。因此赋予金狗这个记者真正"无冕之王"的神力，一支笔可以革掉一个县委书记。

从庄之蝶到子路、夏风，到羿光，我们会马上想到贾平凹自身，从外貌、身份、人际关系诸方面有着太多的相似。

《秦腔》里夏风让人感觉和子路很接近，他接济亲戚，利用自己作家的声名帮本家"跑官"，却没有多少热情，就像《高老庄》里子路也曾跑到派出所"捞回"乡亲，都是情非得已而为之。不想帮秦腔老演员出书，也不能理解妻子白雪对秦腔的热爱，只想把妻子调进城里去，最后夫妻离异。最让人反感的是他要把自己生下来没有肛门的孩子抱出去丢到地里。小说结尾是引生等着夏风回来。也就意味着夏风离弃故乡很久不曾回去了。总之，和子路一样，夏风给人自私冷漠的印象。还是南帆说得好："夏风似乎是清风街的多余人物。"由此引申到文人与故乡的关系："故乡是他们梦魂萦绕的地方，一辈子伤感和记忆的地方，同时也是他们无所作为的地方。……知识分子在讲坛上慷慨陈词，充当社会的良心，承担社会道义，批判无知与蒙昧；然而，这些巨大而空洞的话语与嘈杂的故乡怎么也联系不起来。……贾平凹已经意识到夏风的尴尬，因此他不是夏风；或许贾平凹与夏风一般无奈，但他肯定比夏风深刻。"①

《高老庄》里的子路是大学教授，在城里他文质彬彬，说着不紧不慢的普通话。但回到高老庄，他就像猪八戒露出原形，吃喝拉撒都恢复

---

① 林建法、李桂玲主编：《说贾平凹》（下），沈阳：辽宁人民出版社，2014年，第28页。

农民模样。然而这并不是其形象矮化的真正原因，在其妻子西夏的对照下，他显得进退失据，毫无担当，既拿不起，也放不下。他嫉妒蔡老黑与前妻菊娃相好因而厌恶蔡老黑，不愿意西夏和蔡老黑接触。西夏却同情蔡老黑，想帮助他，蔡老黑带头冲击地板厂犯法了却冒着被捕的危险去找菊娃，显得这个野蛮而有破坏力的男人倒有几分真性情，反衬出子路的猥琐。在苏红被冲击凌辱时，西夏也毅然相救。西夏成了现代文明的象征，她满怀热情地想要匡正高老庄的落后与野蛮，而子路只想因循苟且，置身事外做个自了汉。高老庄让他觉得烦躁不安，小说结尾他到父亲坟前告别不想回来了。

如果说子路和夏风还只是自私与冷漠，那么庄之蝶与羿光则只能用颓废与堕落来概括。

从1993年的《废都》到2020年的《暂坐》，相隔了差不多三十年。两部作品里面的男主人公都会让人联想到作者贾平凹，因为他们都是西京城里红得发紫的名作家，都是西京的名片式的人物。我们不同意那种把作品人物等同作者的批评，作品人物可以是作者自况，也可以是作者的自省，甚至自我批判。当然，托尔斯泰指出："无论艺术家描写什么：圣人，强盗，仆人，我们寻找的看见的只是艺术家本人的灵魂。"不管作者立意在哪里，如此明显的自我映照的人物身上，我们当然可以去探究其"灵魂"。

写《废都》时贾平凹40岁，写《暂坐》时66岁，庄之蝶与羿光也大致是这个年纪，一个中年，一个老年。近三十年沧海桑田，当年备受争议的庄之蝶如今变成了什么样的羿光呢？

从惶惑到淡定。

《废都》一开头就是"一日活得泼烦"，奠定了庄之蝶"泼烦"的生存状态基调，整个小说以一桩名誉侵权官司为线索，这桩官司对于庄之蝶来说无疑是飞来横祸，却由于方方面面的关系不得不应对。还有替人做广告，代人写文章、发文章，甚至卷入政治是非，沦为鲁迅先生所说的商人的"帮闲"与官人的"帮忙"，于是求人，受气，身不由己，惶惑，泼烦，于是寻求情欲的发泄，偷情猎艳，卷入更多的是非之中。不时伤感哭泣，一个人关在书房里听哀乐浇愁。深感"成名不等于成功"。他无奈地说：我是要写长篇的，不让我写我就不写了。

　　庄之蝶是颓废的，正如论者所云，庄之蝶是一个知识分子丧失理想信念后的精神状态的呈现。受当时商品化大潮的影响，物欲泛滥，人心浮动，作品里社会闲人周敏的郁闷似乎也可窥见庄之蝶心绪之一角：眼见得身边想做官的找到了晋升的阶梯，想发财的已经把十几万金钱存在了银行，他仍是找不到自己要找的东西。所以《废都》是当时社会情绪的反映，也是作者生病、吃官司等人生不顺意绪的流露与抒发。《废都》之所以激起激烈的批评，不仅因为其性描写，还因为讲述了"知识分子之死"，如论者所言："小说主人公是一个作家，一个中国社会的知识分子。然而，他跟'五四'以来所谓的启蒙者、人民的良心和灵魂的工程师的知识分子相距甚远。"① 有论者干脆否认其知识分子身份：但活动在《废都》中的也并非现代意义上的知识分子，他们只是传统社会所遗留下的"文人"。甚至也不是"王纲解纽"时代那种以天下为己任的"士"，而只是苟活在一统、承平时代的某类帮闲、清客。更要命的是，在他们身上，甚至也找不到几千年士大夫文化涵养出来的那种风雅气节，而只剩下一些来自市井社会的鄙俚的趋时附势②。

　　但庄之蝶还在挣扎，他没有安顿下来，也没有放弃、认命，所以他是痛苦的，他还活在俗世里。

　　羿光则似乎有了"仙气"，一直都是淡定从容的。住在高高的拾云堂，等着西京十块玉的请教求助，等着粉丝们求签名，购书法作品，等

---

① 鲁晓鹏著：《世纪末〈废都〉中的文学与知识分子》，季进译，《当代作家评论》2006 年第 3 期。

② 邵宁宁：《转型期现象与无家可归的文人——关于〈废都〉的文化分析》，《甘肃社会科学》2004 年第 1 期。

着美女进贡。

可以称之为文化掮客的范伯生去找羿光，敲门不开，就在楼下等着，"约莫过了一个小时，有一女子从楼道出来，二十出头，长腿细腰，灰发红唇，神气和步姿明显是个模特。范伯生会心笑笑，还故意再证实一下，叫声：羿老师！这女子并没有看他，脚上的高跟鞋却拐了一下，匆匆出院子去了。范伯生再去按门铃，门很快开了，屋里拉着窗帘，却开着灯，羿光就站在门里，没有戴眼镜，眼泡肿胀，似乎才洗罢脸，额头上头发湿着"。

以贾平凹一贯含蓄的笔法，这一段内容自然叫人想入非非。

但羿光和海若等姐妹却似乎亲密而并没有性的关系，小说通过海若来思考：她细细观察和感受着，她相信自己的观察和感受能力，羿光是爱着自己的。羿光说过，男女有了一次性爱，要么就越来越亲，要么就再不往来，形同路人。羿光或许是对她，以及对她的众姊妹们，喜欢着，却不愿意有了那一种事情而使这种感情难以持久。

但对同样被海若等人视同姐妹的俄罗斯美女伊娃，羿光却毫不客气，没有试探，"把伊娃推靠在柜面上，吻住了嘴"，后来又欲擒故纵，伊娃说，你把我勾引起来了，你却不理我！于是激情爆发，可惜偏就做不成，这从来没这样啊！

然而，伊娃只是有一个俄罗斯女郎的肉身罢了，整个作品中，看不出她和别的中国女人有什么不同。对羿光的崇拜，甚至对羿光的"羞涩美"的欣赏都跟海若是一样的，她对羿光说，你除了巨大的才华外，你那么大年纪了还说话风趣，并且更有一种羞涩，你在和海姐她们说话时常有些不好意思了就抹抹脸，像猫一样。你知道有羞涩感是男人的一种特殊魅力吗？

本来，拿作者和作品中的人物来比附不是一种合适的态度。但是，贾平凹偏偏把人物和自己写得那么相符，拾云堂不是他的家，是他写作的地方，拾云堂的摆设，都是和作者的情况基本符合的。还有他的字画，小说里一再强调的是"他的字贵呀"。小说里写了一个胖子来买字，先只拿出九万，已经拿起笔来的羿光便把笔放下了，坚定地拒绝还价，说，贵是贵，你买了去都是办升迁啊，揽工程啊，贷款啊的大事么。胖子说：这倒是，人家点名只要你的。对于羿光的书法，也有一些批评和非议。通过范伯生的口：网上有一篇文章，说你是作家却卖字，抢书法家碗里饭。羿光说：古时候能书法的都是文人，哪有专门书法家？他们倒是吃我盘中餐！希立水送一个叫许少林的处长一幅羿光的书法，许少林却说：我不喜欢他的字。那不就是毛笔写的钢笔字吗？旁边的人也就说：我也知道羿光临帖少，书法功力欠缺，名人字画嘛，字画不贵，人贵。从贾平凹的一些散文可知，这也是和作者自身情况相符的。作者之意是自赏，还是自省，自嘲，姑且不论，羿光却是有点理直气壮、风雨不动安如山的自信与淡定的。范伯生说他每年让羿光赚个五百万吧，数目不菲啊。

羿光不再惶惑，一切都有定见，他是《暂坐》里的智者。在以往的作品里，贾平凹往往设置一个智者形象，像《山本》里的陈先生、《极花》里的老老爷、《土门》里的云林爷、《古炉》里的善人等，但在《暂坐》里，这个形象分散了，羿光、海若、光顾能量仓馆的老申、领导等几个人物都时出哲理之言，颇有智者之风。是不是渐入老年的贾平凹感慨愈多呢？不管羿光智慧多深，反正他不再是彷徨的庄之蝶，他的论断毫不犹疑：宵小卑微者可怜。寻对象呀，寻来寻去，其实都是寻自己。所以我不皈依。我才说你们（海若等女人）不是飞天，飞不了天的，等等。

对待女人的态度。《废都》最被人诟病的就是性描写，以及故弄玄虚的"天窗叙事"，以及各色女人对庄之蝶的飞蛾扑火般的爱慕、献身。但不管是唐宛儿、柳月、阿灿，庄之蝶都有一个试探的过程，都设置了一个互相主动、不约而同投入对方怀抱的特定情境。他也尊重了汪希眠老婆的拒绝，还有对尼姑慧明的望而却步。相对来说，《暂坐》可以说写得很干净，没有太多的性描写。

　　总结一下，羿光与庄之蝶还是大同小异，同的地方更多：名作家，难得有个不知道其声名的西京人；与官商都有往来；都有无数的美女争着献身于他；都有名士派头，但庄之蝶是不修边幅，其貌不扬，在奶牛奶头上直接吃奶，而羿光是"出门中式装，大烟斗的"。不同之处是中年人变成了老年人，"泼烦"变成了宁静。庄之蝶找女人，同时也在找麻烦找伤心；羿光则取舍有度，只找女人，不找麻烦，也不再伤心。或许，羿光更有钱了？庄之蝶的"求缺屋"是政府安排的，羿光的"拾云堂"是他自己的。

　　成长了近三十年，羿光没有比庄之蝶更高尚，只是老了，放弃了挣扎。

第四章　神秘叙事与佛老思想

第一节　神秘叙事

一、神秘事象

"所谓神秘，内涵了神奇、隐秘之意。"[①] 神秘由于主观性较强，所以学者们对其理解与阐释存在差异。像具有人文主义精神的学者毛峰将神秘文化与哲学体悟相融，以文化哲学的精神高度深思人类生存意义。他指出神秘是"有限时空中的人直观无限的宇宙生命时必然产生的认识局限和心里感觉"，即有限的生命与无限的宇宙之间产生碰撞，从而得出的超越感、神圣感视为神秘[②]。

我们可以这样说，所谓神秘文化，就是人们建立在对某种超自然神秘力量的崇拜和信仰基础上创造出来的、按常识逻辑无法解释的、具有

---

① 　王玉德：《中华神秘文化书系》，南宁：广西人民出版社，1992年，"序言"，第1页。

② 　毛峰：《神秘主义诗学》，北京：生活·读书·新知三联书店，1998年，第426页。

隐秘特点的各种文化形态和文化现象。神秘文化有广义和狭义之分。狭义上指的是历代的谶纬、巫蛊、方术、命相、风水、星占、丹汞、养生等形而下的"术",带有工具的性质;广义上则包括哲学层面的世界观和方法论以及思维模式。神秘现象更多的是指那些用人们已有的知识和经验无法解释和说明的各种自然现象和生命现象,过去有,现在有,将来还会有。而我们所说的神秘叙事,则是指作品中对包含神秘现象的神秘文化的记叙、表现。

贾平凹的小说里布满了各种神秘事象,他是有意为之的,他曾经自道,"我就爱关注这些神秘异常现象,还经常跑出去看,西安这地方传统文化影响深,神秘现象和怪人特别多,这也是一种文化",并说:"我作品中写的这些神秘现象都是我在现实生活中接触过,都是社会生活中存在的东西……我在生活中曾接触过大量的这类人,因为我也是陕西神秘文化协会的顾问。"他还说:"我老家商洛山区秦楚交界处,巫术、魔法民间多的是,小时候就听、看过那些东西,来到西安后,到处碰到这样的奇人奇闻异事特多,而且我自己也爱这些,佛、道、禅、气功、周易、算卦、相面,我也有一套呢。"另一方面,在他看来,"从佛的角度、从道的角度、从兽的角度、从神鬼的角度等等来看现实生活",也具有文学创作"不要光局限于人的视角"的意义。在他早期的小说《古堡》《美穴地》《浮躁》中已经有阴阳风水、梦兆、谈玄等等民间常见的神秘说法,后来的作品此类书写则越是繁密。

像《太白山记》式的虚实结合、真幻结合以谈奇说异为主的笔记小说姑且置之后论。先说弥漫在其以现实主义为主体的长篇小说中的神秘元素。

神秘文化可谓源远流长。人类在童年时期,认识自然、驾驭自然、改造自然的能力都很低下,面对太多无法解释的现象,各种巫术、各种神秘主义理论自然应运而生。我国古代虽然长时间以儒家思想为尊,而孔子"不语怪力乱神",但被奉为儒家经典的《易》却是算卦占卜预测吉凶的重要理论资源。屈原楚辞以及《山海经》等著作记载了各种神话传说，董仲舒"天人感应"学说，以及历代史书中其实都是记载着各种神秘事件，态度也是津津乐道的。只要翻开《史记·高祖本纪》对刘邦称帝前的种种非凡记述便可了然。后来更有唐传奇、《西游记》《封神演义》《聊斋志异》等小说的脍炙人口，在 20 世纪 80 年代以前的中国农村，儿童成长经历中必不可少而且也可以说除此之外别无其他的文化熏陶就是听长辈讲各种神仙鬼怪故事。所以，对于像贾平凹这个年代出身农村的作家，不写神秘现象才是奇怪的，写，则是自然的。

异人。在贾氏小说中，最引人注目的就是各种奇人异人。这些人物具有某种超现实的功能，或能掐会算、预知后事，或天赋异禀，未学而能。在《浮躁》里，金狗被抓，小水惶惑，请和尚测字，说了个"完"字。和尚叫道："哎呀，小水，这是好征兆哩！'完'字上头是个家，下边有个儿，'回'字是口中套口，这都在说金狗能回家，而且今年要成亲，还有一个儿的！"《白夜》里的刘逸山。吴清朴因为女友邹云要求自己停薪留职下海经商，犹豫难决，请刘逸山测字，"他让我掐一个字来测测，我一时不知说什么字好，忽然看见他家门上有铜打的铆钉，就写个'铆'字，没想写到一半，笔没水了，先生眉也皱起来，拿去细看，正有米蛾儿飞在纸上，他就笑了说：'若问生意，字里有金旁最好，这生意是能发了财的。你字体如鹭立，有孤单之嫌，而笔画轻快，诸事还算通泰。写字的时候，墨水不能断的，墨断有田土散之象，当时我皱眉，要决定劝你不停薪留职为好，却后来飞来虫子，这又是吉兆，心想你这人毕竟为贵，福可抵灾，正可压邪，生意仍是可做的。只是要防一点，铆字一半为柳，柳又不全，柳不全者为败柳，残花败柳为妓，莫有钱栽在妓女身上。'"后来，吴清朴痴恋的女人邹云做了大款的"小三"，成了妓女，而吴清朴因此伤心失意重回考古队竟被野蜂蜇死了。刘逸山可以让街上一路不堵车。还有念咒画符。"吾奉上方诸天神，十万菩萨开法门，奉佛奉祖奉大道，又奉古天真牌位，玉皇敕令男共女，金牌挂号躲阎君，七十二面金牌到，我是龙华会上人，天护星斗地护神，三灾八难离泽门！吾奉太上老君，急急如律令。"① 这是道教的做派。《白夜》可能是神秘气息最浓的一部作品。再生人，目连戏，梦游，气功，测字，剪纸画的库老太太……正如费秉勋所说：《白夜》使用的虽然基本是现实的笔墨，但也颇多魔幻的点染，如死而复生生而再亡的再生人、剪纸老太的奇特预感、一把钥匙使人害上不治的夜游症、官场失意者中风后的女化和蚕化。特别是神秘诡谲人神混一的鬼戏演唱，给现实生活烘托了浓重的、弥漫性的神秘气氛，也引出了一种对宇宙阴阳的形而上的思绪。

《废都》里的孟云房，是一个名气不如庄之蝶的文人，其特点是痴迷气功、算卦等神秘事物，他说，我已经弄通了《梅花易数》《大六壬》，《奇门遁甲》《皇极经世索引》也是读过三遍，出外做过三次《易经》报告了。现在正攻《邵子神数》，这是一本天书，弄通了，你前世是什么脱变，死后又变何物，现生父母是谁，几时生你，娶妻何氏，生男还是生女，全都清清楚楚……后来，他为庄之蝶等人算卦，都颇为灵验。庄之蝶当时声名正旺，是"红得尿血的人"，卦却不好，果然不久就陷入官司之中。

贾平凹还赋予一些疯癫人物以某种非凡的功能与见识。《废都》里有一个收破烂的疯老头，据说本是一个上访的民办教师，后来疯疯癫癫的了，以捡破烂为生，口里念出的"当代民谣"却别有一种洞察世事的清醒。《高老庄》里的迷糊叔，终日唱着"黑山哟白云湫，河水哟向西流，人无三代的富哟，清官的不到哟头"。看到村长顺善就骂贼，疯癫中别有清醒。子路的残疾儿子能画奇怪的画，能预知人的死。一天，石头突兀地说：奶，我舅淹死了。石头的舅叫背梁，好端端的，竟然从汽车上掉下来在一个小水坑里淹死了。而在此之前，西夏做了个梦，梦里

---

① 　贾平凹：《白夜》（评点本），武汉：长江文艺出版社，2004年，第86页。

背梁向她说，我要死啦，你原谅我吧。从身上掏出十二元三角四分钱给她。人死了身上的钱正是十二元三角四分。贾平凹这种东西写得非常细密，就在写石头的未卜先知时，写到了南驴伯的灵魂出窍，南驴伯早已是病入膏肓，子路娘到南驴伯家去，老远就看见南驴伯蹲在篱笆根晒太阳，到了跟前，南驴伯的妻子三婶却说他自睡倒后就没离过炕面子，娘进屋看，南驴伯果然躺在炕上，两目失神，面无表情。但称得上高人的是一个不占多少篇幅的次要人物，蔡老黑的父亲医者蔡老先生，九十三岁依然面目红润，他给退任的县长开了个药方：好肚肠一条，慈悲心一片，温柔半两，道理三分，中直一块，老实一个，平和十分，方便不拘多少，此药用宽心锅内炒，不要焦，不要躁，去火性三分，于平等盆内研碎，三思为末，做顺气丸，每日进三服，不拘时候用冷静汤送下，尊者依此服之，无病不瘥。

《秦腔》里的引生，也是一个疯傻人物，但他对白雪的一番深情，却反衬出正常人世界里真情的缺乏。《古炉》里的狗尿苔，是又矮又丑的不正常孩子，出身也不好，但他有一种特异功能，只要鼻子闻到那一种气味，村子里就有不好的事情发生。而且他能和动物交流，狗呀，鸟呀，他听得懂它们的语言。

《土门》里的云林爷是一个独眼瞎子，又自小得了小儿麻痹症，不知道怎么学会了高深的医术，特别是治疗乙肝，几乎是药到病除，成了仁厚村的神。《古炉》里则有说病的善人，只要一有机会，就苦口婆心劝人行善积德，修养心性，从而达到治病的目的。又如《极花》里的老老爷，能观天象，能写笔画繁多的字，村里遇到怪事，老老爷总是一目了然，说：诈尸么，是猫到灵床上去啦？他说：没有进去猫呀。老老爷说：灵床边站没站属虎的人？他说：天呐，那我就属虎！他总是不停地教育村里人如何处理问题：收谷子你不收谷草？做罐子时就有了缝儿，那能以后不漏水？一时之功在于力，一世之功在于德呀。俨然是村人的人生导师。《山本》里则设置了分属于佛、道两家的尼姑宽展师父和看病的陈先生，陈先生在瘟疫流行时发挥了救世济人的大作用，而且通透达观：陈先生给人看病，嘴总是不停地说，这会儿在说：这镇上谁不是可怜人？到这世上一辈子挖抓着吃喝外……每个人好像都觉得自己重要，其实谁把你放在了秤上？你走过来就是风吹过一片树叶，你死了如萝卜地里拔了一颗萝卜，别的萝卜又很快挤实。一堆沙子掬在一起还是个沙堆，能见得了风吗？能见得了水吗[①]？这些人物身上无不集中体现传统文化中儒释道思想中的精华，并有神化之嫌，可见作者迷恋之情。这些有各种缺陷而具某种特异功能的人物让我们想到《庄子》里的"畸人"形象。

能打通阴阳两界的人，如《废都》里的庄之蝶的岳母；记得前世的再生人，如《白夜》一开头就写一个年轻的再生人来找戚老太太，说自己是她上一世的男人，说起戚老太太的乳名，当年做夫妇时种种私密，一一不差，但老太太现在的最小的儿子都比再生人年纪大，不同意两人相认，就先后自杀了。《白夜》里叠布画的老婆婆，《古炉》里狗尿苔的婆能剪各种动物，惟妙惟肖，《极花》里剪纸花的麻子婶一边剪纸画一边唱出古怪的歌谣，这几个奇人应该都有同一原型。

通说（也是鬼魂附体的一种）、诈尸、白日见鬼等。在《浮躁》《高老庄》《古炉》等大部分作品里，贾平凹都会写到"通说"，即一个已经死去的人的灵魂，附着在一个活着的人身上，这个活着的人则失去自己的神智，以亡人的身份说话。《高老庄》里的得得是已死的人，一天，附灵在雷刚的媳妇香香身上，说他有一双胶鞋，藏在堂屋的架板上，他要穿。众人答应了他的要求，又用桃木条抽打，亡灵才走了。这时香香忽地睁开了眼，一时头上脸上汗珠咕噜噜滚下来，好像是才耕完一块地似的，说："我这在哪儿？"恢复了她本来的声音。而果然就有一双胶鞋藏在那里。

---

① 贾平凹：《山本》，北京：作家出版社，2018年，第50页。

鬼附在人身上，人就生病。如《古炉》里，来回生病，婆再次和老顺在家里立筷子驱鬼。那是舀一碗清水，把三根筷子竖着用水淋着要让筷子在碗里站起来，婆嘴里念念有词：来回的病撞着鬼吗，是来回她大？她大你是被水淹死了的，是不是来缠你女子的？如果是你，你就站住。但筷子怎么也站不住。婆又说，不是你大这鬼是谁？是村里的死鬼？是牛铃他大？筷子站不住。……老顺说，是不是迷糊他妈，迷糊老惦记着来回哩，是不是他妈的鬼？婆就说：是迷糊他妈了你站住。话一落点，筷子竟然就站住了。老顺脸色大变，立即骂道，迷糊是坏人，你也是坏鬼！……婆说，真是你，你走，你走！你要走了，老顺去你坟上烧一刀纸，你要不走，我就砍哪！① 还有一些只能说是境由心生，似幻似真，其实都是民间比较普遍的传说，只是贾平凹喜欢写得煞有介事。他善于渲染神秘气氛，有时候你可以说他是在写人物的心理状态，也可以说他在写万物通灵，如《山本》里写陆菊人悼念丈夫杨钟。他对着杨钟的灵牌说，……话一说完，火焰软下去，却忽地腾起股灰屑，如树叶一样直到屋梁上，再纷纷扬扬地落下来②。（《白夜》里给吴清朴烧纸亦有类似情景）

《山本》里就写到杨掌柜死后诈尸：而猫从门楼瓦槽里下来，悄没声息就进了屋，站在杨掌柜的灵床边，突然地，杨掌柜却坐了起来。花生啊地叫了一下，杨掌柜又倒下了，陆菊人忙过去查看，叫着：爹，爹！杨掌柜没有气息，人是死的。花生说，姐，这是咋回事？陆菊人低头看了猫，她说：以前听人说过，人死了猫是不能到跟前来的，来了会诈尸的，真的就有这事。

人死后还会有感应。这种民间热衷的难以证实的传说，贾平凹也会时时写到。《山本》里一个人战死了，眼睛睁着，别人用手抹，用湿手

---

① 贾平凹：《古炉》，北京：人民文学出版社，2011 年，第 82 页。
② 贾平凹：《山本》，北京：作家出版社，2018 年，第 210 页。

帕热敷，都合不上，其父亲来了说：儿啊，早死早托生！儿子的眼睛就合上了。杨掌柜是被树砸死的，刚去扶时嘴里流出一大摊血，陆菊人背起杨掌柜走，说：爹，我还没背过你哩，你让我背，咱回。杨掌柜的身子似乎轻了许多，而脸挨着陆菊人的肩，他再没流出一滴血在陆菊人的衣服上。

《高老庄》结尾子路回省城，遇见一个女人是王文龙死去的妻子，南驴伯，也是已经死去了的人。《暂坐》里冯迎已经出国遇空难而亡，一个叫章怀的人却在国内遇见她，要他带话到茶庄，人的外表衣着以及带话的内容一一不差。

各种预兆。我国的传统里，相信吉凶都有预兆，民间如此，正史也对此津津乐道。如在《汉书·霍光传》里，霍光家族后人要遭难了，家里出现种种不祥之兆：显梦第中井水溢流庭下，灶居树上，又梦大将军谓显曰：知捕儿否？急下捕之。第中鼠暴多，与人相触，以尾画地。鸮数鸣殿前树上。第门自坏[①]。

《浮躁》里福运死于熊掌，也便有人说福运死的头一天夜里，猫头鹰叫得好凶，又便有人说他半夜起来上茅房，看见过一个火球从天上掉下来，落到福运家后的山坡上去了。但既然打猎队上山是忌日，可别人不死，偏偏就死了福运呢？于是有人就说起小水，竟联系到小水当年嫁给孙家就死了小男人的旧事，不禁叫道：这小水的命就这么硬吗？

《秦腔》里中星的爹有个杂记本，里面写有各种预言：新生死于水。秦安能活到六十七。天义埋不到墓里。……夏天智住的房子又回到了白家。……清风街十二年后有狼。后来，夏天义死于山地塌方，没有埋到墓里。夏风也不再回清风街了，这些预言算是部分应验了。

《山本》里井宗秀想请陆菊人经营茶行，陆菊人不自信，犹豫不决，一天早餐做糊塌饼，以前她总做不完整，自己心里说，如果今日饼摊得

①　（汉）班固：《汉书》，北京：团结出版社，1996年，第677页。

完整，就答应井宗秀去经营茶业，摊不完整就坚决不去，结果却摊得完整。又说，院门口要走过什么兽，就去。心想镇上能有什么兽呢？不想就有猎人经过门口，带有打到的豹猫、狐狸、狼。别人说她是金蟾托生，她果然就遇见金蟾。

犯地名。就是有某姓名的人到了某地名的地方就不利，犯忌，有生命之忧。正史以及小说里都有记载，如《旧唐书》载窦建德到牛口渚就失败亡身，因为"豆入牛口"。《三国演义》庞统死于"落凤坡"，因为他被称为"凤雏"。在《老生》里，老黑就栽在了卧黑沟村。《山本》里井宗丞在崇村遇害，"崇字是一座山压你宗啊"。

神秘的物象。《废都》里天现四日，花开四色。《高老庄》白云湫的飞碟。《老生》里的倒流河每有大人物到访就流水。《山本》井宗丞遇害前看见水晶兰，又叫冥花。《浮躁》里金狗的出生以及他身上的看山狗印记，是神秘的，也是他性格命运的一个隐喻。

《怀念狼》则简直是一部魔幻小说，狼能化人，人也能化狼。

再就是动物、草木等万物有灵的现象：动物有狗、猫、麝、狼乃至蜘蛛；植物如《古炉》里的白皮松，《山本》里皂角树、冥花等。

这种神秘究竟有还是无，倒也并不十分确定，作者似在建构的同时又在解构，包括《美穴地》《山本》里的风水宝地之说，柳子言给自己找了一处风水宝地，他的儿子只成了戏台上的贵人。井宗秀把父亲葬在了风水宝地的陆菊人的三分胭脂地里，他的富贵也只是昙花一现，这风水宝地之说，究竟信耶？否耶？不是很确定，是模糊的，混沌的。《土门》里，也写到"通说"，犯通说的是一位刁钻的泼妇，"通说"的内容是借死人的口反对村长成义摊款造牌楼。成义就走过去，说："前年我在南山见过治通说，去舀一勺尿来，鬼怕尿的！来三个人把她压住，筷子撬开牙，我慢慢给灌！"听成义如此说，"通说"者立马清醒过来，而且老老实实把钱交了。这就与有些作品里把"通说"写得神乎其神截然异趣。

在这个意义上，贾平凹对神秘文化灵验的肯定是有很大保留的，这个文化并不是万能的，他甚至是怀疑的。

二、神秘叙事的动因及效果

是现实主义作家写实的一种需要。这些神秘事象，虚虚实实，民间乐此不疲，津津乐道，贾平凹小说对于民间日常生活的一个写实的呈现，对此是回避不了的。更何况，作者受地域传统文化的影响，对此颇为信任，自然更加注重。马尔克斯并不认为自己写的东西是神秘的，而认为他们的现实生活就是如此。"看上去是魔幻的东西，实际上是拉美现实的特征。""这不仅涉及了我们的现实，而且也涉及了我们的思想和我们的文化。"①所以，神秘，有时候并不是故作神秘，对于有些人来说，世界本来如此。

好奇也是一个重要因素。作者好奇，读者也好奇，也可以说有迎合的因素在。神秘和好奇是联系在一起的。神奇，秘密，这是人的兴趣所在；好奇，猎奇，这是人的一种共性。"所谓神秘性，乃是未知领域对人类精神世界所产生的吸附力。只要人类求生存发展的本体冲动不熄灭，未知世界的神秘也将永远是引人入胜的迷人之境，令人激动，令人痛苦，令人难受而又无上向往。作为文学艺术中的神秘性，之所以能产生审美愉悦，原因也正在这里。它可以吸引读者对'文本'尽力开掘，可以引领读者寻求为'文本'所启示的或与之对应的隐形世界，实现精义通神的审美效果。""作为对生活的一种冷峻、认真态度，他真实刻画了巫—鬼文化在生活中的具体现象，作为具有开放的小说美学观念的作家，他又从审美的角度创造了艺术化的神秘之境，即真实的神秘性。就是说，他不但把巫—鬼文化当作一根水银柱，测试出中国乡野的生存态

① （哥伦比亚）马尔克斯：《我的作品源于形象——关于艺术创作的思想》，《世界电影》1984 年第 2 期。

貌和生活于其中的人的精神状态，而且把它当作了点化他的艺术世界的魔棒，使他的一些小说透发出动人的美学之光。"①

　　时代潮流的影响。改革开放初期，随着思想解放，文学与政治的关系逐渐没那么紧密了，其娱乐、消遣功能得到凸显，审美形态日益多样化。文学一定程度上卸下启蒙、革命的重大负荷。启蒙话语的衰退和现代工业文明的诸种病态，使得文学中的神秘主义思潮颇具复兴之势。再加上经济的发展和外来思潮的涌入，人们面对变化迅速的世事、不可捉摸的成败、奇幻百变的人生，对渺茫难测的神秘主宰越来越关注，于是，寻根文学、先锋文学作品中开始出现大量的神秘叙事。

　　20世纪80年代，以加西亚·马尔克斯《百年孤独》为代表的魔幻现实主义在世界文坛大获成功，对当代中国作家产生了极大的震撼与影响。在现代西方文化发展的历程中因为理性的支离破碎而使得神秘主义思潮得以回归和发展不是显而易见的事实吗？尼采的唯意志论、柏格森的直觉主义、弗洛伊德的精神分析说、梅特林克和叶芝的神秘主义诗学等都是证明。这些非理性主义的思想冲破了理性的牢笼，为现代人的心灵自由，个性解放插上了主体性或者神性的翅膀②。贾平凹自己说，我看了西方一些作品，他们有一种神秘主义、荒诞主义，但西方是西方的神秘，中国的神秘是个什么？所以我在作品里也大量写了一些神神鬼鬼的东西③。

　　其实，这也是我国文学的宝贵传统。鲁迅先生在《中国小说史略》中写道："中国本信巫，秦汉以来，神仙之说盛行，汉末又大畅巫风，而鬼道愈炽；会小乘佛教亦入中土，渐见流传。凡此，皆张皇鬼神，称道灵异，故自晋迄隋，特多鬼神志怪之书……"明代胡应麟把小说分为志

---

①　张器友：《贾平凹小说中的巫——鬼文化现象》，林建法、李桂玲主编：《说贾平凹（下）》，沈阳：辽宁人民出版社，2014年，第208页。

②　樊星：《当代陕西作家与神秘主义文化》，《小说评论》2010年第6期。

③　贾平凹：《贾平凹散文全编》，长春：时代文艺出版，2017年，第184页。

怪、传奇、杂录、丛谈、辨订、箴规等六类，其中志怪、传奇多有巫—鬼文化。《红楼梦》中贾宝玉梦游太虚幻境、大荒山青埂峰上的顽石、秦可卿托梦王熙凤、贾瑞的风月宝鉴等等，都是巫—鬼文化的创造性运用。

作者的独特秉性。自小体弱多病，为人嫌弃，内心要强，于是感受孤独，耽于玄想。中年染上乙肝，长期住院，为疾病所催生的思维唤醒了作家脑海深处关于神秘文化的记忆。

神秘含有丰富的意蕴。张器友也指出这些神秘事象与生活故事之间构成一种对应关系，如《浮躁》中州河发水之时人世间总有大事件、大变化。小说结尾"这时候，正是州河有史以来第二次更大洪水暴发的前五夜，夜深沉得恰到子时"。它神秘的象征性意蕴暗示人们：社会大变革必将带来社会现实更剧烈的变化。《天狗》中的象征意象是天狗与月的关系。天狗吞月的传说暗喻着徒弟天狗娶师娘的曲折过程。感情上肯定天狗不愿据师父之妻为己有的传统美德，但理智上，生活深处萌发的生存发展欲望和生命力的骚动，毕竟使传统道德观念失去了完满。

较早的《太白山记》《白朗》《烟》《美穴地》等作品的神秘书写，樊星把它们认为是作者病后的心理流露。也有人认为是"以实写虚，将人之潜意识化变成实体书写，它的好处不但变化诡秘，更产生一种人之复杂的真实"。并称之为"气功的思维法"。为疾病所催生的思维唤醒了作家脑海深处关于神秘文化的记忆。"事实上，对神秘文化的深入体验和传神表现，是有利于达到对中国人生、中国民族性、中国文化乃至人性奥秘的深层把握的。"神秘文化的源远流长昭示着人性的脆弱：人的想象力、幻觉和人对神秘事物的根深蒂固的虔信从古到今不断提醒人正视人的渺小。宗教、神话、传统所塑造的造物主、神灵、妖魔形象永远以超凡的魔力支配着一部分人的命运。

从民间文化中寻找对于命运奥秘、历史规律的新猜想、新解释，而这些猜想与解释又是在理性与科学的解释也显得鞭长莫及时打开了人们认识社会与人生的新视野的。

孟繁华认为，《山本》中的神秘文化在贾平凹的创作中并非突如其来，他以往的作品中一直贯穿着对这一文化的书写。虽然"毁誉参半"，但在我看来，这一内容却也构成了贾平凹小说"中国性"的一部分。[①]秦岭的巨大本身就是一个神秘的存在，对未知世界难以做出解释时，神秘文化便应运而生。这一文化的一直延续，也自然有其合理性。但更重要的是，即便这些并不科学、不能证伪的事物，在小说中能够用合理的方式做出表达，也从一个方面强化了小说的想象力。正如拉美魔幻现实主义一样。

第二节　佛老思想

同时，佛道思想也是很浓厚的。但在作品里流露的不是佛家道家幽深的哲思，而是带着乡土气的民间的神秘性质的事象。在他的作品里佛道禅的只言片语时常出现，但没有证据表明他对此做过系统深入的研究。作为一位作家，可能更多的是感性的领悟的直觉的一些认识和感受，他写的是民间的人事，中国民间的普通老百姓，并不细究儒佛道巫，恐怕是杂糅起来的一种思想，孔孟、玉帝、如来、观音、土地公公、关帝爷爷、财神菩萨、列祖列宗，哪个都礼拜烧香。周作人在《无生老母的信息》里认为："支配（中国）国民思想的，已经完全是道教的势力。"他认为，道教对中华民族的影响有两条线索，一是作为一种民间宗教，直接在下层人们中广泛传播，一是渗透于儒教（及佛教）中，将儒教（佛教）道士化，以道教的神仙方术与儒教的纲常名教相结合的形态影响中国的知识分子。说得很有见地，但其实在下层人们中也有第

---

①　孟繁华：《秦岭传奇与历史的幽灵化——评贾平凹的长篇小说〈山本〉》，《当代作家评论》2018 年第 7 期。

二种影响在。在他多数的小说里，都会设置这种佛、道，或近乎巫师的高人、奇人或者异人。《废都》里的孟云房痴迷《易经》《邵子神数》，能根据人的生辰八字算出人的命运遭际，甚是准确，因为泄露天机，导致一只眼睛无缘无故就瞎了，自己并不悲伤，反说如今是一目了然了。《古炉》里的善人以王凤仪为原型，以善书内容为基础，有大量的劝善疗病内容，较好地体现了儒释道三教合一的传统哲理。

儒佛道三教对中国古代思想文化的发展有着极其重要的作用，在中国古代思想发展史上占有重要地位。孔子创立儒家，经孟子加以发扬，强调仁义礼智信，汉朝时崇尚儒家的人将儒家学说加以宗教化，并增加了大量宗教仪式。佛教在两汉之际经过丝绸之路传入中国，迎合了中国民众的心理，在发展过程中逐渐吸收中国的传统伦理道德，信仰的人逐渐增多。道教为东汉时期创立的宗教，重视炼丹制药以获得长生不老、得道成仙。儒教致力于在道德伦理基础上构建天道性命的哲学观，包括仁义礼智信为核心的道德观，以"性善论"为基础的人性观，以"修身齐家治国平天下"为基准的人生观等，儒家的"善"强调的是"仁爱、中和、入世、重礼"等传统伦理道德。儒佛道在各自的发展过程中逐渐形成以儒为主干，以佛、道二教为辅翼的基本格局，具有强大的凝聚力和辐射力。

佛教的"善"突出强调"不杀生""不偷盗"等道德戒律，并以轮回转世一说对人民加以约束，讲求因果报应，有关此类的劝善之语众多。譬如"阴谋之门，子孙不昌""贫富贵贱，并因往业，得失有无，皆由昔行""修成淑德，施及子孙"。在此影响下，明代众多佛教徒本着"我佛慈悲"的心态参与善会善堂的建设，如"一命浮图会"需借助"浮图"之说，行儒家仁德之实。道教除教化人民存有善心"诸恶莫作，众善奉行"之外，强调"上善"，更加侧重人对于本性的回归，度化人民向善修真，使人民从存有欲望之人向成为真善美的圣人转化，使"善"成为人性之本能。有关道教的劝善之语众多，如"积功累仁，祚流百世""天道无亲，常与善人"等。儒佛道在融合的过程中不断发展，饱含儒家道德伦理的善恶观念与佛教因果报应说、道教善恶观逐渐融汇、整合，以儒家道德为基准，以佛道二教宗教伦理为辅助，形成了独具特色的三教思想。

道教将佛教的"轮回""转世""地狱"等思想引入，大肆宣扬善有善报、恶有恶报的说法，又将儒家"仁、义、礼、智、信"纳入其中，并以此为基准，将其作为衡量善恶是非的依据，强调今生的所作所为与来世的祸福报应相对应，把人现今的行为与下一世的因果报应联系在一起，将人存在的时间无限扩大，同时也将报应的范围扩大至子孙后代，最终形成了儒释道三教伦理思想的最终诉求，这个最终诉求就是"善"。①

《古炉》里善人说病，典型体现了三教合一的思想。

他讲志、意、心、身，说人有肉身，终究要死，生死当前，若能如如不动，一切没说，这样死了，便是志界。人死的时候，存心为公，乐哈哈地视死如归，以为死得其所，这样死了，便是意界。若死的时候，牵挂一切，难舍难离，有些难过的意思，这样死了，便是心界。若死的时候，含着冤枉的念头，带着怨气和仇恨，这样死了便是身界。（546页）讲人有三性，一是天性，二是秉性，三是习性。天性纯善无恶，秉性纯恶无善，习性可善可恶。（81页）讲三界五行，讲五行定位，五行相生。（150页）讲贤人争"不是"，愚人才争理。（265页）

讲不要怨人，怨人是苦海。讲学道就是学低，谁能矮到底，谁就能成道。（320页）讲救人的命是一时的，还在因果里，救人的性是永远的，一救万古，永断循环。人性被救，如出苦海，如登彼岸，永不再坠落了。（125）讲父母不孝，敬神无益，兄弟不悌，交友无益，存心不善，风水无益，元气不惜，医药无益，时运不济，妄求无益。（127页）

---

① 苏敏：《明代善书〈为善阴骘〉研究》，西南大学硕士学位论文，2021年。

从上述可知，善人思想糅合三教的特点非常明显。同时，从善人说病在小说里出现频率之高，内容之详细丰富，可以看出贾平凹对此的兴趣和重视。善人成了古炉村得救的希望与出路。

贾平凹喜欢写一些佛禅僧道之类的东西，这在早期之作《古堡》里就露出了端倪：观里有一老道，囚首垢面，却眼若星辰，气态高古。喜爱吟诵《丹经》《道德经》以及喜读《史记·商君列传》。《浮躁》也不例外，也安排了一个不静岗寺的和尚，通过他对于人生世事的静观评述与预测，来暗示情节的推衍。另外一个重要的预期，是想通过和尚这个意象来营造出世事无常、天道循环的佛理。例如，田家和巩家，最终也有被人告倒的时候，雷大空经历了彗星一般的辉煌，最后是一死解脱；金狗豪情满怀，最后却回到了人生的原点。这仍然还是外在层面上的，并没有渗入小说的气脉里，成为一种情韵和意境。而从小说的主题来看，这里试图用和尚的静寂与超达来调剂中国社会处处涌动着的浮躁情绪，这个立意当然有其独特之处。但是这种处理其实是一种文化上的保守心态的流露，是长期浸淫在传统文化中对于纷繁俗务的无意识反抗。这种反抗当然是不会有现实意义的。用佛禅的静寂超脱来对治中国现代社会的经济狂潮中泛起的人心浮躁，贾平凹显然落进了中国传统文化的惯性里。小说多处写到和尚，几次是与摆渡人韩文举（一个摆渡老头却取了这样一个文雅的名字，令人奇怪）谈论国家政策以及一般人生道理，还有几次是给小水等人预测占卦，在金狗与田家的英英解除了婚约之后，韩文举与和尚谈论起社会世事，作品这样写道：和尚说："世事看得太认真，你几时才能立地成佛啊！大凡尘世，一言以蔽之，则一切皆四大皆空四字足矣，何必自找那么也在他多烦恼？"

韩文举说："你们和尚只是讲空，却空了什么？"

和尚说："空者，所谓内空，外空，内外空，有为空，无为空，无始空，性空，无所有空，第一义空，空空，大空……"

在这里，作者给予了和尚一次充分的机会，阐述四大皆空的佛理。

如果说和尚的空的说教是一次结合世事的抽象说理，那么书中的传奇人物雷大空则是对和尚这番说教的形象体现，是一次生动的现身说法，实证了人生在世一场空的道理。于此，空无的观念就成为克服浮躁的一服清凉药剂。这在精神里的确暗藏着作者的幽秘用意，和尚这一意象的意义也就接近了作品的内在肌理，成为耸立于小说纷繁复杂情节之流中的一面镜子，彻照出小说较为丰富的多重意蕴来。尽管如此，我还是认为和尚这个意象还是有些游移，有些滞涩和实在，没有空灵化为一种气息渗透在整部作品中。这点也是意象建构的一个技术难题。这个难题构成了衡量贾平凹后期写作的一个异常重要的标尺。

《废都》（128页）通过孟云房、庄之蝶等人的交谈掺入佛教一些教理与机锋：

孟云房说："……她（慧明）认为未来应该是禅的世界，禅的气场，先进的人类应是禅的思维……禅静禅静，我可没个静的去处！"庄之蝶说："真正有禅，心静是最大的禅了，禅讲究的是平常心，可你什么时候放下过尘世上的一切？你还好意思说禅哩！"……佛教上讲法门，世上万千法门，当将军也好，当农夫也好，当小偷当妓女也好，各行各业，各色人等，都是体验这个世界和人生的法门。这样了，将军就不显得你高贵，妓女也就不能说下贱，都一样平等的。

《废都》（173页）：高大的门柱上是一副对联：佛理如云，云在山头，登上山头云更远；教义似月，月在水中，拨开水面月更深。

《废都》（175页）：唐宛儿说："孟老师什么地方也胡说，对佛不恭的。"孟云房说："佛教的事我比你知得多。古时大法师就说了，佛是什么，是屎橛子！"蕴含了"道不远人"，以平常心视之反而能更加懂得其中真意的哲理。

《白夜》（252页）虞白读《金刚般若波罗蜜经》：如是我闻。一时佛在舍卫国祇树给孤独园。与大比丘众。千二百五十人俱。尔时世尊食时。着衣持钵，入舍卫大城乞食。于其城中。次第乞已。还至本处。饭食讫。收衣钵。洗足已。敷座而坐。……虞白遂醒悟了平常就是道，最平凡的时候是最真的，真正仙佛的境界，是在最平常的事物上。

《秦腔》里夏风要赵宏声写对联"得大安稳，离一切相"。

《高兴》里的锁骨菩萨。《高兴》作为写农民工进城务工的小说，却充满浪漫气息，一则体现在刘高兴这个农民对精神生活的追求，二则体现在刘高兴与卖淫女孟夷纯之间的爱情以及孟夷纯卖身原因的高尚性上。出卖身体，一向被视为极为卑污的事情，但贾平凹却赋予孟夷纯以身渡人的"佛妓"锁骨菩萨的迷魅。还搬用了《太平广记》卷一〇一《释证类》"延州妇人"条目中锁骨菩萨塔碑文。

碑文是：昔，魏公寨有妇人，白皙，颇有姿貌，年可二十四五，孤行城市，年少之子，悉与之游，狎昵荐枕，一无所却。数年而殁，人莫不悲惜，共醵丧具，为之葬焉。以其无家，瘗于道左。唐大历中忽有胡僧自西域来，见墓，遂跌坐，具礼焚香，围绕赞叹数日。人见，谓之曰：此一淫纵女子，人尽夫也。以其无属，故瘗于此，和尚何敬耶？僧曰：非檀越所知，斯乃大圣，慈悲喜舍，世所之欲，无不徇焉。此即锁骨菩萨，顺缘已尽，圣者云耳。不信，即启以验之。众人即开墓，视遍身之骨，钩结皆如锁状，果如僧言。人异之，为设大斋起塔焉①。

《极花》里则写到地藏菩萨。我说，地藏菩萨是咋回事，琉璃光药师如来又是咋回事？她（訾米）说：你不懂这些？地藏菩萨就是发愿"地狱里一日还有鬼，我就一日不成佛"的菩萨。琉璃光药师如来净无瑕秽光明广大，是专给人施药治病的佛呀！

在贾平凹的散文、绘画作品中也经常写到、画到莲花。在佛教中，"莲花"是佛法的象征，由于佛教主张的解脱过程是从此岸到彼岸，从尘界到净界，从众恶到尽善的过程，这一点正和莲花从淤泥中生出无比鲜美的花叶一样，所以《六度集经》中说，三禅是"心犹莲花，根基在

---

① 贾平凹：《高兴》，南京：译林出版社，2012年，第65页。

水，华合未发，为水所覆，三禅之行，其净犹华，出离众恶，身意俱安"①。

石杰《贾平凹及其创作的佛教色彩》②探讨佛教思想对贾平凹创作的影响。指出其创作思想中的"静虚"与佛教有直接联系。强调悟性，这里也有佛教的影子。贾平凹欣赏一种直觉观照和整体感知的思维方式。在《三木石》里提到"看山是山，看水是水"，这种直觉观照和整体感知方式是典型的禅的思维方式，在于打破理性感知天下人对事物的假象的执着，从而接近世界的本原。贾平凹强调作家应以一种"平常心"进入创作过程，"平常心"即非理念系缚之心。《禅风禅骨》："什么是平常心？""疲时睡，饥时食。"在《黄宏地散文集序》结尾处引用："僧问：'古镜未磨时如何？'师曰：'照破天地'问：'磨后如何？'师曰：'黑漆漆的。'"以及"僧问：'你往哪里去？'师曰：'脚往哪里去，我往哪里去。'"都是讲为文应顺其自然。该文还认为《太白山记》和《烟》"确实可以称之为当代的佛教文学"。

《山本》里设置了一佛一道，130庙的宽展师父是个尼姑，又是哑巴，总是微笑着，在手里揉搓一串野桃核，总是吹奏一种叫尺八的乐器，不管是好人死了还是坏人死了，宽展师父都给他们超度亡灵。陈先生是医生，又是瞎子，是仙风道骨的一个人，能未卜先知，更突出的是洞察世事，透视人心，淡定从容面对一切。小说结尾，红十五军团炮击涡镇，涡镇预备旅土崩瓦解。陈先生说：今日初几了？陆菊人说：是初八。陈先生说，初八，初八，这一天到底还是来了。陆菊人说，你知道会有这一天吗？陈先生说：唉，说不得，也没法说。陆菊人说，这是有多少炮弹啊，全都打到涡镇，涡镇成一堆尘土了！陈先生说，一堆尘土也就是秦岭上的一堆尘土么。但陈先生更有光彩的一面其实是他作为医

---

① 哈迎飞：《"五四"作家与佛教文化》，上海：上海三联书店，2002年，第224页。

② 雷达主编：《贾平凹研究资料》，济南：山东文艺出版社，2006年，第87页。

生的救世济人，特别是在霍乱流行时，他那种舍身赴难的精神和行之有效的治疗办法，不再是道家消极无为的姿态，而有了儒家知其不可为而为之的担当。

《暂坐》里活佛是要来了却始终没来，是人们的一个期盼。又通过羿光的口说：活佛是藏传佛教中最重要的宗教神职人员，咱们汉人习惯称为活佛，其实准确应称之为转世尊者，也就是智者。羿光又把佛教和文学结合起来：我是作家，仅仅是为了写作粗略地了解了这方面一些知识。……比如佛教讲缘生，说由于各种关系结合而产生各种现象，写小说也是如此，写出这种关系的现象，那就是日常生活，我现在的小说就是写日常生活的。比如佛教中认为宇宙是由众生的活动而形成的，凡夫众生的存在便是生老病死怨憎会爱别离求不得的周而复始的苦恼，随着对时间过程的善恶行为，而来感受种种环境和生命的果报，升降不已，沉浮无定。小说要写的也就是这样呀，小说的目的不是让我们活得多好，多有意义，最后是如何摆脱痛苦，而关注这些痛苦。贾平凹意犹未尽，在《暂坐》后记里继续说，众生说话即是俗世，就有了观世音菩萨。观世音菩萨观的是大千世界中一切内外所有的诸声，而我们，则如《妙法莲华经》所言：虽未得天耳，以父母所生常耳总也听得，起码无数种人声，闻悉能解。……明白了凡是生活，便是生离死别的周而复始地受苦，在随着时空流转过程的善恶行为来感受种种环境和生命的果报。也明白了有众生称有宇宙，众生之相即是文学，写出了这众生相，必然会产生对这个世界的"识"，"识"亦便是文学中的意义、哲理和诗性。

由上述可知，贾平凹对佛学还是很有心得，以至影响到其对文学的理解。

总之，就像贾平凹的书房里堆满各种古董一样，他的作品里充满着各种神秘事象和巫师、佛、道或善人这样三教合一的异人言行。他高度认同并接受了其中的某些思想，如：静寂超脱、清静无为的达观；善恶有报的因果；人生生老病死皆苦、世事无常的感慨；宽容含让、慈悲为怀的心胸；济世救人、舍身赴难的担当。传统思想本来就泥沙俱下，既有积极的因子，也有消极的因素，具体到贾平凹的作品里，客观地说，并没有做出很好的取舍，而是像"五四"作家郁达夫等人一样，"忽而理智清明，似乎看破红尘，参透色界，忽而深坠其间，无力自拔，后悔不迭，一面痛哭狂啸，佯狂放浪，一面又顾影自怜，自怨自艾"①。如前文所述，面对今日中国的忧患，贾平凹开出的药方依然是回到传统文化里。

其实，贾平凹在秉持积极入世、干预现实的儒家精神的同时，作品在整体上也表现出温柔敦厚的儒家美学特色，正如他在女儿婚礼上讲"一等人忠臣孝子，两件事读书耕田"，希望年轻人爱国敬业，对家庭负责任一样，他也反复申明自己并不想做不同政见者。20世纪80年代初和90年代《废都》发表后，他受到两次严厉的社会批评，对他产生了很大的影响，使他在创作上追求写实的同时，注重情感的内敛含蓄、态度的客观冷静。另一方面，道家思想对他小说的美学追求也有不可忽视的巨大影响，正如黄世权所论：

如果说陕西的文化传统是以儒家为主的话，那么贾平凹的人格基本上倾向于儒家的现实情怀大体也是不错的，况且他还受到具有浓郁儒家特色的父亲的影响。当然，这并不是说贾平凹的人格构成就是单一的儒家文化人格，其实贾平凹还有浓烈的道家气质，这一点贾平凹自己也有很多论述。从文化地理的意义上讲，贾平凹生活的陕南……是一个雄秦秀楚的交汇处。秦地浑厚的儒家文化与楚地灵秀的道家文化，自古就在这里交融着，孕育出混合的文化形态和人格特点。……贾平凹生活在这样南北兼容的文化氛围里……正如中国古代的多数文人一样，贾平凹的文化心理结构，也是出于儒道之间，也许还有佛禅的因素，不过主要还

---

① 哈迎飞：《"五四"作家与佛教文化》，上海：上海三联书店，2002年，第29页。

是儒道兼容为主。……说贾平凹总体上是坚持道家的美学精神，显然是有道理的。……而中国民族的味和东方的味，又是什么呢？……归根结底就是由道家以及后来与道家相融汇的佛禅所启发的那种感应宇宙、体味生命的超越的审美精神。贾平凹评论诗文书画所显露的美学意趣，几乎全是佛道的那一套。……强调空灵，强调大巧若拙，强调沉静是最高的艺术境界，都是从道禅的美学传统来设定中国乃至东方的艺术神韵。[①]

其作品的注重意象营造，注重混沌气象，突出残缺的异人形象、审丑艺术等都可以说是道家美学的体现。

神秘叙事以及佛道书写还在一定程度上使贾平凹小说具备了现代主义品格。

李遇春认为贾平凹小说有一个从启蒙叙述转向生存论叙述，具有现代意识的生命存在体验。到《废都》开始现代性反思叙述。既体现了作者对中国当代社会现实的深切关注，同时传达了作者对现代社会中人的生存境遇的终极关怀[②]。

谢有顺引用刘再复论文学的四个维度来评论贾平凹小说：刘再复先生在答颜纯钩、舒非问时，曾精辟地谈到文学的四个维度，他说，中国的现代文学只有"国家·社会·历史"的维度，变成单维文学，从审美内涵讲只有这种维度，但缺少另外三种维度，一个是叩问存在意义的维度，这个维度与西方文学相比显得很弱，卡夫卡、萨特、加缪、贝克特，都属这一维度，中国只有鲁迅的《野草》、张爱玲的《倾城之恋》有一点。第二个是缺乏超验的维度，就是和神对话的维度，和"无限"对话的维度，这里的意思不是要写神鬼，而是说要有神秘感和死亡体验，底下一定要有一种东西，就是"从哪里来到哪里去"的问题意

① 黄世权：《日常沉迷与诗性超越——贾平凹意象写实艺术》，北京：北京师范大学出版集团，2012年，第170—192页。

② 李遇春：《拒绝平庸的精神漫游》，雷达主编：《贾平凹研究资料》，济南：山东文艺出版社，2006年，第399页。

识。本雅明评歌德的小说，说表面上写家庭和婚姻，其实是写深藏于命运之中的那种神秘感和死亡象征，这就是超验的维度。第三个是自然的维度，一种是外向自然，也就是大自然，一种是内向自然，就是生命自然。像《老人与海》，像杰克·伦敦的《野性的呼唤》，像更早一点梅尔维尔的《白鲸》，还有福克纳的《熊》，都有大自然维度。而内向自然是人性，我们也还写得不够。他认为贾平凹在第一个维度上达到了一般人很难达到的真实和生动，而在其他三个维度上也具有自觉的精神意识。在神秘感和死亡体验等超验的维度上具有许多作家没有的品质：对世界、对死亡、对大自然、对神秘事物的敬畏①。谢有顺认为贾平凹的作品，不仅关注现实，还关注存在的境遇、死亡和神秘的体验、自然和生态的状况，人性的细微变化等命题②。

而贾平凹自己也是从超现实主义的角度来为自己作品里的迷茫、颓废与神秘辩护的。他在《暂坐》后记里说，在这个年代，没有大的视野，没有现代主义意识，小说是难以写下去的。这道理每个作家都懂，并且在很长时间里，我们都在让自己由土变洋，变得更现实主义。可越是了解着现实主义就越了解着超现实主义，越是了解着超现实主义也越是了解着现实主义。现实主义是文学的长河，在这条长河上有上游、中游、下游，以及湾、滩、潭、峡谷和渡口。超现实主义是生活迷茫、怀疑、叛逆、挣脱的文学表现，这种迷茫、怀疑、叛逆、挣脱是身处时代的社会的环境的原因，更是生命的，生命青春阶段的原因。

---

① 谢有顺：《尊生命，叹灵魂——贾平凹、〈秦腔〉及其写作伦理》，林建法、李桂玲主编：《说贾平凹（下）》，沈阳：辽宁人民出版社，2014年，第53页。
② 谢有顺：《时刻背负着精神的重担——谈贾平凹的文学整体观》，雷达主编：《贾平凹研究资料》，济南：山东文艺出版社，2006年，第196页。

第五章　女人与性

第一节　多彩的女性世界

一、类型分析

都说贾氏善写女人。他也确实在其大量的作品中刻画了大量的女性形象。主要从女性视角来书写的长篇小说有《暂坐》《带灯》《极花》《土门》，而绝大部分作品女人占到了半壁江山。列举出来是一个数量可观的名单。女人与性实在是文学的必需品。贾平凹又是于此趣味甚浓者。他从他的趣味观察着，想象着，书写着女人与性。

徐岱在《小说形态学》里谈"小说的魅力"时说："我们的思考可以从这么一个话题开始：小说与性。"① 耐人寻味的是，并不以描写性小说著称于世的契诃夫，却曾经毫不掩饰地说过："一部中篇小说如果没有女人，就像机器缺少润滑油那样无法运转。"他想说的，无非指出性描写在小说创作中具有重要意义；而对于这点，已完全不需要证明，一部

① 徐岱：《小说形态学》，杭州：杭州大学出版社，1992 年，第 430 页。

中外小说发展史早已让人们充分领略了性在小说中所独具的那种诱人的魅力。

人类性意识的核心是一种情感，这正是小说之所以要竭力引荐性题材的基本出发点。因为艺术上的魅力，说到底是一种情感上的征服力。……人的情感既是一种生理反应，又是一种心理现象，这样，在情感系统中就存在一个由自然属性向社会属性移动的坐标轴，位于坐标轴两端的分别是情欲和情操。……对性的美学意义持否定态度的哲学背景是一种唯灵论人类学，按照这个观点，人的本质在于社会性对自然性的彻底征服。……因为对人来讲，本身便是目的而不是手段，对于任何事物，判断其合理与否的唯一标准，是看其是否有利于人的健康完满的发展①。

雷达论文《模式与活力：贾平凹之谜》②在将贾平凹与另一位西北作家张贤亮的对位比较中，发现了他们创作动力与模式的共同倾向。这就是"女性崇拜"与"爱——情爱和性爱"的轴心模式。是不是"女性崇拜"姑且不论，贾平凹对"性"、女人的热衷，却是事实。《暂坐》里的羿光有句话"热爱妇女使男人高尚"，这句戏谑之语是羿光的真心，也是贾平凹的真心。一个男人爱女人，可以是出自性爱，也不一定完全是性爱。贾宝玉说"女儿是水做的骨肉，我见了女儿便清爽"，更主要的是因为女儿活得单纯。贾平凹是阴柔型的作家，他的笔下有一个庞大的女性世界，他对女性美的欣赏，不能说全是从性爱的角度出发的。

也就是说，包含性爱的情爱本来就是文学书写的重点，也是其阅读吸引力的重要一面。而作为从日常生活视角切入人生的写作者，正如其自己所说，写的既然是日常的吃喝拉撒，性爱也就是不可回避的。所以，我们要思考的是，作者以什么态度、观念来写女性，他对女性问题

① 　徐岱：《小说形态学》，杭州：杭州大学出版社，1992年，第432—434页。
② 　雷达主编：《贾平凹研究资料》，济南：山东文艺出版社，2006年，第494页。

都有一些什么样的思考。这是一个历久弥新的话题,女性主义也是文学中的显学。西方有了《第二性》《一间自己的房间》等女性主义名著。我国从《诗经》以来,关注女性,同情女性,为男尊女卑、男女不平等,女性所受的侮辱与损害鸣不平的文学作品就代不绝书,"五四"新文学以来,涌现了很多优秀的女作家,发出女性自己的声音,改变一直"被书写"的状况,"浮出历史地表"。今天,女性的社会地位已经大为改观。在这样的背景下,贾平凹的女性书写有何贡献,存在什么问题?

总体来看,关注了一些女性问题,但有着消极悲观的态度。对女性美的欣赏,包括外在美、性情美、品德美诸方面,但存在较为浓厚的传统士大夫气味。对性话题有较浓厚的兴趣,甚至被批评者指为"性景癖"。贾平凹作品里的幽默诙谐十有八九是与性有关的段子。

贾平凹多次在作品(有散文也有小说)里说:"好像这个世界是女人的,其实这正是男人世界的反映。"《暂坐》是晚近的作品,写的是十几个都市女性,而且大多有经济实力,有貌有才,不是离异就是未婚,似乎独立了,但她们的朋友羿光说,这个社会说是妇女翻身,其实仍然是男性的社会。……可都是些小老板哪,就像坐在窝里孵蛋的鸡,生下的蛋大蛋小,有的蛋还是蛋皮上沾满了粪便和血,却都咯咯大叫。……我才说你们不是飞天,飞不了天的。

他经常引用张爱玲的这句话:女人再怎么往前跑,遇到的还是男人。

这说明贾平凹歧视女性,不尊重女性吗?也不见得。也许他只是陈述一个社会现实。

作者个人欲望与理想的投射。女人的温柔娇羞,善良多情,清高孤傲,拜金纵欲,宽容大度,淑静达观,各种各样,在作者笔下,都别具风情。

在早期的《小月前本》《满月儿》等作品里,他塑造了天真可爱的少女形象。

对女性的外在美，尤其注重其"态"。《美穴地》写四姨太：女人在台阶上把狗扼伏胯下，身子在那一刻向一旁倾去，支撑了重量的一条腿紧绷若弓，动作是多么的优美。为了保持身子的平衡，另一条腿款款从膝盖处向后微屈着；胳膊凌空下垂的姿势，把一领缀满了红的小朵梅花的白绸旗袍恰恰裹紧了臀部，隐隐约约窥得小腿以下一溜乳白的肌肤。且一侧着地将鞋半卸落了，露出了似乎无力实则用劲的后脚。是的，这样素洁的肥而不胖的一只美脚，曾经又在门帘下露出一点鞋尖，柳子言能想象出那平绣了一朵桃花的几乎要鲜活起来的鞋窠里，一节节细嫩的五根指头和玉片一样的趾甲了①。

《老生》写四凤：女子十八九岁，给买家称豆芽时一手提了秤杆，一手还捏着三颗豆芽，身子微微倾斜，伸一条长腿挡住跑近的一只鸡，鸡就啄鞋面上绣着的花。王世贞觉得太艳丽，以为是在梦境，咳嗽了一声，说，这好看的！后来王世贞就把这女子娶回家，脱光了衣服欣赏。王世贞看四凤，只说了两句话，一句是：软玉，另一句是：温雪。

《废都》写唐宛儿：妇人却脱了鞋，将脚竟能扳上来，几乎要挨着那脸了。庄之蝶惊讶她腿功这么柔韧，看那脚时，见小巧玲珑，跗高得几乎与小腿没有过渡，脚心便十分空虚，能放下一枚杏子，而嫩得如一节一节笋尖的趾头，大脚趾老长，后边依次短下来，小脚趾还一张一合地动。庄之蝶从未见过这么美的脚，差不多要长啸了！

《暂坐》里羿光讲女人的态如佛之光，火之焰，珠玉之宝气。

作品里这些男性人物对女性身体、姿态美的欣赏有着共同的趣味，隐含着作者的眼光。这种对女性身体美的细细描绘，特别是对美脚的欣赏，可以看出贾平凹身上浓重的旧式文人趣味，这种趣味在《废都》里得到了集中体现。

贾平凹早期的性描写，含蓄而富有诗意。揭示理性与情欲的对抗、

①　贾平凹：《贾平凹作品》(第13卷)，上海：上海三联书店，2012年，第182页。

挣扎，展现在旧的社会意识环境下，女性的悲剧性遭遇。

在早期的作品中，有一批情窦初开而被始乱终弃伤害的少女形象，如《火纸》里的丑丑、《遗石》里的匡子、《西北口》里的安安等，这三个女子都没有了母亲，匡子跟着爷爷长大，另两个跟着父亲生活，作者为何如此安排颇堪玩味。是有着相同的生活原型，还是作者认为母亲缺失的残破家庭里，男性长辈的疏严失当，或者女孩儿心事无处诉说造成了她们类似的悲剧遭遇？丑丑是意中人为了挣钱耽搁了时间，未婚先孕的丑丑在恐惧中想用土方法堕胎导致身亡，造成悲剧。匡子和安安则本来皆有自己的意中人，但被另外的追求者占有了身子。在《遗石》中，匡子在情欲面前的情不自禁被作者做了极富诗意的描写：匡子使劲地扭动着身子，心里充满了气愤……意识里叫道：这小子把我吻了，已经把我吻了。身子就软下去，但是，在她的舌头被擒住之后，九强又用力地吸吮，似乎要把她的舌头连同她的心、肺、肠子、肚子一尽吸将了去的时候，一种她也无法明了的感觉袭击了她，像喝醉了酒一般麻酥，没力气，昏厥，迷迷糊糊地气也紧促起来，身体忽软忽硬，后来一切的一切更糊涂了。

这一个银白的月光下，在璜元寺大殿的悠悠晚课声中，于树林子散发着浓烈的松香和柔和的草虫鸣咽里，匡子做下了一个灿烂的梦。她真正地美丽了一次，在夏日中午的黄河浅水湾里游泳，水纹翻搅，冒起无数菊花一样的纹团，那纹团似乎很硬，和那些漂浮的柴草一起垫着她，碰着她，很疼很痒，疼痒得却舒服，后来就爬上一只羊皮筏子，让太阳晒得关关节节都要散了。她又是赤脚在一片丰茂的草地上奔跑了，前边是一只彩色的蝴蝶引导，后面是一条细狗在撵她，她说不来是惊是喜，声音细软，在扑到了蝴蝶时狗也撵上了她，她抱着细狗绵呼呼一团在草地上打滚，而草下竟汩汩地往上沁水，直打湿了她的裤腿和上衣①。

①　贾平凹：《贾平凹作品》(第13卷)，上海：上海三联书店，2012年，第150页。

安安虽然是因为醉酒，但接受请酒，同样表明其内心的欲拒还迎。原始的欲望在内心涌动，微弱的理性难以抗拒。莎士比亚名言：女人啊，你的名字叫弱者。在《哈姆莱特》里不是指女人在体力、在事业上的弱势，而是指女人在情欲面前的软弱，王后在丈夫死后不久"就迫不及待地钻进了乱伦的衾被！"这几位少女，身上都有着《边城》翠翠的影子，她们质朴温柔，善良多情。无论是人物设置，还是性格刻画，作者都有师法沈从文的痕迹。翠翠没有逾越礼法之举，但她的母亲的悲剧已然发生，丑丑几乎就是翠翠母亲悲剧的重演。匪子的故事没有结束，是个开放式结尾。安安则仍然被原来的意中人包容接受，算是有了完满的结局。

这些作品未尝不给人一种感觉，就是男性作者在赏玩女性的这种情欲的挣扎与牺牲。同样，在《五魁》《美穴地》《黑氏》《天狗》等作品中，刻画的是原始欲望的压抑与性的扭曲。其故事内核仍然延续着"五四"时期对"人"的发现、对封建思想束缚的批判以及呼吁个人意志表达和追求等传统命题。

这些女人已经嫁为人妇，不像前述的少女，而是少妇，遭遇不幸的婚姻，经受情感欲望的压抑与摧残，而皆有心仪的男子彼此痴情，或几经磨难而聚首或终成悲剧。五魁只是替人背新娘子的驮夫，却冒着生命危险一救女人于匪窟，二救女人于虐待之夫家，尽管已经与残疾了的女人同居于山上，与世隔绝，却不能突破内心的情义礼法，压抑自己的情欲，同时也辜负了、扼杀了女人的情欲向往，导致畸形的人狗关系，最终女人自杀，五魁成了杀人霸女的匪首。《美穴地》里的女人先是属于老朽的财东，后被强梁野蛮粗鄙的荀百都霸占，她与文静秀气的风水先生柳子言彼此倾心，但无钱无力的柳子言一无用处，最后才激发起一点决绝的勇气，与已毁容貌的女人完聚。《黑氏》里温顺而并不美貌的黑氏被婆家抛弃，结局却成了被人抓住的野合者。作者显然要挖掘隐藏在深处的人性的另一面，也在肯定人的合理的情欲要求。《天狗》里天狗对师娘产生了难言的情愫，一场意外有了正当的亲近师娘的机会，却迟迟难以突破心理困惑。纵观这些作品，压抑与突破压抑，解放灵魂深处的自我，以及批判不合理的世道是一个明显的共性。它们与创作时间大体相当的当代小说里面的一些有影响的作品也有很大的相似性，如改编成电影《大红灯笼高高挂》的《妻妾成群》，改编成《菊豆》的《伏羲伏羲》。这些男性作家不约而同地把目光聚焦在压抑的女性身上，书写着"男性视角里的女性"。

美丽、善良、温柔、贤惠、善解人意、富有牺牲精神，是我们熟悉的妇女传统美德。贾平凹把这种女人称为菩萨样的女人。《浮躁》里的小水，《高老庄》里的西夏，《高兴》里的孟夷纯，《带灯》里的带灯，《山本》里的陆菊人，《暂坐》里的海若，差可称之。但这些女人彼此之间差别是很大的，不论是在作品里所占的分量，所体现的情绪，还是其身份、性格，都是差别很大的。但有一个重要的共同点，可以称为佛性，也就是一种无私、包容、隐忍、关爱众生的德性。小水身上有刘巧珍的影子，面对苦涩的命运，面对金狗的辜负，一如既往的善良，真爱，无怨无悔，"只有小水是干净的神啊"。高老庄这个《西游记》里猪八戒落户的并且留恋的村庄，无疑有着传统文化弊端的隐喻，高子路，出身于此的省城教授，自身依然有着自私、狭隘的秉性，他娶了西夏，这个城里的高个美女，本就有着改良基因的动机，但他们要在高老庄孕育一个孩子的理想归于失败。在子路与高老庄的衬托下，愈见出西夏的可爱可敬。大方、开通、包容、体贴，各种好的品性，表现于西夏对待菊娃、蔡老黑、苏红等各色人物。蔡老黑、苏红都是两面性很强的人，西夏皆能体贴其合理性的一面，给予同情与支持。《高兴》里孟夷纯本不是着墨很多的人，她是一个失足妇女，但她卖身的动机是筹钱追捕杀害哥哥的罪犯，她也因此成了刘高兴这个入城拾荒农民的精神梦寐，在刘高兴的心里她是锁骨菩萨的化身，有了"地狱不空，誓不成佛"的境界。带灯是基层乡镇干部，她上面是只追求政绩的领导，工作的对象是无理搅三分的上访者、地头蛇式的乡村强梁人物、各种苦痛贫穷的底层农民。她尽可能地关爱、帮助底层的贫苦农民，为她们争取权益，尽可能地矫正不公平的现象。她自知能力有限，像萤火虫一样发光有限，但依然不放弃，是佛前的红烛，"火焰向上，泪流向下"，众多的萤火虫落在带灯的身上，"带灯如佛一样，全身都放了晕光"。陆菊人是贫寒农家女子，却有着大户人家夫人的气度，与生俱来人淡如菊的品性，她以作品中的高人陈先生为自己的精神依靠，孝顺公爹，相夫教子，她的丈夫杨钟是个浪荡子，但正如旁人所评价的，看上去她管不住他，其实如果没有她这个妻子，杨钟不知道会成什么样子。杨钟死了，陆菊人安慰公公，承诺自己既不改嫁，也不招夫上门。与井宗秀有着一份难言的情愫，但发乎情，止乎礼，始终不越雷池半步。后来她为井宗秀管理茶业，表现出杰出的经商才能。她为井宗秀物色花生做妻子，好好调教花生。无论是她自己与井宗秀关系中的自处，还是对花生的调教，都体现出自觉的男性中心，男尊女卑，自居辅助、服从、陪衬位置的传统思想。而作者对这一形象的肯定、赞美态度就自然流露出其女性观。陆菊人自觉地接近陈先生，听陈先生说说话，就能获得内心的平静。她在面临生死变故时能够淡定从容，能有作为时绝不轻言放弃，颇有点以出世之心做入世的事业的境界。海若之所以成为"西京十块玉"的核心人物，就是因为她的与人为善，旷达大度。《暂坐》里有各种女人，有做第三者的，有生孩子不是丈夫的，有坑朋友的，有爱窥人隐私的，有同性恋的，海若都爱着护着帮扶着，暂坐茶庄才成了这些女人心灵的庇护所，才有了众姐妹对夏自花情深义重的照顾。海若在准备招待将要来访的活佛，她盼望自己身上有佛性。感觉作者对笔下的这一类女人，由对小水的怜爱，到对西夏的喜爱，到陆菊人就变成了一种敬爱。

再一类可以称之为欲女型，大胆，放纵自己的情欲和金钱欲。恰恰与前面所述压抑的女性成一反对。在《浮躁》里有英英，《废都》里的唐宛儿、柳月，《高老庄》里的苏红，《白夜》里的邹云，《土门》里的眉子,《秦腔》里的翠翠,《山本》里的井宗秀妻子及其妹妹,《暂坐》里的严念初、辛起等,而尤以唐宛儿、柳月着墨最多,描写最细。《山本》是写现代史的小说,井宗秀妻子及其妹妹着墨并不多,似乎突出其淫荡的天性。其他作品都是反映当代生活的,突出的是商品经济发展,物欲横流下女性观念的改变。她们金钱至上,唯利是图,思想之开放大胆令人咋舌。如《高老庄》里的苏红,本在城里卖淫,挣了钱后回到高老庄与人合伙开了地板厂,俨然成了村里的头面人物,或许是这种特殊经历,让她的思想非常"开通",她说"男人就是个 ×","用过几个男人"。她理解不了西夏这样的美女为什么会看上子路这样的男人,敢大胆地去抓西夏的胸乳,平日私下里用东西放入私处来使其紧致,使用电动棒来自我满足,利用自己的权力与金钱来性奴役村里的男人鹿茂,又毫不遮掩地嫌弃其"干什么都不得劲"。小说结尾写到她身上散发出恶臭味。

二、作品例析

下面以《废都》为例,再作更为细致的分析。女性形象在贾平凹小说中占有重要地位,很多评论者都指出其善写女人。《浮躁》以前贾氏小说的女性人物基本上都是乡村女性,即所谓"村野少妇",这些女性人物用陈晓明的话说"加进了过多的东方美德,总是野味十足而妩媚多情"。在《废都》里,女性形象呈现出以前的小说里没有的复杂性,一是女性人物多,二是身份及品性都比较复杂,作者的感情倾向也不再像 20 世纪 80 年代的小说一样清楚明白,而显得外在客观。以主人公庄之蝶为中心,比较重要的女性有:牛月清、唐宛儿、柳月、阿灿、景雪荫、汪希眠老婆,旁及阿兰、慧明、夏捷等。这些女性,大多恐怕不能说身上有多少传统美德,唯一一个自觉以传统道德规范自己及评价他人的牛月清,在庄之蝶的眼里心里却是不可爱、不善解人意的。牛月清,这个庄之蝶的合法夫人,扮演了一个在世风日下、人心不古的时代,竭力打起道统大旗，孤军奋战，却显得那么可笑、无趣、不近人情，最后以沦为弃妇惨败收场的传统妇女形象。作者以剥夺其生育能力的方式暗示了其女性情趣或者说女人味的缺乏。在庄之蝶这个古意盎然的文人眼里，女人不仅要美丽，更重要的或许还是要聪明、善解人意，与自己心息相通。更有现代男人所谓"在客厅像贵妇，在卧室像荡妇"的要求。庄之蝶的这种根性可谓由来已久。林语堂在其一篇叫《两位中国女人》的文章里，津津乐道《秋镫琐忆》和《浮生六记》里的两个女人：秋芙与芸，两个古代文人深情怀念的各自的妻子，由其所记可以看出他们喜欢的女人是什么样的："秋芙所种芭蕉，已叶大成荫，荫蔽帘幕；秋来风雨滴沥，枕上闻之，心与俱碎。一日，余戏题断句叶上云：'是谁多事种芭蕉？早也潇潇！晚也潇潇！'明日见叶上续书数行云：'是君心绪太无聊！种了芭蕉，又怨芭蕉！'字画柔媚，此秋芙戏笔也。然余于此，悟人正复不浅。……秋芙好棋，而不甚精。每夕必强余手谈，或至达旦。余戏举竹坨词云：'簸钱斗草已都输，问持底今宵偿我？'秋芙故饰词云：'君以我不能胜耶？请以所佩玉虎为赌。'下数十子，棋局渐输，秋芙纵膝上狗儿，搅乱棋势。余笑云：'子以玉奴自况欤？'秋芙嘿然，而银烛荧荧，已照见桃花上颊矣。""觉其鬓边茉莉浓香扑鼻，因拍其背以他词解之曰：'想古人以茉莉形色如珠，故供助妆压鬓，不知此花必沾油头粉面之气，其香更可爱，所供佛手当退三舍矣。'芸乃止笑曰：'佛手乃香中君子，只在有意无意间，茉莉是香中小人，故须借人之势，其香也如胁肩谄笑。'余曰：'卿何远君子而近小人？'芸曰：'我笑君子爱小人耳。'"此中秋芙与芸的共同特点是慧心灵性，妙语解颐，娇憨可爱。牛月清显然不是此类女人，先说她的外表，虽然是银盆大脸，鼻直目亮，一个娘娘相，但和唐宛儿比起来，五官单个来看，生得比她好，整体效果却比不上了。她穿不了高跟鞋，不注重打扮，一心牺牲自己的事业，当个好家属。她反感街上的时兴女人整日地逛商场、浪公园、喝咖啡、跳舞。她不解风情，床帏拘谨，庄之蝶嫌和她做爱就如奸尸一般，竟慢慢"不行"了。她不会撒娇，她认为女人应是男人的"妻"、男人的"母"；却不同意柳月说的女人还应该是男人的"女"、男人的"妓"。她缺少慧心灵性，在酒桌上的联成语游戏中，她就如大观园里的刘姥姥一般。她没有幽默感，说不出有趣的话，甚至听不懂趣话，在那一班女子中，她显得那么土气、落伍。她的那番城里女子找对象不愿找出身农村的男子的高论也流露了她的庸俗。对越轨的男女关系，她抱着激烈的反感甚至仇恨，最后，她把替庄、唐传信的鸽子杀给他们吃，这一冷酷行为颠覆了她令人同情的地位，也彻底粉碎了她与庄的婚姻。牛月清的命运意味着"传统"的肩膀过去靠不住、现代依然靠不住女人的幸福。与她相反，唐宛儿却是庄之蝶最钟情的女人，她虽然出身乡下，读的却是《浮生六记》《翠潇庵记》《闲情偶寄》之类的书。或许正因为美丽、聪明和有一定文化，她才不能做一个安分的女人，她固然是情欲的俘虏，但她追求更文明的生活，追求更丰富的感情生活，也是含有令人同情的分子的。包法利夫人、安娜·卡列尼娜从某些人的眼光来看，不也是淫荡的吗？在庄之蝶的眼里，她是那么痴情，那么善解人意，她近乎疯狂地崇拜着庄，说他"玩女人玩得真好"，她还能说些"睡在哪里都是睡在夜里"的诗意话。在"求缺屋"的文人聚会上，她一针见血地说："我现在知道怎么当作家了！原来文章就是这么你用我的，我用你的，一个玻璃缸的水养一群鱼，你吐了我吃，我吐了你吃，这水成了臭水，鱼也成了臭鱼！"这是一个迷失了目标的现代人，并不知道自己究竟要什么，她梦想过成为庄夫人，但又觉得这不现实，她却没有想过，就算自己真成了庄夫人又会怎样。于是，在"我是不是一个坏女人？"的自我追问和前途茫茫的忧虑中，她更加应和了悲观、颓废的庄之蝶，成了他的红粉知己，又似乎是某种无形势力所追击、迫害的患难之交，因此两人时常悲从中来，相对流泪，乃至抱头痛哭。唐宛儿是一个叛逆，是家庭、婚姻、爱情、传统道德观念的叛逆，她没有了精神家园也没有了归宿，她渴望自由却不能自立。如果说牛月清是以夫人自居，既愿意付出夫人的付出，也要求获得夫人的获得，唐宛儿就比较含糊，没有坚定的目标，她是跟着感觉走，她确实是有诗人气质的。但她们有一点是相同的：都是以男人，以庄之蝶为中心的。唐的结局是最惨，最没有诗意的，这意味着她的叛逆在以牛月清为代表的城市传统势力和以她丈夫为代表的农村传统势力的夹击下的惨败。柳月是一个野心家，利己主义是她信奉的唯一旗帜，她没有牛月清的原则，也没有唐宛儿的痴情，情欲也在掌控之中，她的唯一目标是向社会的更上层前进。如果说唐宛儿是个浪漫主义者，她就是一个现实主义者。但她们或许都可以说是享乐主义者。她到庄家前在另一家当保姆时，为了让孩子睡觉自己玩，居然给孩子吃安眠药。一有机会，她就"攀上了高枝"自己上门到了庄家。她不愿意把钱寄给家乡的父母，只管自己吃穿。她知道就算庄与牛离了婚，唐宛儿也在她前面，就断了成为庄夫人的梦想，服从庄对她婚事的安排。她对赵京五的感情就像一个听话的仆人，召之即来，挥之即去。她虽然非常厌恶市长的残疾儿子，但市长儿媳的不凡身份足以使她得到补偿，因为她深尝保姆身份给她带来的屈辱。在那次与牛月清的争执中，她挨了庄之蝶的一个耳光，她没能有骨气地离去，她知道往上爬的道路上不能有骨气，功利主义与骨气水火不相容。小说的快结尾处暗示柳月有了外国情人，手里有了美元。但是，孟云房给她算的命是"喜喜喜，终防否，获得骊龙颈下珠，忽然失却，还在水里"。意味着她的这一番荣华富贵是镜花水月一场空。其实，就算如愿，她所获得的与她所失去的又孰轻孰重呢？这恐怕就不是柳月一个人的困惑了。柳月思想的现代性与典型性就在于她敢于、善于把自己的身体、自己的美丽当作达到自己目标的筹码。阿灿这个人物显得有点突兀，但联系到当今新闻媒体上屡见不鲜的三四十岁妇女红杏出墙的故事，略加分析，还是有可信性的：这一年龄段的妇女，孩子开始不需要太多的照顾，夫妻之间开始出现"审美疲劳"，生活开始显露其庸常无趣，等等，因此，当带着一个浪漫动人故事（钟唯贤情事）而本身又是名人的庄之蝶突然出现在生活里时，阿灿一下子打开了心扉。这正是现代人的一种生存状态。但我认为，或许，作者写阿灿也是为了写阿兰，写阿兰是为了写就业艰难这一社会问题。作者说："《废都》通过了性，讲的是与性毫不相干的故事。"又说："以中国传统的文学表现手法，真实地表达现代中国人的生活和情绪，这是我创作追求的东西。"确实，如果形而下地细读《废都》，会觉得它就是当代生活的一面镜子，尽管它不是那么全面，或者说有失偏颇，它主要反映令人忧虑的一面，如赌博丧命、吸毒败家、权大于法、行贿受贿、制假发家等等。俗话说"拔出萝卜带出泥"，在我看来，作者以一场风月官司为线索，叙写庄之蝶和他的女人们的生活琐事，就是"萝卜"，"表达现代中国人的生活和情绪"就是带出的"泥"。这样来理解的话，外表风光其实凄清的汪希眠老婆、打胎的尼姑慧明、要强的景雪荫都各有其代表性和世态人情的根由。很多评论者对作者让如此多的女人钟情献身于庄颇多批评，但我们如果设想作者的目的是方便自己的笔触深入到社会生活的方方面面，或许就能少一些对作者这方面的指责。王富仁先生曾经指出贾平凹对时代气息敏锐的嗅觉，其例证就是20世纪80年代的《浮躁》和90年代的《废都》。王先生的评价是公允的，《废都》是比较准确地把握了当时中国人的时代情绪的。就像《红楼梦》一样，《废都》里没有一个幸福的女人，也是"千红一哭，万艳同悲"。这本身便体现了作者对现代与传统的碰撞中女性命运的关注和思考，这或许是被授予法国女评委奖的原因。但在小说中，庄之蝶传统文人的趣味是很浓厚的，如关于柳月"这尤物果然是个白虎"的描写是低级趣味的，与白居易《花下醉》及元稹《会真诗三十韵》一直到近代文人吴虞的《赠娇玉》中"罗带轻松穷绔解，叫郎亲看涨红潮。玉体横陈看却羞，被翻红浪想娇柔"之类描写是一脉相承的。一方面这固然是表现庄之蝶这个颓废文人的需要；另一方面与作者对传统文化的沉迷不无关系，在一种文化中成长起来的人，即使认识到这种文化的某一缺陷并坚决地反对它，但思想意识的深处，却难以彻底地肃清它。鲁迅先生说："我自己总觉得我的灵魂里有毒气和鬼气，我极憎恶他，想除去他，而不能。我虽然竭力遮蔽着，总还恐怕传染给别人。"贾氏《废都》这方面的情况恐怕类此。综上所述，《废都》的女性人物形象的塑造，既体现作者对当代女性在传统与现代意识冲撞下命运的思考，更服务于作者反映"现代中国人的生活与情绪"的需要，两者是水乳相融，妙合无垠的。但其中也流露出作者浓重的传统文人趣味。

第二节　性话语分析

性是个敏感的话题，任何社会都不同程度地存在着性禁忌。古今中外都有因为这个问题而引起争议的文学名著，如《金瓶梅》《查泰莱夫人的情人》《洛丽塔》等。贾平凹的《废都》也因此在当时掀起轩然大波，并且一度遭禁。可见其性描写已经触碰到了社会所能允许的极限。多年过去，回看当时，其实《废都》并非一个孤立的现象，发表时间相隔不远的王小波《黄金时代》、陈忠实《白鹿原》、莫言《丰乳肥臀》，在写性方面其实是各有千秋，程度上难分高下，只是趣味有别。评论家一般肯定王小波，认为《黄金时代》写性让人没有不健康的感觉。同样写性，何为健康，何为不健康？在我们看来，书写中隐含的作者的态度和趣味至关重要，直接影响读者的阅读感受。就像《三国演义》隐含的"拥刘反曹"态度一样。认为性是隐秘的，含着一种偷窥的揭秘的猎奇的兴奋来写是一种态度；认为性是人的一种正常需要、正常行为大大方方地写是另一种态度。写性就为了写性，写性其实是为了写别的东西，也是一种区别。比如20世纪80年代张贤亮《男人的一半是女人》就以写性大胆著名，一般认为它的主题是从生命视角对"极左路线"的控诉与批判。《黄金时代》里的性话语则被认为是一种黑色幽默，是对专制与压抑的反抗，探索性与爱的关系，性作为人之存在等意蕴。从这个角度来讲，《黄金时代》《丰乳肥臀》写得大方一些，《废都》《白鹿原》写得隐秘一些。而作为名作，应该说它们都不是为写性而写性。就《废都》而言，下面的一些议论就显得很有道理。

李彦仪认为，两性关系中庄之蝶的身份与其说是生理意义上的男性，不如说是社会意义上的名人作家①。

卡伦·霍妮指出："如今许多性活动与其说是一种真正的性驱力，不如说是心理紧张的出口，因而与其视它为真正的性享受与性愉悦，不如视其为一种镇静剂。"②性的渴求背后实则讲述的是一个神经症人格病态的自我补偿与自我救赎，揭露了"知识分子"从"巨人"到"病人"的微妙转变，是作者对于文化失落年代知识分子焦灼苦闷的精神诊断。《废都》通过了性，讲的是一个与性毫不相关的故事。"③

但从上文对《废都》女性人物分析可见，其确实存在着物化女性、趣味陈腐的旧式文人气味。而从贾平凹创作整体来看，也确实存在"性景癖"的问题。细节复现，或者说重复是贾平凹被人诟病的一个问题，其中很多重复的细节就与性有关系。包含了在日常生活里猎奇的因素，也许作者从阅读吸引力的角度考虑，以此使自己日常琐碎的叙事能留住读者的目光。偶尔读一部他的作品的读者对此不会知觉，自然也不会反感，但跟踪阅读他的"粉丝"却会因此失望。下面列举一些以为例证。《古炉》：敲到天布家，天布黎明最喜欢跟媳妇做事，正爬上肚皮忙活，听见门外喊连长，连长，天布对媳妇说，就说我不在家。天布媳妇回应：连长，不，不，不在哟，哟，哟……这是《废都》等多部小说都用到的细节。又比如小说里下雨必倒围墙，围墙必砸母猪，母猪必定是怀孕了的，被砸后必是流产了。连写到动物也要写到生殖上去。写天

---

①　李彦仪：《张扬的肉体与苦闷的灵魂——论贾平凹小说的性书写》，《文艺争鸣》2021 年第 5 期。

②　（美）卡伦·霍妮：《我们时代的神经症人格》，杨柳桦樱译，北京：台海出版社，2016 年，第 111—112 页。

③　贾平凹：《五十大话》，北京：人民文学出版社，2008 年，第 173 页。

热，老太婆也赤裸着身子，将下垂的布袋奶甩上肩头，让背上背着的小孩去吮。贾平凹在作品中也追求幽默感，但他的幽默较少原创的语言的机智，像钱锺书在《围城》里一样，通过机锋百出的比喻来获得，而贾平凹主要是来自生活中耳食来的段子，其中尤以黄段子居多。《寻根卷》（658 页）：据说，年轻时她不生育，去后山娘娘庙上香，跪在神像前说过：娘娘神哪娘娘神，你赐给我一个孩子吧，我这么大了，怎么能没有一个孩子呢？要说我不生养吧，我在娘家也是生过一个两个的，要说是我男人不能生育吧，我又不仅仅靠他一个，我怎么现在没一个孩子呢？《老生》里写一个叫张收成的人性瘾大，经常犯生活作风错误，一次居然奸驴被人检举了，报请公安部门逮捕，先写奸驴，觉得这事传出去太辱没过风楼公社的声誉，改写成道德败坏，又觉得太笼统，不足反映罪行，就定个严重破坏公共财物罪。很有黑色幽默的味道。也是这个张收成，和任桂花好，任桂花的丈夫是军人，公社干部怕任桂花怀孕露了馅，出破坏军婚事故，就让任桂花叫丈夫回来，丈夫打电话回来通知啥时候到家，任桂花说去车站接，丈夫说：不接了，面揉好，人洗净，等着！被人传为笑谈。各种与性有关的奇风异俗也是津津乐道的，如白虎星是指女人的下身没毛，青龙者，为男人的胸毛茂密，只有青龙能伏白虎，其他男人沾了白虎必定倒霉。大量的此类细节弥散在贾平凹的作品里，有批评者对此做过详细的例证与严厉的批评，此处不赘述。从严肃、高雅的文艺角度来说，这种批评是有道理的。从小说的雅俗共赏，浅者得其浅、深者得其深的消遣娱乐功能看，这些点缀未尝没有意义。

第六章　混沌美学

郭茂全《混沌美学视域下的当代文学批评》①一文，介绍了美国数学家、气象学家罗伦兹提出的"混沌理论"。指出混沌理论对人文学科的思想范式产生了较大的影响。梳理了在中西方美学发展历程中，混沌美学的意识或观念产生、发展的大致脉络：中国古代文艺中的"混沌""浑沌""浑""浑化""浑涵""雄浑""浑沦""圆浑"等组成了"混沌"审美话语，其中就蕴含着"全""模糊""含糊""混乱"等"混沌"意义谱系。阴阳互补、刚柔相济的"浑化之境"是审美创造的最高境界。庄子"七窍成而混沌死"的寓言故事表明了其对"浑沌""象罔""鸿蒙""滓溟"等审美现象的重视。庄子散文中的混沌意象具有丰富的内在美，是无为，也是道。司空图《二十四诗品》将"雄浑"置于二十四诗品之首，以"返虚入浑，积健为雄"来解释"雄浑"。南宋严羽在《沧浪诗话》中以"气象混沌，难以句摘"来形容汉魏古诗。"混沌"为浑然一体、难以剖析之意。"雄浑"是一种审美风格，也是一种混沌状态。中国古代诗话与词论中的"混沌"强调整体不可分割与无界不可道说，

---

① 郭茂全：《混沌美学视域下的当代文学批评》，《石河子大学学报》（哲学社会科学版）2018 年第 3 期。

可谓混沌美的古典形态。西方从亚里士多德"诗描写可能发生的事"的观念肇始了西方理论家对"可能性"与"不确定性"的诗学思考。威廉·燕卜荪在《含混的七种类型》中，以"含混"来界定诗歌语言的特征。"'含混'本身既可以指我们在追究意义时举棋不定的状态，又可以指同时表示多个事物的意图，也可以指两种意思要么二者必居其一，要么两者皆可的可能性，还可以指某种表述有多种意思的事实。"燕卜荪的"含混"在"可能性""多义性"等层面上与混沌美学的"复杂性""不确定性"是相通的。意大利哲学家、符号学家安贝托·艾柯《混沌美学：詹姆斯·乔伊斯的中世纪》承袭其多样性、多元性、交互性的"开放的作品"的观念，首次提出"混沌美学"的概念。受艾柯"混沌美学"观念的影响，美国文学批评家迈克尔·帕特里克·吉莱斯皮（Michael Patrick Gillespie）在《混沌美学：非线性思维与当代文学批评》重提"混沌美学"（Aesthetics of Chaos），并使用"含混"（ambiguity）、"复杂性"（complexity）、"混沌边缘"（edge of chaos）、"含混诗学"（poetics of ambiguity）等概念来构建其批评话语。吉莱斯皮反思了线性思维、因果逻辑给文学批评带来的局限，因而倡导非线性、多元化、复杂性的审美体验与批评范式。

贾平凹未必对西方的混沌理论以及以此为基础的混沌美学理论有深入了解。但对中国古代文艺理论的混沌概念肯定是熟悉的。事实上，贾平凹有一本书就取名叫《混沌》。贾平凹曾多次讲到《山海经》的一则故事："《山海经》上讲混沌的故事，混沌是没鼻没眼的，有人要为混沌凿七窍，一天凿一个，凿到七日，七窍是有了，混沌却死了。"（《关于小说语言》）《现代汉语词典》中"混沌"的注释为：1.我国传说中指宇宙形成以前模糊一团的景象。2.形容糊里糊涂、无知无识的样子。结合前面所引郭茂全《混沌美学视域下的当代文学批评》对中外混沌美学理论的梳理，可以归纳我们一般意义上对混沌美学内涵的理解，它包含：浑然一体、难以剖析；可能性、多义性、复杂性、不确定性；非线性、非因果逻辑性等意义。而贾平凹的小说正是这种混沌美学的典范实践。

第一节　主题模糊、多义

　　优秀的小说，应该有不尽的内涵，常读常新，这自然是那些主题单薄的作品所不能胜任的。正如鲁迅先生说读《红楼梦》，"单是命意，就因读者的眼光而有种种：经学家看见《易》，道学家看见淫，才子看见缠绵，革命家看见排满，流言家看见宫闱秘事"。这正说明了《红楼梦》的意蕴丰厚。可以说，意蕴丰厚，多义，模糊，仁者见仁，智者见智，这正是文学作品的特质。理论是灰色的，而生活之树常青。小说如果只是某个理论观点的演绎，就像那些主题先行的作品一样，哪怕思想是深刻的，随着时间的流逝，它也会变得平凡无奇，甚至过时变色，只有具体的"这一个"的人物、事件、细节、场景以及其中蕴含的情感，如果它生动、真实，就总是能够打动人心，就像唐诗宋词里那些鲜活的场景，"牵衣顿足拦道哭""执手相看泪眼，竟无语凝噎"一样，千载之下，依然宛在目前，动人心魄。而在贾平凹的小说观中，一个重要的观点就是"以实写虚，体无证有"，"实"就是要力求写出生活的原生态，在"实"的基础上张扬意象，他的这种追求应该说取得了预期的成功，一些评论家以"法自然的现实主义"、微写实主义等概念来定义他的写法，其写实功力也颇为评论者称道，有研究者说"考察他所有的创作，可以说贾平凹的毕生功力其实都在于其高超圆熟的写实技法。"[1] "就贾平凹这种对现实事象的表现力而言，我认为，在当今文坛是少有人可以与之匹敌的。"[2] 他自己也多次阐述对写实的重视，他说：什么叫写活了，

[1]　黄世权：《日常沉迷与诗性超越——贾平凹意象写实艺术》，北京：北京师范大学出版集团，2012年，第23页。
[2]　谢有顺：《时刻背负着精神的重担——谈贾平凹的文学整体观》，雷达主编：《贾平凹研究资料》，济南：山东文艺出版社，2006年，第193页。

逼真了才能活，逼真就得写实，写实就是写日常，写伦理。脚蹬地才能跃起，任何现代主义的艺术都是建立在扎实的写实功力上的。(《古炉》后记)而在小说的主题上，贾平凹自觉追求多义性，他曾多次谈到这个问题："我最近正写的一个长篇，后来提纲全部推翻了。写开以后，就不按原来的提纲来了。明天写啥，今天还不知道。主要写日常生活，日常生活没有一个啥具体的东西规定。有人说过，好作品用两句话就能说清。后来也有人说过，好作品咋说都说不清。我后来写东西，尽量故事情节两句话就能说清，但内涵上，到底要说啥，最好啥也说不清。有时作家也说不清，是模糊的。意象在那儿指着，但具体也给你说不出来。"《关于小说创作的问答》中，"我热衷于意象，总想使小说有多义性"。(《怀念狼》后记)评论家也多有注意到这个特点者，谢有顺说：他不是一个很理性，想得很清楚的作家，但他是一个很有想法的作家，而且能够把他很苍茫、很模糊的想法表达出来的作家①。李静说，他让作品中的形象极其原生实在，作者声音则完全消隐，故而它们的意蕴更其含混难言。……贾平凹一直致力于给文本注入多义性……小说的形象世界，因此而血肉饱满，其内涵主旨，亦更加含混难辨。②俞耕耘：从《秦腔》《古炉》《老生》再到《山本》作家所追求的苍茫蛮荒、混沌超脱的美学已至圆熟。

从贾平凹的小说作品本身来说，如果讲题材，是比较明确的，他关注的是现当代的现实生活，地域上主要集中在他的故乡商州与他现在生活的西安，当然，从《古炉》《山本》等作品的后记里，可以看出，虽然落笔在家乡，着眼却是中国。同时，在他追求的"混沌"叙述中其实都是裹带着"问题"的，有研究者指出："贾平凹的长篇小说在题材的挑

---

① 林建法、李桂玲主编：《说贾平凹（下）》，沈阳：辽宁人民出版社，2014年，第409页。

② 李静：《未曾离家的怀乡人——一个文学爱好者对贾平凹的不规则看法》，《当代作家评论》2006年第5期。

选上几乎是非重大现实题材而不入，农村与现代化进程、城中村拆迁、农村传统宗法制的消亡、农民工的拾破烂群体，'文革'在农村的发生、农村基层政府与维稳、百年中国农村的变革史、农村的妇女买卖问题等，贾平凹比中国当代任何作家都希望做一个中国社会转型时期的见证人和记录者，他 20 年来的长篇小说已经成为中国当代社会转型期的历史长卷。"① 也就是说，贾平凹小说的题材和反映的问题并不混沌，是积极关注、干预现实的，体现传统儒家入世思想对他的深刻影响。但具体要说他的作品揭示什么或者支持什么批判什么，却是说不太清楚的，他追求的是混沌，是生活的混沌的原生态，混沌突出的特性就是整体性和模糊性，不能强求眉目清晰，一清晰就不再是其本来，就像强行凿出七窍则"混沌"死。它不是"攻其一点，不及其余"删繁就简、直接明了的写法，贾平凹批评过这种写得"太干净"的写法，他说："以往许多写农村的作品，写得太干净，如一种说法，把树拔起来，根须上的土都在水里涮净了。建立在血缘、伦理根基上的土性文化，它是黏糊的、混沌的。在我写作过程中，曾写过一个条幅挂在书房，写的是：我是混沌凿不得，风号大树中天立。"② 这里，我们借用一位评论者对《秦腔》的分析来作为例证，李静《未曾离家的怀乡人》："……这个看似不加营构的文本层次繁复，难以描述，只好生硬地理出如下意义线索：（一）关于权力等级秩序的集体无意识。（二）土地的衰败与道德的崩解。（三）秦腔没落，传统逝去。（四）农民的卑微与重负。（五）人心的贪婪。（六）爱之无能……贾平凹一直致力于给文本注入多义性，在《秦腔》里更是如此。"③ 这里，论者的排列是以省略号结束的，表示并未穷尽，同时表

① 梅兰：《论极花与贾平凹的小说观》，《中国现代文学研究丛刊》2017 年第 5 期。
② 贾平凹、王彪：《一次寻根，一曲挽歌》，林建法、李桂玲主编：《说贾平凹（上）》，沈阳：辽宁人民出版社，2014 年第 52 页。
③ 李静：《未曾离家的怀乡人——一个文学爱好者对贾平凹的不规则看法》，《当代作家评论》2006 年第 5 期。

示这种分析是"生硬"的，就像强凿"混沌"一般。《秦腔》如此，其他作品的情况也差不多，因为这是作者的小说观使然的。对这一点，谢有顺在《时刻背负着精神的重担——谈贾平凹的文学整体观》里引用刘再复谈文学的四个维度进行了精彩的阐述，简而言之，就是他的小说不仅关注国家、民族、社会和人伦，而且还关注"存在的境遇、死亡和神秘体验、自然和生态状况、人性的细微变化等命题"，因而具有丰富的精神向度和意义空间。

与此同时，贾平凹小说日益追求感情的含蓄内敛和价值观的悬置，这种追求也必然导致其作品内涵含混苍茫的混沌特色。如果说《浮躁》等早期作品对人物、事件还有比较鲜明的倾向性，那么越到后面，贾平凹越是收敛起对自己塑造的人物的价值评价与爱憎倾向，尽量只对世界作呈现，也就是原生态的写作。《极花》本是写妇女被拐卖被强暴被禁锢的故事，但小说里却没有写一个恶人；《山本》写了那么多血腥暴力，无论是剥皮凌迟，还是井宗秀设计害死与土匪五雷通奸的妻子，都写得不动声色。其实，悬置价值判断的写作是一种谦卑的写作，作者不愿意以自己一己的感受，代替各色人物的感受，包括读者的感受。谢有顺在《尊灵魂，叹生命——贾平凹、〈秦腔〉及其写作伦理》有很精彩的分析，他引用米兰·昆德拉的话说："悬置道德审判并非小说的不道德，而是它的道德。这道德与那种从一开始就审判，没完没了地审判，对所有人全都审判，不分青红皂白地先审判了再说的难以根除的人类实践是泾渭分明的。如此热衷于审判的随意应用，从小说智慧的角度来看是最可憎的愚蠢，是流毒最广的毛病。这并不是说，小说家绝对地否认道德审判的合法性，他只是把它推到小说之外的疆域。在那里，只要你们愿意，你们尽可以痛痛快快地指责巴奴日的懦弱，指责爱玛·包法利，指责拉斯蒂尼克，那是你们的事；小说家对此无能为力。"（《被背叛的遗嘱》，第7页）这种取向，与贾平凹性格中温柔敦厚的一面有关系，他反复说过，自己"不是一个具有浓厚批判意识的作家，这方面我缺少素质""作家职业的性质决定了他与现实社会可能发生摩擦，却绝没企图和罪恶"。另外，作为作家，他可以发现、关注一些社会问题，但不一定有解决问题的办法，甚至看不到未来结局究竟如何，他确实有一种迷茫，这种迷茫流露在作品里，无疑也体现为一种混沌之感。《秦腔》后记里说："这条老街很快就要消失了吗？土地从此就要消失了吗？真的是在城市化，而农村能真正地消失吗？如果消失不了，那又该怎么办呢？"很显然就是一种真诚的茫然与无奈。

再次，贾平凹一定程度上存在的人生虚幻思想以及在其作品里津津乐道的神秘现象也给他的小说涂上了混沌迷茫的色彩。

有评论者甚至论道："说贾平凹的写作是失败的，首先是因为价值观上的虚无，即其作品很少给人以正面价值，常使读者陷入负面价值或价值虚无之中。"[①] 多有论者指出贾平凹小说大都有悲剧性的结局，弥漫着浓厚的悲剧意识，李静批评道："强大的否定性思维赋予了贾平凹洞见现实黑暗的清醒力量，但是，也取消了他对抗黑暗、自我拯救的主体意志。"从《古炉》《极花》《山本》等几部作品看得特别明显，三部作品都设置了一个指示"人生出路"的人物——善人、老老爷、陈先生，三个人都是糅合了传统儒释道思想中的遵循伦理道德、善良、包容、忍隐、超脱的形象。

梅兰在《〈极花〉：巫史传统下的和解与暴力》[②] 中说："胡蝶被拐后的蜕变和升华，就是贾平凹希望在小说中勾画的中国群体性人格理想的面貌，由愤怒、痛苦到隐忍、宽恕，再到感动和爱；在贾平凹看来，这不仅仅是一个被拐卖的妇女接受命运变成一个地道农民的过程，而完全应该是一个中国人成长的真实过程。"严厉地批评："《极花》令人印象深

①　鲁太光：《价值观的虚无与形式的缺憾——论贾平凹的长篇小说〈山本〉》，《文艺研究》2018年第12期。

②　梅兰：《〈极花〉：巫史传统下的和解与暴力》，《华中科技大学学报（社会科学版）》2016第11期。

刻地铭刻下贾平凹对巫史传统的怀念与期盼，也令人沮丧地以一个被拐女的人格建构过程展现了一个中国当代作家惊人的幼稚、保守和愚昧，对个体权利的高度漠视以及对暴力的选择性失明。"鲁太光在《价值观的虚无与形式的缺憾——论贾平凹的长篇小说〈山本〉》中也批评贾平凹把陈先生这个"无用或无为之人"塑造为偶像，不惜以整个涡镇的毁灭来为其献祭。而陈先生的思想确实就是一种虚无、无奈因而只能达观的思想，他就像《古炉》里的善人，给人看病时总在不停地说话，有一次就说："这镇上谁不是可怜人？到这世上一辈子挖抓着吃喝外……每个人好像都觉得自己重要，其实谁把你放在了秤上？你走过来就是风吹过一片树叶，你死了如萝卜地里拔了一颗萝卜，别的萝卜又很快挤实。一堆沙子掬在一起还是个沙堆，能见得了风吗？能见得了水吗？"这其实也是作者的思想，贯穿在他绝大部分的小说里，尽管被繁复的日常重重遮掩，但迷茫悲凉之气还是在弥漫。他可能一直在思考解决之道，但依然只能返回到传统的隐忍、超脱。他恐怕并不会接受梅兰的严厉批评，只会反问："那你要胡蝶怎么样呢？"

贾平凹的小说里布满了各种神秘事象，他是有意为之的，他曾经自道，"我就爱关注这些神秘异常现象，还经常跑出去看，西安这地方传统文化影响深，神秘现象和怪人特别多，这也是一种文化"，并说："我作品中写的这些神秘现象都是我在现实生活中接触过，都是社会生活中存在的东西……我在生活中曾接触过大量的这类人，因为我也是陕西神秘文化协会的顾问。"他还说："我老家商洛山区秦楚交界处，巫术、魔法民间多的是，小时候就听、看过那些东西，来到西安后，到处碰到这样的奇人奇闻异事特多，而且我自己也爱这些，佛、道、禅、气功、周易、算卦、相面，我也有一套呢。"另一方面，在他看来，"从佛的角度、从道的角度、从兽的角度、从神鬼的角度等等来看现实生活"，也具有文学创作"不要光局限于人的视角"的意义。在他早期的小说《古堡》《美穴地》《浮躁》中已经有阴阳风水、梦兆、谈玄等等民间常见的神秘说法，后来的作品此类书写则越是繁密。一类是超现实的人物，这些人物具有某种超现实的功能，如预知后事，如《高老庄》里子路的残疾儿子；测字算命如神，如《废都》里的孟云房，《白夜》里的刘逸山，刘逸山还可以让街上一路不堵车。打通阴阳两界，如《废都》里的庄之蝶的岳母；记得前世的再生人，如《白夜》；拥有高超的医术，如《土门》里的云林爷、《山本》里的陈先生。再就是鬼魂附体，如《古炉》里婆再次和老顺在家里立筷子驱鬼。再就是动物、草木等万物有灵的现象，动物有狗、猫、麝、狼乃至蜘蛛；植物如《古炉》里的白皮松、《山本》里皂角树和冥花等。贾平凹善于渲染神秘气氛，有时候你可以说他是在写人物的心理状态，也可以说他在写万物通灵，如《山本》里写陆菊人悼念丈夫杨钟。他对着杨钟的灵牌说：……话一说完，火焰软下去，却忽地腾起股灰屑，如树叶一样直到屋梁上，再纷纷扬扬地落下来。(《白夜》里给吴清朴烧纸亦有类似情景）她不说话了，那儿不知什么时候爬上了一只蜘蛛，这蜘蛛并不大，背上的人面纹却十分清晰，她猛地感到这蜘蛛就是杨钟的亡灵……就像恐怖电影里的音响效果，本是寻常景物，一经其文笔点染，却鬼气森森。这种神秘究竟有还是无，倒也并不十分确定，作者似在建构的同时又在解构，包括《美穴地》《山本》里的风水宝地之说，柳子言的儿子只成了戏台上的贵人，井宗秀的富贵也只是昙花一现，这风水宝地之说，究竟信耶？否耶？不是很确定，是模糊的，混沌的。

第二节　日常生活写实与意象隐喻

这种混沌美感的形成，也是作者追求逼真写实的结果。现实生活本来就呈现出杂乱混沌的状态，"清风街的故事从来没有茄子一行豇豆一行，它老是黏糊到一起的"。(《秦腔》第99页）它必然是许许多多的人事交织着齐头并进，与你相关的，与你无关的，看上去与你无关其实与你相关的，看上去与你相关其实与你无关的，每个人都扮演自己生活的主角，也充当别人生活的配角。生活是一张网，时刻都为往后埋下伏笔，种下因缘，时刻也都在爆发前因后果。同时，生活充满了很多的偶然无常的因素，有因未必有果，无因未必无果。人生难料，世事无常是人们常见的感叹。陈思和在《试论〈秦腔〉的现实主义艺术》一文中指出：它是"法自然"的现实主义，与传统的现实主义在贴近生活的同时以某种观念解释生活，往往把生活本质化和意识形态化不同，而与中外一些杰出作家的观念相通，"文学作品是由细节和变奏曲构成，而不是由主题和主旋律构成的——伟大作品尤其如此"。（余华）"在小说提供给我们的东西中，我们越是看到那'未经'重新安排的生活，我们就越感到自己在接触真理；我们越是看到那'已经'重新安排的生活，我们越是感到自己正被一种代用品、一种妥协和契约所敷衍。"（亨利·詹姆斯）可以说，善写真切生动的生活细节，是贾平凹与大多数当代中国作家相区别的一个标志性要素。细节自然是琐碎的，也不能有严谨的逻辑，像藤蔓一样，东拉西扯。费秉勋评点《白夜》说："读惯大情节小说读者看《白夜》，觉得尽是琐碎的扯淡，其实若干年后要通过小说认识体味二十世纪的最后十年，后者较前者作用之大将难以道里计也。"①

下面随意从《古炉》里挑一小节文字作为例证：老顺家的山墙上原来有一条标语，写着：忙时吃稠，闲时喝稀。水皮铲掉后，重新再写，他担心直接搭梯子在墙上写得不匀称，从支书家要了几张报纸，先在报纸上写了，把报纸上的字刻出来贴在墙上勾出轮廓，然后再用石灰浆填涂。他提了石灰浆桶爬上梯子，让来回在下面稳住梯子，来回不识字，说：你写的啥字？水皮瞧不起来回，说：白灰字。来回就不给他稳梯子了。水皮忙让把梯子稳好，说：是听党话跟支部走，光景好得啥都有。来回说：噢，有贼哩。水皮说：你说啥？来回说：钥匙丢完了没有

---

① 贾平凹：《白夜（评点本）》，武汉：长江文艺出版社，2004年，第159页。

贼？水皮说：这是支书编的词，你反对？来回说：是支书把我留在古炉村的，我能不识瞎好？水皮说：知道不知道啥叫宣传，正面宣传，没文化！来回说：我是没文化。水皮说：那就稳好梯子，跟我稳一晌梯子了给你也记工分。水皮娘来给水皮送手套，操心着水皮刷标语冻了手，她也不认字，却站在墙下说着字写得多好，有胳膊有腿的，听到水皮指责来回，她说：水皮，对你嫂子说话软和些，她病还没好哩！

　　这一节简单概括就是写水皮写标语，来回帮他稳梯子。这本身便是极琐细的小事，但也把水皮、来回、水皮娘三个人的神情心性表现得很生动，水皮识字的自鸣得意，来回神志不清，水皮娘对儿子能写标语的自豪。这一节同时承接着上文村子里家家丢门钥匙，来回羊癫疯病的发作，以及下文来回和迷糊吵架，善人给来回说病等情节。这些琐细的事情，多写一个少写一个都似乎无关紧要，比如所引这一节里，水皮娘对儿子写的字的称赞，删去也不影响上下文的连贯，似乎就是所谓的"闲笔"。贾平凹在《关于语言》里明确讲到"要善于运用闲话"，而所谓"闲话"也就是指"文章中常常有一些似乎无关紧要的话"。"闲话可以产生韵味，使语言有了弹性"，甚至说"能善于运用闲话的作家差不多都是文体作家，有性情，艺术天赋高，有唯美倾向，又是不过时的作家"。① 有学者也注意到贾氏小说的这个特点，金理在《历史深处的花开，余香犹在？》里分析道："这一路写来，场景、人事、声色，每一笔都舍不得轻易放过，'总要披拂抚弄'，'随时随处加以爱抚'，一波未平一波又起，但转换之间又没有因果逻辑。其实生活本身难得环环紧凑，倒常常是有一搭没一搭，好比没有'行程的主脑'，'但除去了这些也就别无行程了'，生活之流也就这般'若无其事地流过去吹过去'——这几处意思借自周作人谈废名，用来评价《古炉》的行文倒也贴切：'好像是一道流水，大约总是向东去朝宗于海，他流过的地方，凡是什么汊港湾

————————

① 贾平凹：《关于语言》，《当代作家评论》2002年第6期。

曲，总要灌注潆洄一番，有什么岩石水草，总要披拂抚弄一下才再往前去，这都不是他的行程的主脑，但除去这些也就别无行程了。'"①

贾平凹最核心的小说观，就是把小说写得跟生活一样自然，他说：聊天，咱们聊上一夜，从开始聊茶杯到说人，从这个话题转到那个话题，中间的转化是不知不觉的。我一直想追求这种东西，慢慢地就又成习惯了。我看乔伊斯的《尤利西斯》，醒悟意识流不仅仅是思想在联想。意识流基本上是潜意识的活动，不仅仅是联想。王蒙式的中国意识流就是上下左右联想，这其实是把周围的事物全剥光了，这也是不真实的。小说重要的一点就是怎样使它更接近真实。再如对话，对话不仅仅是说眼前的事，我与你对话时眼睛虽然看着你，余光还看到了周围的东西。我得到这些启示，就像这样写。我写小说时，写到这一个事情，又顺着写到别的事情，后来又回到原先那个事情上去。这也基于一种真实性的考虑②。

意象，可以说是中国古典美学的一个重要标志。意象是指客观物象与主观情意的融合而形成的审美形象。因为"言不尽意"，故"立象以尽意"，"象"作为一个中间物起到了连接语言与意义的中介作用。很显然，"象"虽然可以表达"意"，但既然是象，不是言，自然也就不是明白如话的。老子有言："道之为物，惟恍惟惚。惚兮恍兮，其中有象。""道"本便是杳冥之物，难以言传，才借助"象"来表达的。所以，贾平凹要借助意象来表达的思想，也是有其难以言表的地方的，或是作者追求的一种表达美学效果。贾平凹的早期作品就表现出对意象艺术的自觉追求，《古堡》《浮躁》里的古堡、麝、州河、看山狗就是隐含寓意的形象。之后的创作更是渐成风气，从作品的题目，到人物的名字，到

① 林建法、李桂玲主编：《说贾平凹（下）》，沈阳：辽宁人民出版社，2014年，第474页。

② 雷达主编：《贾平凹研究资料》，济南：山东文艺出版社，2006年，第485页。

作品里面的山水动植物等等，无不赋予隐喻意义：如废都、土门、古炉、高老庄、白夜、极花，庄之蝶、子路、西夏、带灯、陆菊人，以及前文已有述及的各种动植物，莫不如此。贾平凹直言这是自己的写作理想：如果在分析人性中弥漫中国传统中天人合一的浑然之气，意象氤氲，那正是我新的兴趣所在。（《病相报告》后记）他甚至希望把意象浸透在整个的情节、作品的整体上。他说，十年前，我写过一组超短小说《太白山记》，第一回试图以实写虚，即把一种意识，以实景写出来，以后的十年里，我热衷于意象，总想使小说有多义性，或者说使现实生活进入诗意，或者说如火对于焰，如珠玉对于宝气的形而下与形而上的结合。……局部的意象已不为我看重了，而是直接将情节处理成意象。（《怀念狼》后记）虽然，也有评论者认为他这方面还没有达到理想的境界，有些意象还停留在漂浮点缀的程度，与情节主题尚没有达到浑然一体的圆融，但整体而言，其意象写实艺术还是取得了相当大的成就，在当代文坛堪称独特的风景，这种意象写实艺术为其小说的混沌美学构成的重要一环。

第三节 散文化的叙事手法

贾平凹的小说一直在走一条散文化的道路。自然，这里的散文化，不是与韵文相对而言的概念，而是指淡化情节，不以跌宕起伏的故事、鲜明生动的人物取胜，也不讲求紧凑严密的结构，更接近于散文自由多样的写法，在中国现当代文学史上，具有散文化小说风格的作家可以开列出鲁迅、郁达夫、废名、沈从文、萧红、汪曾祺、孙犁等一大串。我们也知道，贾平凹的创作与沈从文、孙犁更是有着紧密的渊源关系，他早期作品那些富有诗意的山水月色、美丽多情的女性形象、朴素新奇的乡风民俗，确实与沈从文极为相似，但如果只是这样的散文化特点，与本文所论的混沌美学就没有太多的联系了。事实上，贾平凹后来侧重于长篇小说的创作，创作风格与早期的中短篇小说相比已经发生了较大的改变。所以，这里所说贾平凹小说的散文化手法侧重的是那类知识散文的特点，是包罗万象、百科全书式书写的特点，也与作者追求把小说写得跟生活一样自然的小说观有关，同时可能源于作者"记录世情"的写作目的，《高兴》后记里写道："而在这个年代的写作普遍缺乏大精神和大技巧，文学作品不可能经典，那么，就不妨把自己的作品写成一份份社会记录留给历史。"虽是谦虚之词，也有退而求其次的意思。另外，贾平凹大部分的长篇小说写于 40 岁后（1992 年写作《废都》时刚好 40 岁），已是人到中年，情感趋向平和（但悲凉之气不减），不再看重戏剧性的情节，也不在乎"有意味的形式"，小说就是说话，聊天，什么都聊一聊，不知不觉就从这里聊到了那里，形成其集知识性、平淡性、含蓄性为一体的一种中年趣味。因此，读者也不能以寻求"中心思想"的心态来阅读，如果这样就会抱怨：你东拉西扯，究竟要说什么呢？贾平凹经常引用一则某个艺术家的理论：鸟在那叫，它叫的什么你不懂没关系，你觉得好听就行了。所以，读贾平凹的这些小说，不能抱着急切的心理，必须从容，带着一种赏玩的态度、了解的态度慢慢读。以此而言，这些作品要吸引年轻的读者恐怕比较难。

　　例如在《白夜》里，通过夜郎向一位老学究的请教介绍了很多目连戏的知识：老学究各样吃了几口，说："你是问'打游台'吗？所谓'打游台'，即在正式演出前观众及戏班内的人，手执黄裱纸三角小旗，踩着曲牌节奏，在'阴台'上绕台行走。阴台就是在舞台前临时搭起的台子。在'阴台'上绕台行走，是戏先演给鬼看，后演给人看，可保证戏演出无事故。民国三十五年有戏班在关中东府华州搬目连，没有打游台，结果戏演到一半台子起火，烧死了五个人。这阴台，凡人上台一走能消灾免难，逢凶化吉的。"夜郎觉得稀奇，又问起"打报场"是什么角色，"掌教师"的身份是什么，"五猖"有无具体名目，如何纸扎吊笼，如何挽诀、喷咒水、贴禁符。

其实，早在《废都》里，就有关于戏曲里耍扇子、耍獠牙的知识性文字。再如《高老庄》写怎么给亡人过三周年，《秦腔》里有关秦腔的知识等。越到后面的作品，这方面的内容出现的频率越高，所占的篇幅越大。《古炉》里有怎么烧瓷器的窍门，善人说病的内容篇幅都很长。在《极花》166 页起，以排比的手法，每一段都以"如今我学会了"开头，写胡蝶生了孩子后，开始接受现实，融入被拐卖到的家庭的生活，学会了侍弄鸡，学会了做搅团，学会了做荞面饸饹，学会了做土豆等，每一样，都是知识性的散文，而光是写怎么做搅团就写了近 700 字。《山本》里麻县长要写《秦岭草木志》，作者就让麻县长写下了一大段：蕺菜，茎下部伏地，节上轮生小根，有时带紫红色，叶薄纸质，卵形或阔卵形，顶端短渐尖，基部心形，两面一般皆无毛。叶柄光滑，顶端钝，有缘毛……连写了 8 种植物，近 800 字，简直就像周作人的文抄公体散文。《山本》里还有怎么熟羊皮，做酱笋，打铁礼花的介绍。

同时，伴随这些百科全书式的内容进入小说的是各种不同文体的掺入，正如梅兰所说：贾平凹的长篇小说在文体上相当不受约束，各种散文体裁比如碑文、野史、笔记、对联、故事、问答、短信、文件、段子等以及目连戏秦腔、民歌、阴歌、乱弹、白话等杂糅其中。拿《废都》为例来说，大致有这么几类：一类是通过收破烂的疯老头传出的"谣儿"，可谓当代民谣，基本上是反映当时社会风气的，或许有加工修正，但应该不属作者虚构撰写。再一类是主人公庄之蝶为故去者撰写的挽联，如挽钟唯贤："莫叹福浅，泥污莲方艳，树有包容鸟知暖，冬梅红已绽。别笑命短，夜残萤才乱，月无芒角星避暗，秋蝉声渐软。"又一类是小说中写到的景、物铭文，如庄之蝶送给唐宛儿的铜镜铭文："昭仁晒德，益寿延年。至理贞一，鉴保长全。窥庄起态，辩皂增妍。开花散影，净月澄圆。"还有女尼马凌虚墓志铭。还有经由柳月、唐宛儿唱出的陕西民歌、情歌："八百里秦川尘土飞扬，三千万人民乱吼秦腔。捞一碗长面喜气洋洋，没调辣子嘟嘟嚷嚷。""大红果果剥皮皮，外人都说我和你。其实咱俩没那回事，好人担了个赖名誉。"再有就是几个人物的依据《邵子神数》推出的算命词，如唐宛儿的是：湖海意悠悠，烟波下钓钩。事了物未了，阴图物未图。这也是模仿《红楼梦》里各主要人物命运暗示的诗词。其他数量不多的就不一一举例了。以后的作品，不同文体的掺入都或多或少存在，只是各有侧重，如《白夜》是目连戏文较多，《高老庄》是碑文较多，《秦腔》是对联与秦腔曲谱较多，《古炉》是善人的善文较多，《老生》是《山海经》以及阴歌较多，《带灯》是带灯写给元天亮的信较突出……

总的来讲，这些掺入的文本有两个特点比较突出：一个是内容的广泛性，社会生活的方方面面，无不包括，所以给人五光十色、丰富多彩的感觉；另一个就是传统性，要么是传统的文艺形式，对联、诗词、碑铭或者直接《山海经》这样的古文，要么是民间的民谣民歌阴歌善书。民间的东西，其实是传统的延伸，贾平凹在《山本》后记里介绍自己在写作《山本》时房间里挂着"现代性、传统性、民间性"的条幅警醒自己。他还说，而为什么又要强调民间性？因为自己本身就在社会基层。而民间性又是生动性，实际上是传统的延伸。因为它是现在发生的，民间有一种生动的东西，它可以推动、更新，尤其是推动传统和适应现代性和传统性，用力量来推动，把现代性和传统性在民间进行验证一样，挥发在民间，然后民间再进行反推。这样它既继承了你的现代和你的传统，它就是活的，而不是一种死的。(《天地之间：原本的茫然、自然与本然》)所以，不管是传统性，还是民间性，其实是中国特色，是作者所谓中国人不写西方小说的写作观的体现。

从来源上说，这些掺入文本，既有引用，也有改造，也有原创。如《老生》里的《山海经》自然是引用。至于改造加原创的可能更多，从作者后记里可以看出来。《白夜》后记里提到写作参照了《川剧目连戏绵阳资料集》以及杜建华所著的《巴蜀目连戏剧文化概论》，《高老庄》后记里说："文中的碑文参考和改造了由李启良、李厚之、张会鉴、杨克诸先生搜集整理的《安康碑版钩沉》一书，在此说明并致谢。"《古炉》后记里则说："整个写作过程中，《王凤仪言行录》和周苹英剪纸图册以及郭庆丰的介绍周苹英的文章，是我读过而参考借鉴最多的作品，所以特意在此向他们致礼。"另外如《废都》里的民谣与黄段子，我们同样经历过那个时代的人肯定有些似曾相识的会心。

贾平凹写小说是怀着写文化的理想的，他认为这些内容蕴含了中国特色的文化元素，他有意识地积累这些知识。他说："我在商州每到一地，一是翻阅县志，二是观看戏曲演出，三是收集民间歌谣和传说故事，四是寻吃当地小吃，五是找机会参加一些红白喜事活动。这一切都渗透着当地的文化啊！"

参差多态乃是生活原貌，参差多态也是魅力所在，这些缤纷多彩的文本的掺入，构成了贾平凹小说混沌苍茫的独特风貌，正如有论者所说：他只是写出了中国社会现实特别是乡土社会发展中的变与不变的独特形态。"混沌"即是这一形态的最好表征，既神秘又现实，既不可阐释又无处不在，所谓虚虚实实实实虚虚，或者说假作真时真亦假。某种程度上，《老生》正是这一混沌的美学表征，它代表的是一种可以称之为混沌美学的典范。这样来看他此前的创作，诸如《废都》《白夜》等，都可以视之为这一文学"风景"的起源之作了。

第七章　文体创化与传统技法

　　贾平凹是文坛常青树，活跃时间长，影响大，作品之多更是在当代作家中罕有其匹。那么，从一个比较大的视野来看贾平凹的文学贡献会是一个什么样的结果呢？

　　李遇春认为现代中国文学史上第一次大规模的文学革命运动当然是"五四"新文学运动，它标志着中国文学开始告别古典文学形态、走向现代文学形态，即从传统性走向现代性。第二次大规模的文学革命运动，就是从"文学革命"到"革命文学"。第三次文学革命运动发生在20世纪80年代中后期，即中国当代文学史习惯上所说的"寻根文学"和"先锋文学"运动。第一次文学革命以割裂传统为特征，第二次文学革命以拒绝西方为特征，第三次文学革命既拥抱西方又接续传统，从而使现代中国文学在新世纪之交的世界文学版图中终于赢得了位置，莫言荣获诺贝尔文学奖就是一个例证①。他还认为20世纪80年代的文学家在"寻根文学"或"泛寻根文学"的视域中积极谋求着对中国六朝志怪志人小说和唐宋传奇小说文体传统的创造性转化。而20世纪90年代以来中国小说所发生的第三种传统创造性转化趋向是以贾平凹、莫言、王安

---

① 李遇春：《中国文学传统的复兴》，北京：商务印书馆，2016年，第17页。

忆、刘震云等人为代表的实力派作家转而向《红楼梦》《金瓶梅》《儒林外史》等明清文人世情写实长篇小说叙事传统学习。

很显然，从以上引述可知，在新时期以来两次大的文学潮流中，贾平凹都是重要人物。李遇春认为，贾平凹写小说最初师承孙犁，孙犁追求的是散文化、诗化，精致淡雅，但显气象与格局狭小。贾平凹舍弃孙犁，告别精致的传统文言小说，投向古代白话小说传统，尤其是明清"说话体"小说传统，选择了《金瓶梅》《红楼梦》闲聊式的"说话"艺术。

我们再看一些其他学者的看法：

贾平凹的小说多立足于（直接或间接）经验的积累而非个人的向壁沉思。这恰恰是作者小说非常独特之处。其虽一方面使他的小说难以深刻见长，但却极富中国经验和质感，用贾平凹自己的话说就是"国情、世情、民情"。（《老生》后记）在当代中国，真正能写出如此"三情"的其实很少。贾平凹的小说虽有传统志怪传奇的流风余韵，但其写实的功底和细节刻画的笔力极深；当代中国作家中并不乏写实的高手，也有人尤其擅长浪漫想象的飞扬，但能把两者完美地结合在一起，贾平凹当首屈一指，为后世所难匹，这在《废都》《古炉》《带灯》《老生》中都有明显表现。从这个角度看，贾平凹可谓当代中国经验写作的集大成者。但也正是如此，也造成了对他小说阐释的难度。

他的小说，向来有两副笔墨。一副是宏大叙事式的现实主义写作，这一脉发展到后来演变为粗粝质朴的写实，如《带灯》；一副是带有古代志怪式的传奇体。另有一些作品如《废都》《秦腔》《古炉》中，则在写实主义中渗透志怪的元素，显现出两者融合的态势，这一倾向在《老生》中更有淋漓尽致的呈现。①贾平凹小说趋向"空间性"的明证是其

---

① 徐勇：《经验写作与混沌美学——评贾平凹长篇小说〈老生〉》，《百家评论》2016 年第 8 期。

最善用"横云断山"之法，他将各种奇闻异谈古事旧闻间杂在叙事跨度较大的情节当中，构成叙事上时间的"凝滞"与空间的"延宕"。而各种奇谈的穿插又形成叙事的横逸旁出与主体故事的"草蛇灰线"状貌。因此，即使其小说普遍篇幅浩漫，但读者少有阅读的倦怠感，这正是贾平凹深谙中国古代小说以"空间"延宕"时间"的调节叙事节奏的妙处。①

《天狗》《人极》《油月亮》，已经初具绮艳、诡异之风，一面将伦理困境、惨烈与血腥临摹得骇人，一面却显示着冷静而不动声色的气概。再到20世纪90年代的《美穴地》《白朗》《五魁》，奇怪之风益甚。《太白山记》直接将古事旧闻敷衍成二十则"新笔记体"小说。至此，其"沟通幽冥，幻化变形"的当代奇特小说风貌基本形成。

《古炉》在小说的叙述艺术方面，虽然不能说是与贾平凹过去的作品大相径庭，但是把贾平凹过去某方面的叙述艺术推到极致，即把那种朴素自然而又自由率性的叙述推到极致。……《古炉》是落地的叙述，落地的文本。这就应了苏东坡的话"随物赋形"，不择地而出，常行于所当行，常止于不可不止。（苏东坡《文说》）这就是浑然天成。……其叙述之微观具体，琐碎细致，鸡零狗碎，芜杂精细，分子式的叙述，甚至让人想到物理学的微观世界，几乎可以说是汉语小说写作的微观叙述的杰作。其叙述遇到任何地上的物体生物（石磨、墙、农具、台阶、狗、猫，甚至屎），都停留下来，都让它进入文本，奉物若神明。这就是随物赋形，落地成形，说到哪就是哪，从哪开头就从哪开头。无始无终，无头无尾，却又能左右逢源，自成一格②。

这些论述，针对性、切入点不同，但概括大意，其实还是讲到贾平

---

① 　闫海田：《贾平凹与中国现代小说的百年中变——从〈太白山记〉到〈老生〉》，《吉林大学社会科学学报》2017年第9期。

② 　陈晓明：《穿过"废都"，带灯夜行——试论贾平凹的创作历程》，林建法、李桂玲主编：《说贾平凹（上）》，沈阳：辽宁人民出版社，2014年，第139页。

凹小说的两个特点，或两个源头：一是，志怪传奇，笔记小说，各种奇闻异谈古事旧闻，奇怪之风益甚；一是"随物赋形"闲聊式的"说话"艺术，写实的功底和细节刻画的笔力极深。

第一节　志怪、传奇的传承

贾平凹关于志怪、传奇的传承，大体有一个时间先后，笔记小说在前，《商州三录》《太白山记》都是比较早期的作品，以笔记小说笔法创作的其他作品也在前期。但是有例外，2022 年出的《秦岭记》又回到了笔记体。师法明清小说的作品多在后期。

贾平凹《太白山记》被冠以"志怪小说"，而《商州三录》被归入寻根文学的同时也被称为"笔记体小说"。谢尚发《近年"笔记体小说"创作与传统的当代转化》[①]就主要以贾平凹与莫言的创作梳理和研究这个问题。他梳理了笔记体小说的源流，总结了何谓笔记体小说：

尽管存在概念界定的困难，但综合来看，学者们认为笔记小说应是作为文学部类之一种，以人物形象塑造为中心、相对而言故事情节的曲折完整，并在形式上保留随笔杂录笔法、简洁雅致的文言、篇幅可短可长的文本架构等特色。由此，笔记小说的特征即被概括为："一是以叙述为主，行文简约，不尚雕饰；二是不重情节，平易散淡，文思飘忽；三是取材广泛，涉笔成趣，富于禅机。"基于此，把"笔记小说"称为"笔记体小说"更为适宜："笔记"定其文体，"小说"指其内容。汪曾祺就曾讨论过这个问题，并给"笔记体小说"以概念上的廓清。他说："凡是不以情节胜，比较简短，文字淡雅而有意境的小说，不妨都称之为笔记体小说。"……无论从其文体特征上的篇幅之短小、叙述语言上的简约

---

① 谢尚发：《近年"笔记体小说"创作与传统的当代转化》，《文学评论》2022年第 6 期。

与凝练、写作手法上的白描或以实写虚等来看，还是从内容题材上的取材偏于广泛、纪事驳杂甚而芜乱，不注重故事、情节或人物刻画的完整性，随兴所至，断片化的叙述等文学的审美趣味而言，都无疑彰显出作家们"以旧为新"的追求目标，实现传统文学资源的当代转化，这也证明了中国传统文学魅力的生生不息、源远流长。

而"志怪"之名，始见于《庄子》。六朝多以"志怪"为书名。唐段成式《酉阳杂俎》始提出"志怪小说"概念。明胡应麟分小说为六类，"志怪"居其首，但历代史志目录均不以"志怪"名类。鲁迅著《史略》，始明确以"鬼神志怪书"或"志怪"作为六朝时期专记"张皇鬼神，称道灵异"之事的小说的名称，以与"记人间事"的"志人小说"（鲁迅《中国小说的历史变迁》始用此名）相区别。同样突出两个特点（成就）：一是简约传神的人物刻画；二是完整叙事的细节加工。此期贾平凹的作品无疑符合这些特征，此乃论者的共识：

费秉勋评价贾平凹的《商州初录》说：从志怪小说中，贾平凹学会了以平实的神秘感抓住读者的向往心；从《世说新语》，他学会了简练、隽永和传神；从《山海经》和地方志，他学会了对大小空间的鸟瞰和统摄。所言不虚。

杨光祖说："写于1983年的《商州初录》更有文体上的创新意义，它吸收了从《世说新语》到明清笔记的传统，重新注意汉文学传统的魅力。"[①]许子东："《初录》也提醒当代文学的先锋派（大都是青年作家），不要一味只沿着'五四'以来的小说模式西方化的方向去'探索'，不要一味只学步卡夫卡和福克纳的奇技异彩，还应回过头来重新审视从《世说新语》到明清笔记再到（20世纪）30年代散文的脉络线索，在

---

① 杨光祖：《贾平凹小说创作的四个阶段及其文化心态论》，《社科纵横》2003年第12期。

语言和文体的意义上重新注意汉文学传统的魅力。"[①]贾平凹自述，创作之初对他影响最大的是当代作家孙犁。孙犁擅长用诗意的笔调来写现实题材。另外，沈从文也是贾平凹极为推崇的作家，其笔下纯朴美丽的湘西世界，给了贾平凹持久深刻的影响。贾平凹初期的为他赢得一定声名的作品如《满月儿》等都是充满清新诗意的。而后，贾平凹开始探索有别于传统现实主义的新路，这回他取法的是古代的志怪笔记体小说，一种介于小说、散文、诗歌之间的手法。以至于《商州三录》究竟是散文还是小说都有不同的说法。《商州三录》虽说写的只是乡风民情，但还是有叫人耳目一新不一般的地方，说是奇风异俗恐怕也不为过，这是激发读者兴味的一个重要原因。比如《莽岭一条沟》，介绍山里人的纯朴善良：

秋天里，山里是异常丰富的，到处都有着核桃、栗子、山梨、柿子，过路人经过，廉洁之人，大开眼界，更是坐怀不乱，而贪心营私之徒就禁不住诱惑，寸心大乱，干些偷偷摸摸勾当。主人家发觉了，却并不责骂，善眉善眼儿的，招呼进家去吃，不正经的人反倒不好意思再吃了，说千声万声谢谢。更叫绝的是，这条沟家家门前，石条上放着黑瓷罐子，白瓷粗碗，那罐子里的竹叶茶，尽喝包饱，分文不收。这几乎成了他们的家规，走山路的口渴舌燥，似乎这与他们有关，舍茶供水则是应尽的义务呢。假若遇着吃饭，也要筷子敲着碗沿让个没完没了。饥着渴着给一口，胜似饱着给一斗，过路人没有不记着他们的恩德的。付钱是不要的，递纸烟过去，又都说那棒棒货没劲，他们抽一种生烟叶子，老远对坐就可闻到那一股浓烈的呛味。但也正是身上有了这种味儿，平日上山干活，下沟钻林，疲倦了随地而睡，百样虫子也不敢近身。最乐意的，也是他们看作最体面的是临走时和过路人文明握手，他们手如铁

---

① 许子东：《寻根文学中的贾平凹与阿城》，《当代文学阅读笔记》，武汉：华中师范大学出版社，1997年，第102页。

钳，常使对方疼痛失声，他们则开心得哈哈大笑。万一过路人实在走不动了，只要出一元钱，他们可以把你抬出山去，那抬法古老而别出新意：两根木椽，中间用葛条织一个网兜；你躺上去，嘴脸看天，两人一前一后，上坡下坎，转弯翻山，一走一颤，一颤一软，抬者行走如飞，躺者便腾云驾雾。你不要觉得让人抬着太残酷了，而他们从沟里往外交售肥猪，也总是以此作工具。

该篇结尾则写到一位擅长接骨的老汉的死。深更半夜，一条狼来敲老汉家的门，不是要吃他，却是请他去给另一条老狼看病。病看好了，狼在一个月后又来抓他的门，在他门口放了一堆小孩脖子上戴的银项圈、铜宝锁。他才明白这是狼吃了谁家的小孩，将这小孩的戴物来回报他的看病之恩。这使他深感罪恶，就跳崖自杀了。

前者的古朴美好，已叫人悠然神往。后者狼的求医报恩，更是叫人啧啧称奇，然而，其为报恩而吃小孩，陷老汉于大不仁，畜生终是畜生，看似略通人性而终究不懂人伦大义，则让人唏嘘感叹了。

《黑龙口》写旅人与主人夫妇同炕而眠，男主人睡在中间做了隔墙，偏偏半夜主人有事外出，却并不要旅人起身，只将一条扁担放在炕中间。"灯光下，媳妇看着他，眼睛活得要说话。"好不容易主人回来了，看看炕上的扁担，看看旅人，就端上一碗凉水来让你喝。你喝了，他放心。你不喝，说你必是做了对不起人的事，一顿好打，赶出门外，你那放在炕上的行李就休想再带走。

这样的故事，相信读过的读者都不会忘记。另外像丈夫故意毁掉妻子美丽容颜的《一对恩爱夫妻》，美丽却命运悲惨的小白菜（《小白菜》），被狼捉去喂养的狼孩（《金洞》），无不有新奇怪异的特点。哪怕是其中一个小细节，也透着一个"奇"字，如《商州又录》之四，吃柿子：果实很繁，将枝股都弯弯地坠下来，用不着上树，寻着一个目标，拿嘴轻轻咬开那红软了的尖儿，一吸，甜的香的软的光的就全到了肚里。只需再送一口气去，那蛋柿壳儿就又复圆了。柿子的这个吃法，堪称神奇，所以这也是作者珍爱的一个细节，同许多他珍爱的细节一样，将会在他的作品里反复出现。

奇风异俗、奇人异事的内容，加上较为短小的篇幅，古雅简洁的语言，使贾平凹的这些作品深得志怪小说的神韵。

至于《太白山记》堪称是用诡异的笔调来写一组虚幻的故事。"整个《太白山记》是对中国古典传奇小说的一次成功的现代转写。"①第一篇《寡妇》，写一个寡妇与自己丈夫的亡灵交媾。从一个小孩的视角，写爹在打娘，总是想帮娘的忙，也怪娘对他说谎，因为娘总说爹没有来，也不会来。他拿起砖头砸掉了爹的男根。这些都还比较寻常，我们也常见成年人逗小孩儿说："昨晚看到你爸妈打架了没？"但结尾娘带孩子上坟，坟墓裂开，棺木开着，爹在里面睡得好好的，但是男根不见了。如果说前面小孩儿所见爹打娘可以是一种孩子的幻觉，棺木里的男根却真的被砸断了。虚虚实实之中，荒诞诡异之气逼人而来。《公公》中，公公化成一条娃娃鱼与新寡的儿媳在水中嬉戏，致使儿媳生下与公公一样豁嘴的孩子。《挖参人》中，挖参人在家门上安了一面神奇的镜子，从此家里的妻子能在镜子里看到丈夫在外的情景，最后一次看到丈夫中了小偷的奸计，被人杀死，几天之后，真的有人来通知妻子她的丈夫死了。"小说充分发挥了古典传奇的奇幻想象，同时又暗含了一些或明或暗的寓意或理趣。"②闫海田指出，贾平凹这些作品，就是中国古代笔记、话本神髓的当代转化。《太白山记·饮者》是将《续齐谐记·阳羡书生》与《玄怪录·元无有》捏合：夜来与"夜氏"饮酒的"乡长"自称不胜酒力要其夫人来代饮，乃以手沾酒在桌上画一圆圈，圆圈中就出来一个妇人，"妇人"酒力不支又画圈招来"儿子"，"儿子"又唤出

---

① 黄世权：《日常沉迷与诗性超越——贾平凹意象写实艺术》，北京：北京师范大学出版集团，2012年，第21页。

② 黄世权：《日常沉迷与诗性超越——贾平凹意象写实艺术》，北京：北京师范大学出版集团，2012年，第21页。

"妻弟"，"妻弟"又唤出"小姨子"，"夜氏"终于醉倒。于是，"小姨子"等一个接一个跳入所出之圈不见了。天亮才知道，来与饮酒者是一螃蟹所化。《太白山记·猎手》以及《怀念狼》中人狼之间的互相转化的情节在《太平广记》中也有类似故事。贾平凹还有《任氏》直接改写自沈既济的名篇《任氏传》。

鲁迅在论述唐传奇时说："小说亦如诗，至唐代而一变。虽尚不离于搜奇记异，然叙述婉转，文辞华艳，与六朝之粗陈梗概者较，演进之迹甚明。"（《史略》）贾平凹一个人的创作颇有点演化了整个的小说发展史的味道，《太白山记》等作品类似于六朝笔记，是"搜奇记异""粗陈梗概"，而篇幅较长的一些作品如《黑氏》《天狗》《远山野情》《美穴地》《五魁》《白朗》等，则敷衍开来，在"搜奇记异"的基础上，有了"叙述婉转，文辞华艳"的特点，是贾平凹的小说进入到"传奇"的阶段。传奇性，就是指故事情节与人间现实有直接的联系，大致具有生活本身的形式，故事发展合乎生活的内在逻辑；同时，又通过偶然、巧合、夸张、超人间的情节来引起故事的发展。传奇所追求的就是奇异二字——立意奇异而不落俗套，故事奇异而可示人，情节奇异而曲折多变，笔法奇异而婉转有致。

巧合和悬念使小说的情节发展奇异，充满想象，超出人们的经验世界，具有传奇的鲜明特征。由此来看，"传奇"这一概念从产生发展到如今中间演变出了许多新的内涵，所以很难按照定义的方式将其全面准确界定下来。但我们从中能够发现关于"当代小说的传奇性"要点：首先，要有构成"奇"的要素，可以是奇怪、奇特、奇绝、离奇、陌生的人、事、物，可以是不轻易出现、异常、超凡的现象，可以是悬疑、神秘的线索、谜团，还可以是戏剧性十足的巧合等；其次，要有情节的曲折和命运的起伏；再次，无论是多么超乎想象的内容，都必须有现实生活的依托，追求生活"本真"，不能脱离现实肆意驰骋，否则会导致传奇消解，成为梦幻、科幻等超现实文本；最后，叙述的文笔应具有一定的通俗性，具有民间小说的要素，因为传奇的源头正是民间传说。

"好奇心是人类最原始的一种官能。"（福斯特《小说面面观》）因而传奇在中西小说发展史上都是一个必经的早期阶段。……"尚奇"，从根本上说，是对自己无知或无能为力的一种心理补偿。终年为衣食住行、养家糊口而劳碌奔波的芸芸众生，在他们难得的空闲时间里，需要的是摆脱生活和思想的重压的消遣，是精神上的愉悦和满足。他们要在审美观照中与现实拉开距离，在历史的叙说中欣赏前人的喜怒哀乐、前代的兴衰盛亡，而获得非功利的娱乐享受；他们要在审美观照中与生活的痛苦拉开距离，看到人的本质力量的实现，人的力、勇、智慧、正义甚至情爱的理想的实现，以想象的满足来填补现实的不平和自身的缺陷。这就是历史性和传奇性题材长盛不衰并成为早期小说创作主流的原因①。汉代王充在谈到"怪说"产生的原因时，说："世好奇怪，古今同情。"②明胡应麟也曾说："怪、力、乱、神，俗流喜道，而亦博物所珍也；玄虚、广漠，好事偏攻，而亦洽闻所昵也。……夫好者弥多，传者弥众，传者日众则作者日繁，夫何怪焉？"③他自己亦好志怪之书。茅盾在其《神话研究》④中将神话分为"解释的"和"唯美的"两个类别，也从人的心理方面对它们的产生和传播进行了阐释，认为："解释的神话出于原始人对于自然现象之惊异。""唯美的神话则起源于人人皆有的求娱乐的心理，为挽救实际生活的单调枯燥而作的。这些神话所叙述的故事多半不能真有，然而全很奇诡有趣，这些神话所描写的人物及其行事，

---

① 刘上生：《中国古代小说艺术史》，长沙：湖南师范大学出版社，1995 年，第 71 页。

② （东汉）王充：《论衡·奇怪篇》，陈蒲清点校，长沙：岳麓书社，1991 年，第 55 页。

③ （明）胡应麟：《少室山房笔丛·九流绪论下》，上海：上海书店出版社，2001 年，第 282 页。

④ 茅盾：《神话研究》，天津：百花文艺出版社，1981 年，第 5 页。

和我们的日常经验都隔得很远，但是他们那样入情入理，使闻者不禁忽笑忽啼，万分动情；他们所含的情感又是那样的普遍，真挚，丰富，以至不论何处的人，不论男女老幼，听了都很愉快，很感动。总而言之，唯美的神话先将我们带开尘嚣倥偬的世界，然后展示一个幻境；在这幻境里，人物之存在，只有一个目的，就是娱乐我们，而他们之所以能给予愉快，就靠了他们的'美'。""唯美的神话"所以产生，是因为它们有趣又合乎情理，满足了人们娱乐的要求。

这些作品为贾平凹俘获了大量读者，"传奇"之功功不可没。奇异的故事情节糅合了曲折缠绵的"性情"故事，更是如虎添翼。其实《美穴地》《五魁》《天狗》在构思上有相似之处，用今天的话说，就是一种"虐恋"。柳子言与姚家少奶奶之间、五魁与柳家少奶奶之间、天狗与师娘之间，男的一方皆极爱慕女人，然而内心的欲望又受到极强的压抑，压抑到虐的地步。情欲和伦理的冲突，《美穴地》中柳子言与姚家四姨太相互爱慕，虽然这种爱慕源自双方外貌的俊美，但这也是符合人的本性的，对等的，相互的，因而具有合理性，然而合理的偏偏不能成立，四姨太首先属于老朽的姚掌柜，也就是属于财富，然后属于土匪苟百都，也就是属于强权，美丽的四姨太失去了作为人的自由而物化，作者极力渲染苟百都对四姨太的蹂躏："她知道她现在是一只小羊完全被噙在了一只恶狼的口中。""往昔受她戏弄的人，面孔丑陋，形状肮脏，那么在往后，也就在今日的晚上，他竟要趴上自己的身上吗？""像在案板上扼住一只美丽的野鹿，一刀刀割破脖子而欣赏四条细腿的挥舞。"而柳子言，则只能耳闻"石板房里，传来了苟百都熊一般的喘息声，间或有女人的一声'啊'叫"，用小说的原话说"这真是天下最残酷不过的事情"。与其说贾平凹想通过这么一个充满传奇色彩的老故事来阐释什么微言大义，不如说他只是借此放纵一下自己的情欲想象，同时抓住读者人同此心的阅读欲望。《五魁》里五魁因为社会地位、外表等方面与柳家少奶奶的悬殊，他在潜意识里把自己对其的爱转化为一种可望而不可即的仰望，肉身的爱转为纯粹精神的敬爱，把对象神圣化，其实是既扭曲了自己，也扭曲了对方。五魁可以为了她出生入死，不计利害得失，但爱已不再是爱，而是将其供上神坛顶礼膜拜。然而柳家少奶奶依然是一个有血有肉的女人，她渴望的还是一份尘世的幸福，五魁的膜拜于她不啻是与土匪和残疾丈夫一样的折磨。终于五魁发现了人狗之间的不伦，女人羞愧自尽，五魁也信仰崩塌，成为纵欲的土匪。《天狗》里，天狗与师娘之间，在师父未出事时已经有一丝朦胧的情愫，而师父的瘫痪以及招夫养夫的习俗给两人提供了机会，天狗却受伦理道德的深深约束不敢越雷池一步。不管作者的立意在哪里，这些作品的情节骨架终归是一个传奇故事。

即使是以日常生活描写为主的小说，他也对那种非同一般的细节特别看重，以至不惜在其不同的作品中反复使用同样的细节，这一点已经惹来很多批评。如一个不认识的人在厕所朝你笑，而后才知道不是朝你笑，是在努劲拉屎；某个人脸皮松，一拉扯五官都移位了；老鼠遇到蛇不会逃了，反而朝蛇走；等等。

第二节　回归"说话体"

1993 年，《废都》横空出世，成为一影响甚广的文化事件，而其写法，也令人似乎熟悉似乎陌生。可以叫作仿明清小说的写法。开篇第一句话就叫人读的仿佛不是当下的故事："一千九百八十年间，西京城里出了桩异事，两个关系是死死的朋友，一日活得泼烦，去了唐贵妃杨玉环的墓地凭吊，见许多游人都抓了一包坟丘的土携在怀里，甚感疑惑，询问了，才知贵妃是绝代佳人，这土拿回去撒入花盆，花就十分鲜艳。"语言给人文白夹杂的感觉，虽然明白，但不是现代汉语普通话的说法，"一千九百八十年间""异事""泼烦"等词语，理解容易，但似乎至少是普通话很少这样说，至于"携在怀里，甚感疑惑"这种浅易的文言文在当代作家特别是贾平凹笔下倒是常见的。从全书可知，还有很多语言上的仿明清小说痕迹，如常用"妇人"一词，人物说话爱用"的"字等。这是贾平凹自己也承认的，他在《带灯》后记里说："几十年以来，我喜欢着明清以至三十年代的文学语言，它清新，灵动，疏淡，幽默，有韵致。我模仿着，借鉴着，后来似乎也有些像模像样了。"当然，不仅仅是语言，而是整个小说的文体各方面，是《废都》及以后大部分长篇小说的风格特征。

贾平凹认为"小说就是一种说话"，在《白夜》后记里，他区分了几种不同的说话：一是说书人式的说话，典型特征是"哗众取宠，插科打诨，渲染气氛，制造悬念，善于煽情"。这是古代话本小说或章回小说的特征。第二种是领导人式的说话，其典型特征是"慢慢地抿茶，变换眼镜，拿腔作调，做大的手势，慷慨陈词"。这样的说话体小说在20世纪中国革命年代的文坛曾经十分流行，无论是"革命英雄传奇"还是"土改—合作化小说"，都是这种说话方式。第三种是"现代洋人"式的说话，这种说话在五四文学革命以后成为现代中国小说主流说话方式，也可以称之为知识分子或文化人的说话方式。这三种说话方式有一个共同点就是同样隐含着说者与听者、作者与读者之间的不平等的权力话语结构，即说话者都凌驾于听众或读者之上，属于专制性的说话体制。

对于以上三种小说说话方式，贾平凹都是不以为然的，他觉得根据这些说话方式写的小说要么太像小说了，要么又太不像小说了。他憧憬的是与亲朋好友在一起闲聊式的说话，他决心尝试那种闲聊式的说话体小说。比如"在一个夜里，对着家人和亲朋好友提说一段往事吧。给家人和亲朋好友说话，不需要任何技巧了，平平常常才是真。而在这平平常常只是真的说话的晚上，我们可以说得很久，开始的时候或许在说米面，天亮之前说话该结束了，或许已说到了二爷的那个毡帽。过后想一想，怎么从米面就说到了二爷的毡帽？其中是怎样过渡和转换的？一切都是自然而然地过来的呀。禅是不能说出的，说出的都已不是了禅。小说让人看出在做，做的就是技巧，这便坏了。说平平常常的生活事，是不需要技巧，生活本身就是故事，故事里有它本身的技巧。所以，有人越是要想打破小说的写法，越是在形式上想花样，适得其反，越更是写得像小说了。"

李遇春认为评书体和闲聊体都属于中国宋元以来的话本小说传统，但同样是说话，评书体式说话与闲聊式说话明显有着不同的话语风格。由于面对的受众不同，评书式说话面对现场听众，故而说话偏重于故事的抑扬顿挫，追求情节的紧张曲折和扣人心弦，塑造人物性格也是通过外在的语言行为来凸显，所以常常疏于日常生活的精细写实和描摹；而闲聊式说话由于面对的是居家读者，说话人有更多的余闲去客观精细地描写日常生活和社会生活。这种闲聊式长篇小说同样继承了中国古典文人文学的"史传"和"抒情"或"言志"传统，它们在很大程度上代表了中国古典小说的最高水平。20世纪90年代以来，贾平凹大约是最早向明清文人世情写实长篇小说叙事传统取经的作家。从《废都》开始，向《红楼梦》《金瓶梅》致敬。《高老庄》能够把世情叙事与底层民众生活相结合。《秦腔》达到了生活流或日常生活细节流的写实叙事形态，把中国传统世情叙事与西方现代自然主义和写实主义融为一体。此后《古炉》等小说继续延续了这一风气。而从《带灯》开始，步入老年的贾平凹开始向汉魏六朝的"前传奇"小说文体回退，"向海风山骨靠近"，追求古朴刚劲风格，《老生》《山本》等作品佐证了这一点①。

归纳起来是简单的，写日常琐事，但操作起来是很有难度的，写哪些日常琐事？"如何不经意地进入"？如何转换？怎么写得不是流水账而有趣味，有意义？随手翻开《废都》，正是庄之蝶和阿灿成就好事之后，作者宕开一笔写西京大雁塔下有个叫爻堡的村子擅长鼓乐。这一日街上鼓乐击响，牛月清和柳月就上街看热闹，却是101农药厂做广告，

---

① 李遇春：《中国文学传统的复兴》，北京：商务印书馆，2016年，第39—40页。

广告单上有庄之蝶写的文章。又偶遇了唐宛儿和夏捷，四个美女格外引人注目，就到孟云房家打麻将。牵奶牛的刘嫂到了门口被请进了屋。唐宛儿怀疑牛月清夫妇闹矛盾了，故意撒谎说庄之蝶来了捉弄牛月清。孟云房领回与前妻生的儿子，夏捷不高兴。刘嫂牵牛回去引出牛的一番哲学思考。这一节的情节确实是与日常生活非常相似的，随意，偶然，千丝万缕互相牵连。它的魅力首先需要作者叙写得生动来维持。农药厂鼓乐广告的场面描写，柳月、唐宛儿的美丽与卖弄风情，特别是唐宛儿捉弄牛月清一节，只能模仿旧小说的评点：亏他想得出来！这一节内，插入了一个妇人被偷了钱的片段。妇人说：我哪里没有装好？我在人窝里，几个小伙子就身前身后挤，直在我胸上揣，我只说小伙娃娃家没见过那东西，揣呀你揣去，我是三个崽的人了，那也不是金奶银奶！谁知这挨枪子挨砍刀的不是要揣我的奶是在偷我的钱！街上的人一片哄笑。这一段无疑可以起到破闷的效果，而在这一节前，是庄之蝶与阿灿的风流，这一节后马上写到庄之蝶与唐宛儿的风流韵事。可见作者这种一张一弛节奏的把握。

我们认为，贾平凹的笔记体小说贡献主要在美学意义上，是文学摆脱启蒙、革命、政治重负，回归自身，获得文学的自由想象与书写，在幽微的人性探索、隐秘的民俗风情、多彩的山水意境和丰富的美学形态上取得丰硕的成果。而他的大量的"说话"体长篇小说创作，在记录当代中国社会形态、百姓生活、时代情绪，思考社会问题上，以其高超的写实技巧，转化传统叙事技法，融入现代西方自然主义、写实主义艺术，取得了很高的成就，做出了巨大贡献。

第三节　传统技法的借鉴

贾平凹小说有许多直接取法古典名作的写法。陈思和评《山本》说："我读小说中许多桥段，都自然会想到《水浒传》《三国演义》。譬如，冉双全被派去请莫郎中来治病，结果却因误会打死了郎中，让人想起李逵斧劈罗真人、曹操误杀吕伯奢等故事，井宗秀为邀周一山参加预备团，先将其母迎来供养，以安其心，阮天保投奔红军，先举枪射鸟炫耀枪法，这也都是传统小说里常见的手法。虽然像《水浒传》也无法把一百零八将每个人都写得很鲜明，但大致上能够分层次把各种人物性格貌容都清晰地刻画出来，让人记得住，说得出，可见贾平凹对古代小说融会贯通的功力之深。"

特别集中的就是《废都》，宣传时即以《红楼梦》相号召，确实多有学习《红楼梦》以及《金瓶梅》的地方，这几乎是大家的共识。《红楼梦》有四大家族，《废都》则有四大名人，《红楼梦》以贾宝玉为中心，《废都》则以庄之蝶为中心。《红楼梦》开篇不久就有个"冷子兴演说荣国府"，通过冷子兴之口介绍了贾府概况，《废都》开篇不久也通过孟云房之口向周敏介绍西京四大名人以及庄之蝶的概况。

《废都》里开菜谱，联成语的酒令游戏来自《红楼梦》。

《白夜》里虞白的"我醉欲眠卿且去"，泡什么茶用什么水等，前者套用诗句表现虞白的雅人做派，后者显然又出自《红楼梦》写妙玉一段。

《山本》里陆菊人撕帕子：陆菊人一哭，井宗秀怎么劝也劝不住，从怀里取了围巾要给她擦眼泪，陆菊人瞧着那围巾还是她的那节褐布，突然夺过来就撕。井宗秀拦挡不及，围巾已被撕成三绺，恨恨地扔在地上。这也是《红楼梦》林黛玉撕帕子的情节。

人物出场的艺术也很讲究，取法《红楼梦》的地方较多，《红楼梦》里贾宝玉、林黛玉、王熙凤等人出场都很精彩，如王熙凤的"未见其人，先闻其声"。《废都》里庄之蝶的出场，就层层铺垫，先通过孟云房介绍西京四大名人，先说其他三个，为庄之蝶做铺垫，造成先声夺人之势，再通过周敏的视角看到庄之蝶在奶牛奶头上直接喝奶，突出其不拘一格的名人形象。

刻画人物的个性，不直接描写人物的心理活动，而讲究不露声色地写其言行。《老生》写老黑的野心勃勃与心硬，就写他偷穿王世贞的中山服，写他踏过搭在深涧枯朽的独木到对面的崖壁上为王世贞取蟒蛇皮，王世贞的姨太太就说老黑这人可怕，自己的命都不惜了，还会顾及别人？后来，王世贞果然死在自己栽培的这个手下手里。这个情节可能取法于苏轼与章淳的故事。传说苏轼与章淳同游仙游潭，只见一条独木桥架在潭的上空，下临万丈峭壁。章淳让苏轼走过桥去题壁，东坡不敢，章淳在腰间系了根绳子，缒下悬崖，神色自若地在石壁上题：苏轼章淳来游。事后，苏轼对章淳说：你一定能杀人。能自己拼命的人也一定能杀人①！

李德胜与老黑商量自己拉杆子，误以为跛子老汉听到了他们的谈话，一枪把他打倒。老黑说，错了，错了，他是来摘花椒叶往糍粑里放的。李德胜半会儿没言语，却看着老黑，说：他没让我相信他是要摘花椒叶的。学《三国演义》曹操错杀吕伯奢的故事，宁让我负天下人，不叫天下人负我。

《废都》：白玉珠就问了半日，说："这样吧，我现在做几碟凉菜，过去叫司马恭来家吃酒，他当然知道我与你们的关系，若是他不肯过来，这他必是看了起诉书后觉得事情难办，这就指望不大了 …… 孟云房说："哎呀老白，你这是一肚子《水浒》嘛！"

另外，深受中国传统戏曲影响的贾平凹，戏曲里的角色造型也会影响其小说创作时的人物配置。如女性人物的互衬式安排，早期《满月儿》即是如此，《白夜》里虞白和丁琳，《带灯》里带灯和竹子，《山本》里陆菊人与花生，有很明显的主次互衬关系。

白描。"白描"最早是指古代一种独特的绘画手法与艺术风格，在绘画史上占有独特地位。其后渐转用至文学批评领域，尤其是在小说评

---

① 莫砺锋：《漫话东坡》，南京：凤凰出版社，2008 年，第 70 页。

点中频频出现，主要用以指称一种独特的小说描写技巧。小说批评中的"白描"涵义主要体现为：一者是以简洁笔墨不作修饰地径直描画人物的语言、行动、神态，给人以一种动态感悟，从而让人体味出逼真传神之美、日常写实之境；一者是强调寓含的深意或艺术效果的传达须作自然呈现而非主观表露，以达到含蓄幽婉之美。（杨志平《"白描"作为画论术语向小说文法术语的转变》《江西师范大学学报（哲学社会科学版）》2012年4期）我们提取出核心词汇就是"简洁笔墨""径直描画""自然呈现而非主观表露"，这正是贾平凹后期小说非常显豁的特点，有论者指出：新世纪的贾平凹不再像20世纪90年代那样采取直接的、主观的披露自我矛盾心态的方式进行写作了，而是转为客观冷峻的叙事姿态，将内心强烈的批判情怀转移到外在客观的高密度写实艺术中。这有点类似于"新写实主义"的价值中立立场，或曰零度写作，抑或不动情观照，但并非真的就丧失了现实主义批判精神，只不过这种批判精神更加内敛罢了。但由此确实容易引起误会，不少人以此责备贾平凹新世纪以来的长篇小说创作在价值立场上的暧昧、混乱、肤浅，而忽视了作者独特的艺术诉求，因为他不想当预言家和启蒙者，不愿在作品中简单地指明方向或者作出结论，而是秉持着客观写实立场进行含蓄而深沉的现实批判。这就如同《坛经》中所谓的"不二"，超越了简单的二元对立思维模式，走向了悲悯众生的境界。《坛经》云："明与无明，凡夫见二，智者了达，其性无二。无二之性，即是实性。"这里所谓的实性即佛性，它超越了简单的善恶是非对立，是故佛法为"不二之法"。

闲笔。"闲笔"是明清小说评点中的一个常用术语。闲笔具有加强小说情节的严密性、有机性，调节叙事节奏等叙事功能；闲笔还具有调节审美节奏，加强小说的立体感、真实感，为人物绘形写神，摄入多层次、多侧面的审美画面等美学功能。贾平凹在《关于语言》的演讲中认为有风格的作家都会用闲话，闲话就是文章中一些似乎无关紧要的话，删去了也不伤害文章的原意。但是往往这些闲话使读者会心一笑，或觉得玩味不已。闲话可以产生韵味，使语言有了弹性。他还把这种传统艺术与西方《尤利西斯》那种人物一问一答中同时把人物眼睛余光所见、人物的潜意识等一切都写出来的现代手法结合起来谈。孙郁在《〈带灯〉的闲笔》里指出：《带灯》有趣的地方，是在紧张生活的散点透视的时候，常常冒出闲笔。在排查矛盾的对峙的情节里，忽然停下思绪，驻足于山水、风俗之间，看云起云落，风来雨去。写维稳中的矛盾，疑云重重，有实笔；带灯给元天亮的一封封信，甜而真，是闲笔；讲天灾与人祸，紧张而动情，是实笔，而涉及日常衣食住行、人情往来，则多为闲笔。这些闲笔最真切又抒情的是带灯写给元天亮的无数信件，风格与全篇故事调子不同，内心丰富得已超出乡下人的界限，可以覆盖贫瘠的乡村。余者则随意点染，有散步般的悠然。比如庙宇、和尚之事，比如鬼气与梦游，仿佛写意的山水之图与精妙的书法小品。这时候神思会来，妙悟会来，缓缓的仙意也会来。作者写旧寺的和尚能够看鬼，带灯吹埙时的低沉的苦意，让人觉出天音的降临，周易的玄奥之气弥天，都生动有趣。一些箴言也很深切，例子可以举出很多："没有节奏的声音不是语言""社会是陈年蜘蛛网，动哪儿都落灰尘""起作用的东西其实都不用""坟上的草是忘人智慧的绿焰""沙是渴死的水""用碗接不住瀑布"。这都是小标题，可以做明清笔记来读，而内容都是丰厚的。

衔接艺术。贾平凹在小说情节的撰构上讲究"自然化生"，就像人闲聊天，不知不觉就转换了话题，所以必须过渡自然，不露痕迹，这个说来容易，做来很难，特别是这种布满日常琐事的写法。如《秦腔》132页，写赵宏声在写对联，夏天智来了，两人聊天，夏天智问他写了多少对联了，说有二百条，夏天智说可以出书了，于是说到他自己的秦腔脸谱也要出书，但这样的书自己要出钱，所以向赵宏声借钱，赵宏声说借钱应该找夏天礼，于是写到夏天礼贩卖银元。就如此的由此及彼、绵绵不绝。这里还有一个破闷的问题。大篇幅的琐碎情节，如何保持其阅读吸引力，作者必须张弛有度，适时调节。如上例情节，我们认为，赵宏声写的对联就能起到"破闷"效果：世上只有读书好，人间唯独吃饭难。还有一联写土地公土地婆：这一街许多笑话，我二老全不作声。诙谐而有哲理，能让读者眼前一亮。有时有一些跨度较大的转换，就通过人物语言来衔接，尽力不露痕迹。《老生》90页，先写白河等村里人喜欢吃饭时端着碗圪蹴在那里一边吃一边聊天，白河和拴劳爹为争三亩地多年不招嘴，白河说，我要是把那三亩地给了你，你不成地主也成富农，这阵怕和张高桂一样在屋里哭哩！然后，下段话写：张高桂是在屋里哭哩，哭得像个刘备。就转入对张高桂的介绍，相当于转换了话题

第四节　悲剧艺术

贾平凹小说数量多，质量高，是当代杰出的小说家。他多才多艺，小说、散文、诗歌乃至字画皆擅。小说也是长篇、中篇和短篇都写，总体来看，他的小说有着浓厚的悲剧意识。早在1994年，就有学者著文指出其小说的这一特点，而且分析了其悲剧意识在社会政治层面和历史文化层面及生命本体层面的转移[①]。如今三十年过去，贾平凹又创作了大量重要的作品，他的这一特点依然保持着。这个可以说是评论界的共识，我们只要看看作者的夫子自道以及评论其小说的一些论文的题目就很明了："安妥我破碎了的灵魂""故乡啊，从此失去记忆"（贾平凹）、"一次寻根，一曲挽歌"（贾平凹，王彪）、"面对今日中国的关怀与忧患"（孟繁华）、"世纪末：生存的焦虑"（钟本康）、"心灵的挣扎"（雷达）、"《秦腔》：一曲挽歌，一段深情"（陈思和、杨剑龙等）、"'差序格局'打破后的'文革'悲剧""未曾离家的怀乡人"（李静）……

贾平凹小说在整体架构上大都采用情节发展到悲剧性高潮时就戛然而止的方式。他的几乎所有的长篇小说，都是悲剧性的结局，当然，这

---

① 陈亚平：《论贾平凹小说的悲剧意识》，《扬州师范学院学报》1994年第4期。

种悲剧性不是说要像《哈姆莱特》一样，几乎所有的主要人物都死亡、毁灭那么惊天动地震撼人心，但是，也总是跟死亡、婚姻（感情）破裂、疾病等事件有关。正如论者所说："他们大都是离家的人，漂泊的人，这些作品都有一个悲剧性的结局，这样的结局既是个体的，又是族群的，更是文化的。"①在《与穆涛七日谈》里作者曾谈到对小说结尾的处理。穆涛：和开头比起来，我觉得你小说的结尾更独到一些，比如《腊月·正月》，比如《天狗》，感觉是在公共汽车上，司机突然刹了车，人们还要惯性地往前冲一下。……你能谈谈你是怎么处理小说结尾的吗？贾：我喜欢戛然而止，而留下让读者去神思飞扬。或者是，一个完整的故事，我只写出一半，暗伏一半。②也有学者如此评论其作品的结尾："小说突然戛然而止，仿佛急风暴雨后的片刻宁静，留给读者不尽的余味和悠长的不平。"③我们可以简单回顾一下 20 世纪 90 年代以来其主要作品的结局安排。《废都》以庄之蝶官司失败、家庭破裂、朋友凋零、情人离散，自己在车站中风为结局。《白夜》的结局也是一片悲凉：夜郎和颜铭的婚姻破裂，夜郎以非法的手段报复宫长兴，警察正在找他；吴清朴死了，邹云沦为妓女，宽哥皮肤病日益严重，虞白在小说的结尾"泪流满面"。《土门》中捍卫仁厚村的"农民英雄"成义被枪毙了，仁厚村终究不能保留。《高老庄》写大学教授子路携新婚的妻子回乡给亡故的父亲过三周年，本来兴致挺高，还打算在家乡怀上一个孩子，但在村里经历了种种人、事后，夫妇不欢，丧气返城，甚至在父亲坟前说怕是再也不回来了。《怀念狼》的结局是狼亡人病，主人公呐喊着："可我需要狼！"《病相报告》写真爱不能结合的痛苦，"爱情病人"胡方终于曲终人亡。《秦腔》以夏天礼、夏天义、夏天智三位老人之死以及夏风、

① 汪政：《论贾平凹》，雷达主编：《贾平凹研究资料》，第 184 页。
② 贾平凹：《远山静水》，长春：时代文艺出版社，2017 年，第 73 页。
③ 李遇春：《贾平凹：走向"微写实主义"》，《当代作家评论》2016 年第 6 期。

白雪婚姻失败为结局;《古炉》以霸槽、天布等人被枪决结局;《带灯》以一场惨烈的斗殴以及带灯被处分、精神失常为结局。就连在时间上先后相续但相对独立的四个故事组成的《老生》,每一个故事都笼罩着悲凉之气。第一个故事中老黑、四凤惨烈死亡,第二个故事王财东夫妇之死,第三个故事墓生之死,第四个故事也以一场大瘟疫和主人公戏生的死亡为结局。《极花》中作者虽然采用了虚化的手法,但是被解救的胡蝶又无奈地回到了圪梁村。"我没有了重量,没有了身子,越走越成了纸,风把我吹着呼地贴在这边的窑的墙上了,又呼地吹着贴在那边的窑洞的墙上。"《高兴》有点特殊,采取倒叙的形式,开头就是结局,进城的五富死了,做了城里"飘荡的野鬼"。

贾平凹的文学思想有着强烈的入世意识,关注和忧患着时下的中国是其小说的共同主题。从某种意义上说,他的小说还是"问题小说"。对这一点,他自己多次谈到。"我写作是我的生命需要写作,我并不要做持不同政见者,不是要发泄个人的什么怨恨,也不是为了金钱,我热爱我的祖国,热爱我们这个民族,热爱关注国家的改革,以我的观察和感受的角度写这个时代。"[1] "我不会写历史演义故事,也写不出来未来的科学幻想,那样的小说属于别人去写,我的情绪始终在现当代。"[2] 在《带灯》后记里作者有一段谈现代意识的话:"现代意识也就是人类意识……美国是全球最强大的国家,他们的强大使他们自信……于是他们的文学多有未来的题材,多有地球毁灭和重找人类栖身地的题材。而我们呢,因为贫穷先关心着吃穿住行的生存问题,久久以来,导致着我们的文学都是现实问题的题材,或是增加自己的虚荣,去回忆祖先曾经的光荣与骄傲。……但是到了今日,我们的文学虽然还在关注着叙写着现实和历史,又怎样才具有现代意识、人类意识呢? 我们的眼睛就得朝着人类最

① 　贾平凹:《在休闲山庄说话》,《敲门》,北京:作家出版社,1998 年,第 130 页。
② 　贾平凹:《高老庄》,西安:太白文艺出版社,1998 年,"后记"。

先进的方面注目……却能做到的是清醒，正视和解决哪些问题是我们通往人类最先进方面的障碍？比如在民族的性情上、文化上、体制上、政治生态和自然生态环境上，行为习惯上，怎样不再卑怯和暴戾，怎样不再虚妄和阴暗，怎样才真正的公平和富裕，怎样能活得尊严和自在。"①这段谈文学现代意识的话却依然暗合"文章合为时而著"的传统主张。

《废都》《白夜》《土门》被称为"西京三部曲"，以反映城市生活为主，《废都》有着《清明上河图》式地书写一个时代社会全貌的企图，但着重在知识分子丧失信仰后灵魂无处安放的痛苦。"《白夜》演了一部大悲剧，其基本思想命意是'追寻的悲哀'。"②《土门》写城市扩建对乡村的吞食，乡村的保守落后与城市的现代疾病让人彷徨两难。《秦腔》写乡村的空心化，乡土文明的消失。《高兴》写进城务工农民的酸楚。《带灯》把目光投向以乡镇基层干部为中心的乡土。《极花》由关注被拐卖的妇女到关注极贫乡村的光棍们。几乎每一部小说都切中时代的热点问题。稍稍溢出了当下的一是《古炉》，以独特的视角回顾了逝去不久的让人滋味万分的那段历史，反思了那场浩劫的民众基础或曰民族基因、文化基因；一是《老生》，以四个故事叙写了近百年中国现当代"秘史"，悲悯时代大潮中个体命运的难以自主、个体力量的卑微，充溢着对生命的叹息。所以这两部作品依然是从更宏阔的视野思索当下的中国。

正如前文所引，贾平凹小说悲剧意识有在社会政治层面和历史文化层面及生命本体层面转移的现象，其实三个层面在其作品中是同时存在的。以《带灯》为例，镇书记处理问题的"水平高"，镇政府对市委黄书记的接待，这些自然是社会政治层面的；老上访户的刁钻无赖，元家兄弟的凶狠残暴，这些自然属于历史文化层面；而主人公带灯的追求与

---

① 贾平凹：《带灯》，北京：人民文学出版社，2013年，"后记"。
② 2004年，长江文艺出版社《白夜》评点本，费秉勋评点语。

悲哀，则更为复杂而更主要地在于生命本体层面。当然这样的划分，有点简单化处理，但不能说没有道理。同样，庄之蝶、唐宛儿、夜郎、虞白等人更多的是存在之痛，而刘高兴、五富等人更多的是生存之艰。

用哲学家雅斯贝斯的话讲，悲剧是真实的，因为正是悲剧"代表人类存在的终极不和谐"①，贾平凹在《四十岁说》中说："在美国的张爱玲说过一句漂亮的话：人生是件华美的袍，里面长满了虱子。人常常是尴尬的生存，我越来越在作品里使人物处于绝境，他们不免有些变态了，我认作不是一种灰色与消极，是对生存尴尬的反动、突破和超脱……我只有在作品中放诞一切，自在而为。"②总之，贾平凹小说可谓是"悲凉之雾，遍被华林"，大体而言，《废都》《白夜》《高老庄》是现代人灵魂的"无处安顿"，《秦腔》《土门》是乡土文明的"无法挽留"，《高兴》是农民于城的"无法融入"，《带灯》是萤于暗夜的"无法点亮"，《古炉》《老生》是劫难的"无法避免"，《极花》是胡蝶的"无法回归"。社会政治层面已经不是主要措意所在，虽然有，但在细微处，生命存在的大悲哀才是悲剧意识的中心。这也注定了贾平凹小说的悲剧结局。

贾平凹小说的悲剧结局也是其内在结构的需要。

贾平凹的小说不以跌宕起伏的情节故事取胜，他写的是"密实流年"，是"一堆泼烦日子"。正如《秦腔》所说："清风街的事，要说是大事，都是大事，牵涉到生死离别，牵涉到喜怒哀乐。可要说这算什么呀，真的不算什么。太阳有升有落，人有生的当然有死的，剩下来的也就是油盐酱醋茶，吃喝拉撒睡，日子像水一样不紧不慢地流着。"③

谢有顺曾热情肯定贾平凹长篇小说大都时间跨度不大的特点："中国作家习惯写几代家族史、几代人的命运变迁、时代变革，他却在大篇

---

① 转引自徐岱《基础美学——从知识论到价值观》，杭州：浙江大学出版社，2015年，第70页。

② 贾平凹：《贾平凹自选集》第1卷，北京：作家出版社，1992年，第398页。

③ 贾平凹：《秦腔》，北京：作家出版社，2005年，第550页。

幅写了非常有限的时间……这是典型的西方小说中意识的绵延，感情的壮大，是现代的东西。"① 这确实是一个考验作家写作能力艺术水平的特点，在几个月、一年、几年的时间跨度里写出几十万字篇幅的作品，写什么，怎么写？或许李遇春的研究是对这个问题的一种回答。他把贾平凹这种注重日常生活细节叙写的小说文体叫作"微写实主义"，是一种"闲聊式""说话"体。认为"贾平凹的闲聊式说话体小说及其日常生活流写作，是一种反时间的空间化写作"。"摒弃情节流也就是排斥小说的时间化，转向生活流和细节流也就是走向小说的空间化。"② 并根据法国当代思想家德勒兹的理论，认为这种写法就是竭力打开日常生活的细微褶皱，让日常生活中不易为人所察觉的各种生活细节的褶皱敞开。不仅要解开物质之褶，而且要解开灵魂之褶。李遇春还根据德勒兹的理论认为这种小说的结构属于源于块茎状思维的块茎状结构。这种观点很有说服力地阐明了贾平凹小说"密实流年"写法的价值与意义，其实也回答了短时间跨度长篇幅写什么的问题。但怎么写，特别是怎么写好的问题还没有回答。作为优秀的文学作品，不可能真的只是一堆鸡零狗碎的日常生活写真，它必须有可读性，必须能打动人。正如作者自己所说："怎样大面积地团块渲染，看似塞满，其实有层次脉络……看似没秩序，没工整，胡摊乱堆，整体上却清明透彻。"③ 所以，琐碎日常，是作者追求的阅读效果，写起来，或者说，细看来，还是"有层次脉络""清明透彻"的。所以作者也特别强调写实能力，注重场景之间的转换，自然也注重节奏，注重作品的整体结构、开头和结尾。著名作家王蒙曾经说："一部小说就像一幢建筑，如果对总体布局，对开头，发展延伸，结束，对主要人物与主要人物的关系，对中心事件或虽无一个中心事件

① 谢有顺：《在传统与现代中往返博弈的贾平凹》，《小说评论》2017年第2期。
② 李遇春：《"说话"与贾平凹的长篇小说文体美学——从〈废都〉到〈带灯〉》《小说评论》2013年第4期。
③ 贾平凹：《古炉》，北京：人民文学出版社，2011年，"后记"，第607页。

却总会有的一系列小事件因而总会有联结一系列小事件的行动线索，或虽无行动线索却总不能没有的哲理线索或情绪线索，没有一个大致的考虑，没有一个大的总体设计就去写，那是一件不设计就施工的冒险，其结果很可能是建筑坍塌，作品变成混乱的呓语。"①王蒙也是现代小说技巧得风气之先的作家，他没有要求小说一定要有中心事件、行动线索，但认为至少得有哲理线索或情绪线索。贾平凹小说写日常琐事，写生活流，大都是没有中心事件的，也没有行动线索，正是以情绪作为贯穿叙事的内在线索的。情绪也成了作品的内在节奏，日常生活琐琐碎碎，永不停息，但某种情绪在酝酿，在发展，趋向高潮：《废都》《白夜》《土门》《高老庄》《怀念狼》《病相报告》《秦腔》《高兴》《古炉》《带灯》《老生》《极花》，这里不避重复，一一回顾这些长篇作品，莫不如此。前文已经提及，这些作品也大都以人物死亡、得病、婚姻（感情）破裂为悲哀情绪的高潮，也是作品的结局，作品到此也就戛然而止，让读者陷入深深的静默与回味之中。死亡，破裂，得病，都意味着一种结束，悲剧结局给人完整感。琐碎的日常叙事因为情绪的贯穿，以及这种到达悲剧高潮戛然而止的结局而获得浑然完整而又意味深长的美学效果。

第五节 传统基础上的现代探索

贾平凹并不是故步自封的作家，相反，他是一位勇于探索、勇于学习，不断尝试的作家，在小说的文体上也是如此，有评论者就称他是文体家。《在关于小说创作的答问》中韩鲁华声称："有人把你称作当代的文体家，说你把当代小说中出现的问题，都实验过了。你如何看？"贾平凹回答，中国的文学家可以分为两类：一类作家是政治倾向性强烈

---

① 王蒙：《漫话文学创作特性探讨中的一些思想方法问题》，转引自徐岱《小说形态学》，杭州：杭州大学出版社，1992年，第234页。

的，一类是艺术性强烈的。他认为艺术倾向性强烈的作家，都能成为文体家。①

他很喜欢的现代作家沈从文也有文体家之称。他的第一部长篇小说《商州》就明显有学习沈从文小说的痕迹，每个单元由两部分构成，第一部分写地域民俗风情，第二部分写人物故事。与此类似的结构模式在别的作品里还有出现。正如论者所说：这种两大板块式的叙事结构模态，在贾平凹的长篇小说创作中，出现过三次。第一次是他创作于 20 世纪 80 年代中期的第一部长篇小说《商州》。贾平凹创作的第一部长篇小说，于叙事结构上，所做的便是这种板块式互文性叙事结构的尝试——商州历史文化与现实故事的各自独立而又相互关联的互文性叙事。第二次就是 2013 年初出版的《带灯》，这亦是一种两大板块叙事结构——带灯给元天亮的信与带灯现实生活的互文性叙事。《带灯》的信与现实故事，是一种一体两翼式的叙事结构：带灯情感精神生活与现实日常生活的互文性叙事结构。这两种互文性叙事融为一体，不论就人物性格之丰富深化，还是对于社会现实之深刻揭示，尤其是带灯情感精神之典雅清高与其现实处境之世俗龃龉，所形成的强烈对比，互为阐释，相互支撑、相互融汇，共同完成了带灯故事的叙述。这些都收到了独到而奇异的审美功效。再一次就是这部《老生》——由《山海经》片段与四个主体故事构成一种互文性的叙事结构②。这种互文性的叙事结构褒扬者有各种解读，批评者指责为故弄玄虚。同时，《老生》由四个故事构成，四个故事发生的地点各不相同，时间上大体相互衔接：第一个故事是 20 世纪 20 年代到 40 年代，着重叙写的是陕南游击队的革命历史；第二个故事发生在 20 世纪的五六十年代，自然叙述的是从合作化到人民公社这段历史；第三个故事写的是六七十年代；第四个故事是 80

① 贾平凹：《访谈》，北京：生活·读书·新知三联书店，2015 年，第 56 页。
② 韩鲁华：《〈老生〉叙事艺术三题》，《小说评论》2015 年第 2 期。

年代到 21 世纪初，叙写的是改革开放及其中国社会历史转型的重大历史变革。叙事者则是一位寿命特别长的在葬礼上唱阴歌的老唱师。

在叙事视角上也颇多变化。《病相报告》采用多个人物的第一人称视角，借此可以自由出入多个人物的内心世界。

《土门》《极花》《高老庄》《山本》全部或部分从女性人物视角切入，体现一位男性作家对女性内心世界的勘探。贾平凹被认为是善于写女性的作家，他自己说他是从《红楼梦》《聊斋志异》来学习写女性人物的，他也确实塑造了很多神形毕肖的女性形象。然而多少存在的男性中心主义思想使他不能真正走进女性的内心世界，像《极花》，就引发很多读者和评论者的批评。

《秦腔》《古炉》被论者称为"卑小化"叙事者：除具备语言表述能力这一作为故事讲述者的最低条件之外，这些叙事者甚至连现代的普通凡人都算不上。他们属于普通以下，几乎是作为人的一种最低状态而存在。首先是生理性的，这些叙事者大多形体矮小，智力低于常人。《古炉》中的狗尿苔，不仅只是个十二三岁的小孩儿，还比普通小孩儿个头小，其貌不扬，经常被众人作践，狗尿苔的称呼就来源于一种同名贱草；《秦腔》中的引生，被大家视为疯子，小说开始不久挥刀自残，造成生理缺陷。此外还有社会性的，即社会地位的低下，如狗尿苔是"四类分子"的后代。在常人眼中，他们是低微的、卑贱的、无足轻重的，本文称之为"卑小化"叙事者。其作用则是"卑小化"叙事者承载着作家"大政治"观的写作抱负。通过其叙事功能，政治事件被织入农村整体生活图景；同时，作家以情感与伦理作为历史救赎的主观愿望得以表达。在将"志""道"合一塑造现代伦理与审美主体的意义上，贾平凹的"卑小化"叙事与现代"言志派"文学有相近之处。但"卑小化"审美主体并非现代"个人"神话的继续，而成为个人在理智与情感、思想与行动之间分裂的一个表征。现实焦虑被转移为文化焦虑，"言志派"文学面临"志"与"道"的新的分裂。①《高兴》中的视角人物刘高兴也是一个别致的设计，他是一个进城拾荒的农民，住烂尾楼，拾荒，卸煤，挖沟，被歧视，被欺诈，干最脏最累的活，过最艰苦的生活。这样的人物和故事本身很容易混同于流行一时的底层文学，但作者赋予刘高兴一定的文化，并且让他特别看重体面、尊严和生活品位，比如衣着整洁，爱吹笛子，要逛公园，特别是爱上一个漂亮的卖淫女，并且竭力去帮助她。这就使得作品在写实的基础上获得了一种浪漫色彩，也使读者不仅关注进城务工农民的物质艰苦，更关注其精神需求，从而使作品获得超出常流的品格。

贾平凹绝大部分小说时间跨度都不大，在几个月、一两年的时间跨度里要写出几十万字的篇幅的作品确实是需要功力的，怎么说也比从爷爷写到孙子辈的小说有难度。谢有顺对此进行高度评价："他作品中有的现代思维、现代精神，即便是《废都》对传统的继承，其中有一些东西也完全是现代的，其中有知识分子的颓废、空虚和无聊，并写得如此深入和壮观，哪一个传统小说有这个东西？哪个给他的精神血缘？这么长的小说没有分章节，这种叙事方式是哪个传统小说教他的？这么长的小说只写了一年左右，篇幅达到这种程度，中国作家习惯写几代家族史，几代人的命运变迁、时代变革，他却在大篇幅写了一个非常有限的时间，是哪个传统小说教他的？中国所有的小说中都没有这个传统，在短时间写壮大的社会景观，这不是传统小说教他的，这是乔伊斯、普鲁斯特教他的，这是典型的西方小说中意识的绵延、感情的壮大，是现代的东西。"②

百科全书式的写作、文体杂糅式写作也是贾平凹突破传统进行小说

---

① 李雅娟：《贾平凹乡土小说中的"卑小化"叙事及其伦理意义——以〈秦腔〉〈古炉〉为中心》，《文学评论》2017 年第 3 期。

② 谢有顺：《在传统与现代中往返博弈的贾平凹》，《小说评论》2017 第 2 期。

叙事艺术探索的一个方面，前文论述其混沌美学时已有论述。这种写法是打破传统小说观念的写法，也是其逼真呈现生活小说观的体现，不想把小说写得太"干净"，这一点，与另一位当代作家余华恰恰是相反的，余华的小说就呈现一种"纯净"的情调，人物、故事、情感和语言都追求一种高度集中，不蔓不枝，纯然一色的格调。《许三观卖血记》《活着》《第七天》等都是如此，就集中在标题所示的"卖血""活着""亡灵的第七天"，就像是"提纯"生活的写作。这两种小说写法，我想没有高下之别，只是风格的不同，事实上都受到读者的欢迎，特别是余华风格转型后的作品，受到了较多的年轻读者的欢迎，《许三观卖血记》《活着》等作品在大、中学生中有着很广泛的阅读。

　　魔幻笔法、开放式结尾等小说技巧也是贾平凹小说引入的现代手法。贾平凹虽然不像莫言那样大张旗鼓地学习马尔克斯的魔幻现实主义，但显然吸收了其中的养分，只是他希望将其融入中国传统的神秘叙事中去，前文已述，神秘叙事正是贾平凹小说的一个突出特色。在《秦腔》中，贾平凹尝试在全知叙事与疯人张引生视角的限知叙事间任意转换，尽管这种尝试招致了一些批评，但作为一种尝试仍然有意义。小说写到一只人面蜘蛛，然后一句转换"那蜘蛛就是我"，第三人称全知视角就转换成了第一人称叙事。疯子张引生视角的引入，我们会想到福克纳的《喧哗与骚动》。而《极花》中写胡蝶被强暴那一段，写到胡蝶的灵魂出窍，另一个胡蝶像灵魂离开了肉身一样看着自己被强暴，这也是富有现代意味的写法，在莫言的《酒国》里有类似的写法。贾平凹的小说特别讲究开头和结尾，开头定下全篇基调，结尾余味悠长。比较突出的结尾模式我们可以称之为"出走式"结尾。《废都》庄之蝶要出走，却在车站中风了。《高老庄》子路回城了，在爹的坟前告别。《秦腔》里夏风也回城了，"我"在等夏风回来。甚至《土门》里梅梅也"出走"了，只是她走向的是母亲的子宫。《极花》的结尾胡蝶正在逃离。《暂坐》里俄罗斯姑娘伊娃也要离开满是雾霾的西京城回到俄罗斯去。同时，像《土门》《极花》《暂坐》的结尾又显得迷离恍惚，虚实难辨，更加增添了读者对结尾究竟如何的思索。如《极花》写到胡蝶被解救回到父母身边后，却承受不了干扰和另眼，又回到了被拐卖的地方。而结尾却是逃跑中。很显然，作者故意设置这种开放式的结尾，提供各种可能的想象。但整体上的这种"出走式"结尾，也许正是作者内在困惑的一种流露，也就是说，面对现实中的问题究竟何去何从，作者和作品中的人物一样没有现成的答案。

第八章　写好中国文字的每一个句子——汉语魅力

第一节　语体分析

　　贾平凹小说的语言多彩多姿。他充分挖掘汉语的特性，写出汉语的魅力。这和莫言等当代作家是不同的。莫言似乎写作时就考虑到了自己作品的翻译外介问题，不管语言内容如何天马行空，句子的结构是简单的，合乎本源于西方语言的主谓宾定状补的句法成分分析的。我们可以从《丰乳肥臀》里摘几个句子看看：

　　1. 我看到在它们身上有两颗蓝色的光点在移动，那是马洛亚牧师的目光。从他的幽兰的眼窝里，伸出了两只生着黄毛的小手，正在抢夺我的食粮，我的心里升腾着一缕缕黄色的火苗。

　　2. 远处，场部食堂那根红砖垒成的冒着黑烟的高大烟囱猛然歪倒了，并顺势砸塌了房顶上镶着百叶窗的食堂，一大片银灰色的水花飞溅起来，并随之传来沉闷的水响。

　　3. 面对着清凉的河水，她心里闪过了投水自尽的念头。但就在她撩衣欲赴清流时，猛然看到了倒映在河水里的高密东北乡的湛蓝色的美丽天空。

1句的形象化夸张，2句修饰语的繁复，3句"撩衣欲赴清流"的古语的生硬加入，都很典型地体现了莫言语言充分调动人的各种感官以及不拘俗套、泥沙俱下的语言风格，但共同的特点是结构不复杂，套用源于西方语言的句法分析很方便。从这一点来说，这是西化的汉语。贾平凹小说语言则不同，就像《红楼梦》的语言一样，学生拿来划分主谓宾会觉得很为难。

黄世权在《日常沉迷与诗性超越——贾平凹意象写实艺术》一书里将其语言概括为三个特点：一是今言古韵——现代汉语与古语交汇；二是本义与直觉——词的诗性本义与直觉效果；三是短句与闲话——贴近生活的本真节奏与情态。分析得非常准确与细腻。在此，笔者主要从贾平凹小说整体的视角，归纳其语言的不同风格形态，来体会其语言的多样性、丰富性成就。贾平凹具有多副笔墨，语言感觉极好，学各种风格的文字都能得其神韵而不露痕迹。早年主打清新优美，然后揉入简雅的文言，再学明清小说的味道，终归拙朴简洁。此乃指其大趋势而言，具体到某个作品，则往往杂有各种变调。

简古体。可以说，《商州三录》在贾平凹文学道路上有确立其文学独特性的重要地位，在这被指认为寻根文学并令作者声名鹊起的作品。他不仅在文体上回溯《世说新语》等中国古典笔记小说，在语言上也在现代汉语中揉进古雅文言词汇以取其古奥与简洁。

《莽岭一条沟》：洛南与丹凤相接的地方，横亘着无尽的山岭，蜿蜿蜒蜒，成几百里地，有戴土而出的，有负石而来的，负石的林木瘦耸，戴土的林木肥茂；既是一座山的，木在山上土厚之处，便有千尺之松，在水边土薄之处，则数尺之蘖而已。大凡群山有势，众水有脉，四面八方的客山便一起向莽岭奔趋了。回抱处就见水流，走二十里，三十里，水边是有了一户两户人家。人家门前屋后，绿树细而高长，向着头顶的天空拥挤，那极白净的炊烟也被拉直成一条细线。而在悬崖险峻处，树皆怪木，枝叶错综，使其沟壑隐而不见，白云又忽聚忽散，幽幽冥冥，如有了神差鬼使。山崖之间常会夹出流水，轰隆隆泻一道瀑布。

虚词"之、皆、而"等与动词"横亘、负石、戴土、夹、泻"等的运用，以及多有对仗、排比等修辞手法，都体现出文言文的特点。在不影响理解的前提下，这种语言的处理，收到了古奥、简洁的效果，读起来也是富有音律美感的。

《火纸》：崖畔上长着竹，皆瘦，死死地咬着岩缝繁衍绿。

《人极》：提上岸，两人大悦，坐下吸烟，其时夕阳收尽，满河已退苍黄，水声之外，一切俱寂。正念叨木料价值，忽闻风起萧萧，崖湾下河芦偃折有声，注念间，风声渐近，身后毛柳摇曳，俄而河面出现一黑物，浮浮沉沉而下。

这种简古体语言，在其《商州三录》《太白山记》等小说中出现较多，在其他小说中也时有出现，给学界留下了贾平凹是当代作家中古典文学修养较好、受传统文化影响较深的作家的印象。李陀在《汪曾祺与现代汉语写作》[①]一文中指出，无论"五四"白话文运动，还是 20 世纪 30 年代的大众语运动，都把文言混入白话文视为心腹大患。但是文白相亲，文白相融却不仅富有生命力，而且能达到非常美好的语言境界，并高度评价汪曾祺在这方面的成就，"我以为能在一种写作中，把白话'白'到了家，然后又能充满文人雅气的文言因素融化其中，使二者在强烈的张力中得以如此和谐，好像本来就是一家子人，这大概只有汪曾祺能罢"。贾平凹可能确实还没有达到文白融合水乳交融，自自然然，一点儿不勉强的境界，但相对大部分的作家而言还是不错的。

世情体。《废都》《白夜》等作品则模仿《红楼梦》《金瓶梅》等明

---

① 　王晓明主编：《二十世纪中国文学史论》（修订本）下卷，北京：中国出版集团，2003 年，第 347 页。

清小说的语言。因为这类小说也称为世情小说，我们把它叫作世情体。他自称长期学习模仿明清小说的语言，认为其清新灵动，疏淡有韵致，自己也写得像模像样了。《废都》的开头就定下了这种语言腔调：

一千九百八十年间，西京城里出了桩异事，两个关系是死死的朋友，一日活得泼烦，去了唐贵妃杨玉环的墓地凭吊，见许多游人都抓了一包坟丘的土携在怀里，甚感疑惑，询问了，才知贵妃是绝代佳人，这土拿回去撒入花盆，花就十分鲜艳。这二人遂也刨了许多，用衣包回，装在一只收藏了多年的黑陶盆里，只待有了好的花籽来种。没想，数天之后，盆里兀自生出绿芽，月内长大，竟蓬蓬勃勃了一丛。但这草木特别，无人能识得品类。抱了去城中孕璜寺的老花工请教，花工也是不识。恰有智祥大师经过，又请教大师，大师还是摇头。其中一人却说："常闻大师能卜卦预测，不妨占这花将来能开几枝？"大师命另一人取一个字来，那人适持花工的剪刀在手，随口说出个"耳"字。大师说："花是奇花，当开四枝，但其景不久，必为尔所残也。"

"一千九百八十年间"这个时间的表达是很特别的，它不仅不是当代习惯的对当下不远的一个时间的指认，有陌生化的效果，而且拉远了视点，有一种遥望、俯瞰的距离感。"一日、泼烦、携、甚感疑惑、遂、兀自、识得、必为尔所残也"等词语，显然也不是现代汉语习用的，是明清小说的旧白话文的语言。整个小说里人物的对话占了相当大的比重，这些对话里也时时出现明清小说语言。李建军在《草率拟古的反现代性写作》①里批评道：《废都》中几乎所有人物，讲的都是一种半死不活的缺乏当代感和新鲜感的语言，一种缺乏心理内容和意义感的语言。""他把古典小说里人物的语言，强加给《废都》里的人物。"详细搜罗列举了大量的例证，并且指出其源自《红楼梦》或《金瓶梅》，诸

---

① 李建军：《草率拟古的反现代性写作——三评〈废都〉》，《文艺争鸣》2003年5月23日。

如"小蹄子、好姐姐、就是了、可怜见（儿）的、被摆弄得如猫儿狗儿一般"等等，另外，指出《废都》里人物说话喜欢用"的、了、的了"之类的句末语气词，不符合当代西安人说话的习惯，也是硬搬明清小说语言。他指出的语言事实没有问题，但这种一概否定的态度其实并不可取。文学语言并非一定要写实，正如有论者指出的，贾平凹小说受传统绘画影响较深，是一种意象写实艺术，追求的是"神似"。《废都》《白夜》等小说整体的阴柔性，以女性人物为主的人物设置，以日常琐事为主的叙事内容、颓废的情绪、世情的描绘，使得这种明清小说语言与其有一种和谐合体感，同时这种一定程度上与当代脱节的语言，正如《废都》开头"一千九百八十年间"的时间表述一样，让读者产生拉远与书中人事的距离的远距离打量感，读起来好像是久远的故事，细看却是当代的生活，今夕何夕？不识庐山真面目，只缘身在此山中。也许，语言的陌生化能产生"跳出此山"的效果呢。正如谢有顺所说，这首先得力于贾平凹超常的语言能力，他对古白话小说遗产的娴熟运用，使他的小说语言获得惊人的表现力。凝练的，及物的，活泼的，口语化的，民间的，几乎每一个句子每一个词都触及事物本身和人物的内心，这是贾平凹一贯的语言风格[1]。

诗性体。人们常将清新优美与富有诗意联系在一起，也常将诗歌与意境联系在一起，而意境，简而言之，即是情景交融的境界。贾平凹早期的小说、散文学习孙犁、沈从文，追求清新优美；后来整体风格屡有变迁，但时而荡漾诗意。特别是景物的描写。

《古炉》（156页）：天净得像洗过的青石板，云是那么的白，一片一片贴在上边。照壁上的牵牛花全开了，一朵牵牛花的颜色怎么也不如戴花家院墙头的蔷薇鲜亮，但上百枝上千枝的牵牛花全开了，红得像起

[1]　林建法、李桂玲主编：《说贾平凹（下）》，沈阳：辽宁人民出版社，2014年，第94页。

了一堆火，火还有焰哪，人一走近都热烘烘的，映得脸红手红衣裳也红了。

《古炉》（160页）：有了风，巷道里的树叶子全吹到了门口，然后在那里旋着，叶子就像一排人，齐刷刷排列着转圆圈，圆圈转着转着从地上浮起来，悠悠忽忽缩成一股往天上升，成一条绳了。

《废都》（111页）：你慢慢闭上眼睛体会这意境，就会觉得犹如置身于洪荒之中，有一群怨鬼呜咽，有一点磷火在闪；你步入黑黢黢的古松林中，听见了一颗露珠沿着枝条慢慢滑动，后来欲掉不掉，突然就坠下去碎了，你感到一种恐惧，一种神秘……

细腻的观察，诗意的玄想加上精微的语言表现力，构成了耐品味的诗性片段。也可见出其婉约阴柔的共性。在《带灯》中，整体返璞归真的拙朴语言风格里，掺入主人公带灯的短信，却是另一种语言，形成一种对照与反衬，它符合一个具有文艺女青年气质的乡镇干部的身份，也给小说开启一个透气窗口，打破其沉闷与灰暗。

《带灯》（96页）：小鸟叫得好听，听者心中欢喜，自由的欢唱自在的翔飞，是行者求之梦寐，而我总觉得鸟儿在说：家，家，家。家在哪儿？鸟儿不认树是它的家，虽然它把鸟高高举起。小溪湍急地往前走，寻找家的滋味，它听说大海就是它的家，实际是在骗它哩。自由的生灵没有家，运行是它的心地，飘逸的生命没有家，它的归途是灵魂的如莲愉悦。……我知道浩瀚是纤纤清泉汇聚而成，天的苍茫是我们每人一口一口气儿聚合而成，所以我要做一滴增海的雨做一粒添山的尘。但还是想凭天边的白云向你遥遥致心。

《带灯》（183页）：你是懂得鸟的，所以鸟儿给你飞舞云下草上，给你唱歌人前树后，对你相思宿月眠星，对你牵挂微风细雨。你太辛苦了，像个耕者不停地开垦播种，小鸟多想让你坐下来歇歇，在你的脚边和你努努嘴脸，眨眼逗一逗，然后站在你肩上和你说悄悄话。

带灯，一位乡镇综治办主任，已婚青年女子，不停地给自己暗恋的对象，一位名作家兼省政府秘书长发短信。书的封底称之为"一场清水静流的爱恋"。这种私密的内心独白式的倾诉不仅使其语言完全脱离日常语言的风格，而且也突破、冒犯着现代汉语的语法规范。在日常生活世界里，谁要是这么说话，一定会被认为非疯即傻。根据封底的说法，带灯是"一只在暗夜里自我燃烧的小虫""一颗在浊世索求光明的灵魂"。作为综治办主任，一个基层干部，带灯每天打交道的是只求政绩的上司，倚强凌弱的农村地头蛇，胡搅蛮缠的老上访户，更多确实可怜的穷苦农民，她要保留她的爱心、她的真诚、她的正义感，成为带有蛮荒意味的乡村世界的一抹柔和的亮色，她的内心的语言自然会和世俗的语言格格不入。所以有论者认为："带灯这个人物还有那些矫情的文字，在小说里都是极其僵硬的存在。"①

　　口语体。越是晚近的作品，越是以人物对话为主，所以口语成为贾平凹小说语言的重头戏，也淋漓尽致地展现了贾平凹的写实能力与语言能力。虽不敢说达到了听其语就知其人的境界，但说人物语言各肖其声口还是恰如其分的。例如《高老庄》中，蔡老黑与地板厂明争暗斗修白塔，一天在街上走，一路与人斗嘴耍口：

　　"塔还叫白塔吗？应该叫黑塔，老黑的黑塔！"蔡老黑呵呵呵地笑，说："这怎么行?!你是在笑话我蔡老黑长得黑吗，没有咱宝宝白吗？"对面小酒馆的柜台上趴着年轻的女掌柜，她的下半身肥短，上半身清秀白净，就笑了说："你那脸就是没我这屁股白哩！"蔡老黑也不生气，问："你说我咋就长不白呢？"宝宝说："谁让你剃个光头太阳底下跑哩？"蔡老黑说："可我还有一件东西从没晒过太阳怎么还这么黑呢？"宝宝把一个空酒瓶子甩过来在蔡老黑脚下碎成了一片玻璃碴。蔡老黑笑着，却将手伸向一个妇女怀中小儿的胖腿中间，说："木犊子，让伯伯捏捏牛牛！

---

①　叶君：《乡村现实与言说的限度——论长篇小说〈带灯〉》，《文艺评论》，2019 年第 6 期。

嗨，蛮大的么，长大了像你爹一样，大牛！"妇女说："老黑，你这瞎蒙，你带这么大坨子镜像电影上的黑社会头儿！"蔡老黑把孩子抱起来，高高举过头顶，鸣儿鸣儿地逗，却说："大牛去铁笼镇晚上回来不？不回来了，夜里把门给我留下啊！"没想孩子竟一泡热尿尿在了头上。众人一片哄笑，说："狗浇尿，狗浇尿！"妇女忙把孩子抱过，说："娃娃尿贵如金，老黑你要发财哩！"蔡老黑一边擦尿一边说："哈，给我尿哩，几时我给你娘尿哇！"一边戏谑着与人打花嘴，一边又往前走①。蔡老黑在小说里是一个很有匪气的人物，在乡村里，他算得上一个人物，他富有活力和开拓精神，但同时他也具有叛逆性和破坏力。上文充分展示了他的豪爽、风趣、放荡不羁以及对民众的亲和力、号召力。着墨不多的宝宝、妇女也神情毕肖，如在目前，自己的孩子尿了别人一头，却说"娃娃尿贵如金，老黑你要发财哩！"化歉意为恭维，讨好卖乖，是少妇口吻，也是母亲口吻。

平实体。正所谓"洗尽铅华悔少作，屏却丝竹入中年"。贾平凹在《带灯》后记中说："几十年来，我喜欢着明清以至三十年代的文学语言，它清新，灵动，疏淡，有韵致。我模仿着，借鉴着，后来似乎也有些像模像样了。而到了这般年纪，心性变了，却兴趣了中国西汉时期那种史的文章的风格，它没有那么多的灵动和蕴藉，委婉和华丽，但它沉而不靡，厚而简约，用意直白，下笔肯定，以真准震撼，以尖锐敲击。……我得有意学学西汉品格了，使自己向海风山骨靠近。"

《带灯》（132页）：带灯反映的三件事。

一、元斜眼一伙专门寻找从大矿区打工回来的人赌博。茨店村王采采的儿子就是输光了打工的钱又还不起所欠的账，元斜眼就逼人家再去大矿区打工，而让包工头直接把工钱交给他。

二、元黑眼五兄弟现在河滩办沙厂，换布拉布和乔虎也动手购买老

① 贾平凹：《高老庄（评注本）》，北京：同心出版社，2005年，第205页。

街上的旧屋，这些人脑瓜活腾，全是在大工厂进来之前就开始占有资源了，你是不是同意了他们。

三、王随风领回来后还比较安定，朱召财最近也没异常，张正明依旧嚣张，但他的问题还好办，目前头痛的仍是王后生。王后生鼓动过毛林以矽肺病的事上访，毛林没同意，他又跑到东岔沟村找了十三户人家要上访。这十三户人家的男人都曾在大矿区打过工，患了矽肺病，有的已经死了，有的丧失了劳动力，家庭生活都极度困难。

《带灯》中，除了带灯给元天亮的短信外，就以这种堪称质木无文的语言为主体。以至有论者批评贾平凹："语言平淡有余，韵味不足。早期贾平凹的作品语言清新优美，虽然够不上真正独具一格，但是也形成初步特色，而到意象写实阶段之后，这种语言美感全然不见，作品沉浸在粗朴乏味的语言世界里。"（黄世权）我们认为，局部来看也许存在这个问题，但整体而言，这种平实的语言，因为和生动细腻的场景描写，神情毕肖的人物口语，以及偶尔放飞诗意的文字交替出现，正体现出贾平凹语言世界的丰富多彩，形成其作品耐读耐品的艺术魅力。

贾平凹在语言上乐于学习，善于学习，学什么像什么。试看《极花》里面的这句话，它来自哪里？

《极花》（176页）：梁水来，我告诉你，你眼睛须瞎个窟窿不可，你那手须瘫成个鸡爪子不可，你没见过，你一辈子都不会再见！

第二节　修辞分析

贾平凹在当代作家中，语言功力堪称一流。早期清新优美富有诗意，古典文学文化功底深厚，在《商州三录》等作品里开始大量镶嵌古典词语和句法，给作品增添简劲、古奥的色彩。《废都》《白夜》等作品则模仿《红楼梦》《金瓶梅》等明清小说的语言。到后来的《带灯》《山本》等小说，语言又有变化，用方言俗语也是他的特点。语言的功力又和他的写实能力联系在一起，贾平凹的小说不以情节取胜，都说他写的是琐碎日常，是密实流年的写法，有时候小说绝大部分的内容就是人物的对话，还能写得生动，写得有可读性，这既是语言能力，也是写实能力。我想，很多读者之所以喜欢贾平凹作品，与他的语言有关系，耐看。余华的语言好，纯净，刘震云的语言也有自己的特点，那种河南人的幽默，绕，但都没有贾平凹语言耐咀嚼。

一、对方言俗语的恰当运用

贾平凹的小说大量地高频率地使用方言词语，作者总是让这些词汇出现在合适的语境中，使读者即使是第一次遇到也能理解其意义，不会形成阅读障碍，如：

（1）子路一把把她掀个过儿，双手从后腰搂了，说："睡吧睡吧，自己吃饱了还弹嫌哩！"（《高老庄》）

（2）可想想，我家人经几辈都是单传，到我手里一胎四个，再穷再累心里受活哩。（《高老庄》）

"弹嫌"是"挑剔"之意；"受活"是"自在、痛快、高兴、愉悦"之意。这是联系上下文不难领会的。类似的词语还有：言传、皮儿外、拿作、骚情、后跑、吃风屙屁，等等。

方言，广义地说，既包括地域方言，也包括社会方言，是语言发展的必然结果。一切皆流动，语言也不例外，总在不停地发展分化之中。从某种意义上说，一地有一地之方言，一时有一时之方言，甚至一人有一人之方言。文学要反映人生，语言势必呈现不同的时代、地域、个人特色。从文学语言的角度看，方言在小说中至少有如下作用：首先，作为写性描写的一部分，方言有助于复现原生态的语言情景及其对人物关系的影响。其次，方言有助于强化人物语言的个性化，从而展现人物的身份、性格等特征。

再次，方言经过不断的尝试与提炼，可以充实小说的文学语汇，使地域方言、社会方言以及少数民族语言，获得了一个较为有效的传播平台，它们中鲜活生动的语言因子，可以逐渐进入民族共同语，这对于焕发民族共同语言的生机与活力，大有裨益；再者，语言是文化的载体，方言俗语的背后，往往蕴藏着相应的民俗文化及思想观念，如果说，与共同语相联系的是一个社会的共同价值观，是一种经过融合和调和的"共性"文化，那么与方言相联系的则是一个社会的民间价值观，具有鲜明的草根性和区域性，而在一个有着数千年大一统思想的国度，保持非主流的区域文化的多样性，具有特别重要的意义。① 用另外两位学者的话说就是，"普通话写作构建了现代文学的特定语言模式和思维方式，方言作为规范之外的文学话语形式，具备特殊的审美品质，是对汉语写作特定性和普遍性的消解。它从非意识形态的、经验的、生命的角度与世界对话，更强调存在的本真性和个体性……它以语言的自由态势对逻辑语法权势及各种语言定规以冲击，为我们带来耳目一新的审美感觉；同时它作为人类最鲜活最本己的声音，是对遮蔽存在本真的所谓'文明之音'的解蔽。以方言为语言形式，无疑是文学倾听大地、回到本源的一条便捷之径"②。民间的方言俗语更是蕴藏着丰富的艺术想象力。老百姓文化水平不一定很高，但一个人的审美能力同一个人的学历是性质不同的两回事，如《国风》多出于劳人思妇之口，他们不一定读过多少书，但是他们的审美能力很高。贾平凹小说中到处可见这种民间妙语，给人美不胜收的感觉，下面试举几例：

（3）就有人说："就这一根？鬼信的，你狗锁能不去，过河屁股缝儿都夹水的人你能不去？！院角那些新土是干了啥的，嗯？！"（《高老庄》）

————————

① 潘建国：《方言与古代白话小说》，《北京大学学报》（哲学社会科学版）2008 年第 3 期。

② 何锡章、王中：《方言与中国现代文学初论》，《文学评论》2006 年第 1 期。

（4）栓子的媳妇说："他出钱？他葡萄园不行了，信用社逼着他还贷款哩，他还肯掏钱修塔呀？"顺善说："你以为蔡老黑和你一样吗？人家饿死的骆驼比马大！他能说他掏钱，鸡不尿尿自有出尿的地方！"（《高老庄》）

（5）嫂子也没客气，一张张数了，说："……人这命咋就差别这么大呀，都是一个娘生的，一个有工作，本来就挣钱了，还嫁了你，一个就穷得干骨头敲得炕沿响！……"（《秦腔》）

（6）夏天义不等雷庆说完，气就上来了，说："咱夏家到你们这一辈弟兄十个，指望的就是夏风和你，你却给咱夏家人脖子底下支了这么大一块砖头！吃的是国家的盐放的是私骆驼，你心亏呀不亏？"（《秦腔》）

例（3）以"过河屁股缝儿都夹水"来形容不放过一切占便宜的机会的人（河水，是价值极低乃至没有价值的东西，屁股缝儿本来不是用来夹带东西的地方，用不能携带东西的地方"夹"没什么价值的"水"，而且是"过河"时顺带，夸张这人不放过一切机会、利用一切手段占取一切小便宜）；（4）以"鸡不尿尿自有出尿的地方"来说明你不知道他钱的出处但他自有出处的意思；（5）以"穷得干骨头敲得炕沿响！"来形容穷的程度；（6）以"给人脖子底下支砖头"来表达让人丢脸、让人难堪的意思。或用夸张或用比喻，都用贴近农民实际生活的事物形象生动地传情达意，不仅符合人物身份，而且话语本身也给人机智、新鲜的审美愉悦。

二、对汉语特点的精确把握和娴熟运用

汉语有着悠久的历史，有的语汇意义几经演化，贾平凹小说语言有意地激活旧词，还原古义，从而起到语言陌生化的效果。如：

（7）土坪上的空气紧张极了，风没有吹，蚂蚁也不再爬动，围墙下的那一蓬花呢，正好被跪着的成义挡住，那里团结着的蜂也无声无息。

（《土门》）

（8）人们又扑过去打，慌乱中尘根便被割断了，日地一声，掠过人们的头顶，又飞过了一个颓废的矮墙。（《佛关》）

（9）一入冬就邪法儿地冷。石头都裂了，酥如糟糕。（《太白山记·寡妇》

（10）英英娘说："你正忙着，哪里能劳动你？我去他房子等着就是。"（《浮躁》）

上述句子里的"团结""颓废""糟糕""劳动"，都不是现代汉语普通话里常用的意思，也不再是一个双音节词，而是两个单音节词。"团结"是"成团聚集"的意思；"颓废"是"坍塌废弃"的意思；"糟糕"是"用米粉、面粉等物做成的食品"；"劳动"是"劳你动手、劳烦"的意思。

这都在一定程度上回到这些词原初的意义。这些词从两个单音词凝固成一个双音词经历了漫长的语法化过程。像"劳动"这个词，我们现在常用的意义是"人类创造物质和精神财富的活动"，其实已经是一个先由日语从汉语借过去，后来又由汉语从日语借回来的外来词了。这样，这些词读后都给人一种熟悉而陌生的感觉，使人体味其诗性本义，读者始而惊愕继而惊喜，回味无穷。

汉语没有印欧语言的严格形态限制，词的类别、功能都有很大的不确定性，必须把一个词放到具体的句子里，它的确切含义才能判定。在使用中，词类可以活用，复语可以单义，语词可以颠倒，语急可以减字，语缓可以增字等，形式和功能都充满了弹性，不仅不会令人不解，反而能取得更佳的表达效果。贾平凹小说中有很多不符合汉语常规语法的词句，我们不能说这些是病句，因为文学语言是一种独特的语言形式，它要肩负起以语言打破语言对人的心灵中"只可意会，不可言传"的情愫的遮蔽，就必然要突破固有的语法规范。以下是贾氏小说中非常规语言的大略概括：

（一）词类活用

（11）没想，数天之后，盆里兀自生出绿芽，月内长大，竟蓬蓬勃勃了一丛。（《废都》）

（12）到了崖脚，歪歪斜斜了两间土屋，土屋是盖在半坡的，前面的墙很高，后面的墙很低。（《怀念狼》）

（13）在座的都土色了脸面。（《美穴地》）

"蓬蓬勃勃""歪歪斜斜"都是形容词，"土色"是名词，都是不能带宾语的，这里都带上了宾语，显然违背了语法规则，但是这种初看起来别扭的用法，仔细琢磨却更能把情状凸显出来，给予读者强烈的直觉体验。比"长成蓬蓬勃勃的一丛""有两间歪歪斜斜的土屋""在座的都面如土色"的一般说法有着更为优越的表现力。

（二）非常规重叠

（14）子路听着，牙齿就咬起了舌根，满口水，脸上也淫淫的。（《高老庄》）

（15）石上是密密的林，水里有银银的鱼；……山上并没有树，也没有仄仄的怪石，全然被雪覆盖住，高得与天齐平。（《黑龙口》）

"淫淫""银银""仄仄"（做形容词）是很少见的重叠，但不能说不行，重叠在这里都起一个加深词义程度的作用，很容易理解。况且，汉语从《诗经》的"桃之夭夭，灼灼其华"到今天，哪些词可以重叠，哪些词不可以重叠，还是一个有待研究的问题，现在只能说，只要能传情达意，越是出人意料的重叠，越有表达效果。

（三）意合法，即只要意思表达清楚，语词能省就省

（16）半香把上衣撩起来，胖得一桶粗的腰，肉埋住了系着的红裤带，那背上是一大片黑青。（《高老庄》）

（17）菊娃说："她能给我干啥呀，还不把你们勾引得光说了话！"脸上一恼，雀斑就黑了一层。……菊娃又提了一大壶开水来到新屋场上，瞧见了，脸上又是一层雀斑……（《秦腔》）

（18）然后从裤裆里掏尿，边走边摇在地上写字。（《秦腔》）

这三个例句都用了意合法，"胖得一桶粗的腰"，一般人会说成"胖得有一桶粗的腰"；如果"雀斑就黑了一层"说成"一层雀斑就显得黑了"，"脸上又是一层雀斑"说成"脸上又现出一层雀斑"自然更实在一些，但其中的韵味也没有了。"从裤裆里掏尿"又简练又含蓄，"掏"字更是不易之选。

（四）重语式，即为了强调某种意义、情绪不避重复啰唆

（19）夏天义苦愁着脸，突然泪流下来，说："我咋遇到这事么，俺，这到底是咋啦，弄啥事啥事都瞎？！"他脸上皱纹纵横，<u>泪就翻着皱纹，竖着流，横着也流</u>。（《秦腔》）

（20）我是坐在树下的捶布石上，<u>看见白雪哭了我也哭了，白雪的眼泪从脸上流到了口里，我的眼泪也流到了口里。眼泪流到口里是咸的</u>。我从怀里掏了手帕，掏了手帕原本要自己擦泪，但我不知怎么竟把手帕递给了白雪。白雪是把手帕接了，并没有擦泪，唱声却分明停了一下。<u>天上这时是掉云，一层一层掉</u>，像是人身上往下掉皮屑。掉下来的云掉到院子上空就没有了，但天开始亮了起来。（《秦腔》）

画线处都是有意繁复，以形成缓慢、沉郁的语言节奏，更好地表达人物和现场的情绪、气氛。夏天义一生英武，老来竟为几百块钱求告无门，读到（19）处让人不禁而生英雄末路之悲。（20）写夏天智死后情景，夏天智的死是乡土文化、乡土文明之死，小说的凝重、悲凉的氛围开始达到顶点，通过这种语言节奏得到了很好的渲染。其中"白雪是把手帕接了""天上这时是掉云"中的"是"是表示强调的副词，利用虚词进行修辞也是贾氏小说语言特色之一，如《废都》里多到让人诟病的"的"等，仔细体会都是别有韵味的，"恰当运用虚词，对于准确表达语意，把握情感的抑扬顿挫以及语气的转折叹止，乃至文章之气势，都有

着重要的意义"。①

三、炼字炼句、使用辞格

（21）然后望着窗外的梨树，想着这梨树在春天该多么好，举一树素白的花，或者是冬天，顶那么厚的雪，我在屋子里听下雪的声音，庄之蝶踏着雪在院墙外等我……梨树纯有叶子也是消瘦，消瘦得如她唐宛儿的时光。(《废都》)

（22）太阳白花花的，地上的热气像长出的草，能看见一根根在摇晃。(《秦腔》)

（21）中"举""顶""消瘦"等词的拟人法的运用，不仅写景生动，更写出人物唐宛儿的浪漫、多愁善感；（22）比喻化无形为有形，联想独特。

其实，不管采用什么手段，语言，乃至文学本身的魅力都来源于准确。著名学者王彬彬认为准确的叙述具有强劲的表现力，认为王国维在《人间词话》中所说的"隔"与"不隔"问题，其实就是准确与否的问题，他引用李健吾的话说："还有一种诗意，作成它的不是幻想，而是真实，而是向生活深处掘发的成就，它是高度的现实主义精神的果实。"②正是这样，贾平凹小说的语言其实是日益走向平实的，但并不减少其动人之处，原因就在于源于对生活、对人心体察的深刻准确，如《秦腔》写夏天智的死，"夏天智的手在胸前一抓一抓的，就不动了，脸从额部一点一点往下黑，像是有黑布往下拉，黑到下巴底了，突然笑了一下，把气咽了"。语语如在目前，有着触目惊心的现场感。再如《秦腔》里夏君亭是个性格强悍的人物，在小说里他的一言一行都显示着强悍："君

① 彭再新、丘凌：《〈助语辞〉训释的修辞特色》，《南华大学学报》2005年第6期。
② 王彬彬：《毕飞宇小说修辞艺术片论》，《文学评论》2006年第6期。

亭骑了摩托车从巷子里冲过来，猛地兜了个圈，刹住，粗声喊庆满。"这真切的描写难道不会激起你对某个似曾相识的日常场景的回忆？"文学的魅力来自新异的人生感受与语言感受，换句话说，文学创作持续不断的"新意"就在于作家能够不断掘取异样的人生意味，不断提炼新鲜的语言形式"①。

文学是语言的艺术，贾平凹小说语言的魅力源自其自觉、艰苦的追求，他认为："只要能准确地表达出小说中人与事的情绪的语言就是好的小说语言。"他说："语言要向古人学，向民间学。向古人学，就是学他们遣词造句的精巧处，触一反三。而向民间学，留神老百姓口中的生动的口语。"② 他也是这样做的。他这种对语言的兴趣，在《高老庄》里表现得非常突出，凭着赋予主人公子路语言学教授的身份，花了较多的篇幅来记录方言词语：几天内，他整理了一大本，归纳了三大类。第一类，高老庄人是最纯粹的汉人，土语中使用的一些词原本是上古语言在民间的一种保留，如口中淡不说淡，说寡，抱孩子不说抱，说携，吃饭不说吃，说咥，滚开不说滚，说避，脏说脏兮兮，自在说受活，汤多说汤宽。一类是……（135页）

前文已述，大量富有表现力的方言词汇的使用，浓厚的地域特色是贾平凹小说的特色。下面列举一些以见一斑：

这慧明自然顺风扬花 / 我唐宛儿能吃得下砖头，也就能屙出个瓦片 / 西京这地方邪，说鳖就来蛇 / 他现在是癞蛤蟆支桌子，硬撑哩 / 树根不动，树梢摇摆顶屁用 / 狗皮袜子没反正 / 俊汉子骑的是跛马 / 刀下见菜 / 一个萝卜几头切 / 马槽里伸出个驴嘴 / 爹高高一个，娘高高一窝 / 嫁了当官的做娘子，嫁了杀猪的翻肠子 / 黑水汗流 / 男娃嘴大吃四方，女娃

① 李怡：《"日本体验"与中国现代文学的发生》，《中国社会科学》2004 年第 1 期。

② 贾平凹：《关于语言》，《当代作家评论》2002 年第 6 期。

嘴大吃谷糠 / 狗看星星一片明 / 让别人捂住嘴用屁眼笑哇 / 不怕耙耙没齿，就怕匣匣没底 / 日晒夜露 / 谁家坟地里都有几棵弯弯树么 / 她却言残口满，引火烧身 / 你不 × 娃他妈，娃不叫你爹么 / 是丫鬟的命了别说小姐的身子 / 东拉被子西扯毡 / 政府是泥瓦刀就会抹光面子墙 / 你给老子舔屁眼还嫌你舌头不软和 / 在过风楼摇了铃 / 扇风赶焰 / 门扇上有了针眼大的洞，就会挤进来笸箩（篮）大的风（针眼大的窟窿就要透进拳头大的风）。方言短语很有表现力，因为它们其实是广大劳动人民集体的语言智慧的结晶。

第三节　民俗风情

与方言词汇使用一样形成小说地域特色的是民俗的书写。

汪曾祺说："我对风俗有兴趣，是因为我觉得它很美。我曾经在一篇文章里说过：我以为风俗是一个民族集体创作的生活的抒情诗……我以为，风俗，不论是自然形成的，还是包含着一定的人为的成分（如自上而下的推行），都反映了一个民族对生活的挚爱，对活着所感到的欢悦，他们把生活中的诗情用一定的外部形式固定下来，并且互相交流，融为一体。风俗中保留一个民族的常绿的童心，并对这种童心加以圣化。风俗使一个民族永不衰老。"[①]

对乡野风俗的描摹是贾平凹小说的一个突出特征，他的一些作品的基本情节框架可以说就是一种民俗的展示，如《天狗》中的"招夫养夫"，《美穴地》的风水先生，《五魁》中的背新娘等，与现代小说中的《为奴隶的母亲》的"典妻"、《菊英的出嫁》的"冥婚"一样，是以一种民俗作为情节的底子的。

---

① 　转引自杨红莉：《民间生活的审美言说——汪曾祺小说文体论》，北京：北京大学出版社，2008 年，第 197 页。

风俗一般与老百姓的生老病死、婚丧嫁娶有关。如《秦腔》（385页）：按清风街的风俗，在媳妇生日的那天，若有人能把瓜果偷偷塞在炕上的被窝里，就预示着能怀上孕的。《秦腔》和《山本》都写到生了孩子的人家，要将一条红布系在门环上，一是显摆她家又有另一辈人了，二是提醒生人不得随便进来。认干大的风俗，抱着孩子出门，最先遇到谁就认谁是干大。有的风俗是全国性的，比如重男轻女，"不孝有三，无后为大"的观念根深蒂固。莫言小说《丰乳肥臀》中上官鲁氏生了八个女儿，就为要生个儿子，所以女儿的名字都是"招弟、盼弟、来弟"之类。《蛙》更是写村民为了生儿子与计划生育干部的骇人听闻的斗争。这些故事同样发生在贾平凹的作品里。在《高老庄》里，子路的堂兄晨堂前三胎都是闺女，分别被其父赐名为来弟、招弟、盼弟，充分地表现出晨堂对男孩儿的强烈渴望，生计的艰难和村委的罚款丝毫也没有动摇他生男孩儿的决心，"我非等来个男娃不可，养这一堆全是给人家养的，没个男娃，断了香火，我对不住先人哩"。在《秦腔》里，白雪娘家的堂嫂改改生了两个闺女后，又偷偷怀上了第三胎，为逃避村干部的检查一直躲藏在外。快生产时她悄悄溜回家想看看，没想被人告了密，清风街主管计划生育工作的金莲就率领着一班人马前来捉拿，一场闹剧开始上演了。金莲在使用一番"将计就计""调虎离山"计之后，终于将改改捉拿归案，并当即押往大清堂实施手术。而孩子生下来已经成活，老婆婆抱着孩子首先就摸一下有没有牛牛，有小牛牛那种喜出望外的表现被作者描写得如在目前。家族文化的观念在贾平凹的小说里得到有意识的呈现。《浮躁》里的田家、巩家雨金狗、雷大空等杂姓人家形成了一种干群对立。《高老庄》是高氏家族。《秦腔》是夏家，而且人名也体现中国家族班辈的特点，长一辈的兄弟夏天仁、夏天义、夏天礼、夏天智；晚一辈的庆金、庆玉、庆满、庆堂。《古炉》里斗争的两派还蕴含着朱姓、夜姓的家族矛盾。

《西北口》中，百姓祈雨时隆重的祭神活动《浮躁》中，过"成人节"时烙面饼扔面饼、为家人祈福的动人场景。《黑龙口》中，山民们可以让陌生客人与主人同炕睡觉，特别是男主人临时还要出门，留下男客与主妇同炕而眠，男主人回来后，为了验证客人越轨与否而让其喝凉水的乡野风俗，野蛮中又透着憨厚与质朴。《山本》中详细地描写了打铁礼花的场景。耍铁礼花是社火的一项内容，逢年过节，白天里抬芯子，舞狮子，晚上跑龙灯的时候耍铁礼花。用废铁犁铧熔出的铁水，木勺舀了铁水倒在凹槽的木板上，然后棒子和木板一磕，迅速往上空打去，流星般的铁水碰击散开，黑夜一下子闪亮，满空都是簇簇金花。熟练掌握技巧的人能打出不同的美丽花样。这样的风俗体现出人们对生活的热爱。同样是《山本》里写到秦岭里杀羊有领牲的习俗。领牲是主人许个愿，往羊身上泼水，如羊抖掉水，这便是羊领了，就可以杀。要是不抖，杀羊的人就得跪求羊领了吧，羊还是不抖，就是不领，那就不杀了。正如小说里说的，是以前羊少舍不得吃的规程。舍不得也是如此的富有诗意。有作品写到山墙上砌两个"吉"字，实地去看确实是贾平凹故乡随处可见的现象。骂人行为不合人伦，有禽兽行，则在其碗底放草料，上面是面条之类吃食。《人极》里拉毛和光子是好朋友，两人救了落水的亮亮，拉毛强奸了亮亮。光子给拉毛做吃的，吃到一半，碗底却是料豆和禾草节，明白光子辱他是牲畜，羞愧不已，居然自杀了。同是陕西作家的陈忠实的名作《白鹿原》也写到这一风俗，鹿兆鹏抛下家里给他娶的媳妇离家闹革命，其媳妇在家守活寡，一次她公公鹿子霖酒醉搂抱了儿媳妇，儿媳妇寂寞难耐，后来主动勾引公公，鹿子霖却在面条底下放草料给儿媳妇吃，责怪她是畜生。这种无声的责骂之所以有侮辱性，恰恰证明人们对名誉的看重，道德感的强烈。《古炉》写到送呼连馍，呼连馍就是大锅盔，收了麦都是舅舅家给外甥送的。相亲，女方对男方不满意，给其端上饭来，碗里是三颗红薯面丸子，意思就是要他滚蛋。《古炉》等作品里写认干大的风俗。谁家丢了人或外出久久不归，就把他的鞋子吊在井里。药罐可以借不可以送。染布要敬梅葛二仙，否则布会染花，染不匀。在《山本》后记里，写到有些村寨现在还有求雨的习俗：那里久旱，男人们竟然还去龙王庙祈雨，先是祭猪头、烧高香，再是用刀自伤，后来干脆把龙王像抬出庙，在烈日下用鞭子抽打。而女人们在家里也竟然还能把门前屋后的石崖、松柏、泉水，封为××神、××公、××君，一一磕过头了，嘴里念叨着祈雨歌：天爷爷，地大大，不为大人为娃娃，下些下些下大些，风调雨顺长庄稼。也许从科学的角度来看，这是一种愚昧的行为，但从艺术的角度来看，却充满诗意。

人死了亲人哭泣不能把眼泪滴到死人身上，否则死人会在阴间迷路。对于非正常死亡的人乡下称为"横死鬼"，死后不让进屋。《高老庄》里石头的舅舅背梁淹死了，西夏过去看了，死人停放在堂屋前，在屋外横死的人，尸体是不能进屋的，一张草席盖着石头的舅。死在外面的人棺材上绑着公鸡。其实很多地方，包括湖南，亡人出殡的时候还会在灵柩上绑着一只公鸡，被称为领魂鸡，承担招引灵魂的责任。日常生活中，村民们还忌讳碰上一些不吉利的事，比如撞上死人或送丧的队伍，这时就要朝天上吐唾沫来避邪，因为据说鬼怕唾沫，如《白夜》写到在镇东七里铺的弯道处，有人穿了孝服跪在路边焚冥钱，路面上还用石头围了一个圈儿，似乎还看得见圈儿里有发干的血迹，便知道前几天这里出过车祸了。车上的人都伸了头往出看，口里呸呸地吐唾沫。宽哥瞧着那穿孝服的人又焚纸又奠酒，眼里便有些潮了，却并未吐唾沫，旁边人还说，你不吐，鬼怕唾沫的，让横死鬼寻了替身去。等到年三十晚上要到先人坟墓上点灯笼。十月一日也是一个节日，这一天，涡镇的习俗除了给已亡人送寒衣烧纸外，活着的人都讲究要吃一顿饺子的。亡人殁的日子不好，犯着煞星，不可及时入土安埋，短的十天半月，长的一年两年，那就选一个临时处所架上棺柩，这叫浮丘。人死了三年要过三周年。《高老庄》就是以大学教授子路回家给父亲过三周年开头展开情节的。三周年是个非常隆重的忌日。三周年过后，"亡人将从此在阳世里活在亲人们的心中而再没有了节日"。子路全家为了这一天也很是忙活了些日子，在顺善的筹备下，准备待客四十桌，鸡鸭鱼肉烟酒蔬菜等等买了一大堆。子路娘还专门叮嘱西夏不能洗头、剪发等，以示对亡人的尊重。在忌日前一天，所有本家的亲戚朋友都得前来参加。邻村的女孝子们"头上都戴了白孝帽，还穿着白衫子，提着献祭笼，打着金山银山一类的明器"呀呀地哭着前来。男孝子们都是手里提了献祭笼子，胳膊下夹了烧纸，在院门口被子路接了，就端端走过去，从灵桌上取香，在灯上燃着，拜一拜，插上香炉，再拜一拜，然后取灵桌上的酒瓶，倒出一盅，在桌前烧过的纸灰上一洒，又拜一拜……程序相当复杂。子路不仅请了乐班，还专门请了乐号。在唢呐声的牵引下，子路打头，抱着爹的灵牌，带领着孝子们去坟上接灵。回到村口时，孝女们又全都跪在村口哭着接灵，磕头，奠酒，烧纸，焚香，一整套烦琐的礼仪一一做过，然后才是吃饭、吃茶。这种风俗习惯可能就地域性比较强，如笔者所在的湖南就没有这么隆重的"三周年"。

因为很多民俗内容是和神秘事象、性爱文化、民间歌谣融合在一起的，前文已有介绍，此处不再展开。

风俗的描写不仅使小说里的故事与人物丰满立体，更有生活的真切感，而且其本身也有认识价值和审美意义，富有文化蕴含和日常生活的诗意，人们经常说科技发展提高了人们的物质生活水平，另一方面却使现代人丧失了生活的诗意，心灵日益枯竭，民俗中固然"藏污纳垢"，但也不乏积极美好的成分，更重要的是，这些都是传统文化在民间的遗存，是值得保存和研究的。

参考文献

资料汇编：

[1] 林建法、李桂玲主编：《说贾平凹》（上、下），沈阳：辽宁人民出版社，2014 年。

[2] 王晓明主编：《二十世纪中国文学史论》（上、下），北京：东方出版中心，2003 年。

[3] 肖夏林编：《废都废谁》，北京：学苑出版社，1993 年。

[4] 雷达主编：《贾平凹研究资料》，济南：山东文艺出版社，2006 年。

[5] 皓元宝、张冉冉编：《贾平凹研究资料》，天津：天津人民出版社，2005 年。

专著：

[6] 陈鼓应：《老子今注今译》，北京：商务印书馆，2004。

[7] 陈鼓应：《老庄新论》，北京：商务印书馆，2008 年。

[8] 陈思和：《中国当代文学史教程》，上海：复旦大学出版社，1999 年。

[9] 陈平原：《中国叙事模式的转变》，北京：北京大学出版社，2010 年。

[10] 陈晓明：《中国当代文学主潮》，北京：北京大学出版社，2009 年。

[11] 陈晓明：《众妙之门——重建文本细读的批评方法》，北京：北京大学出

版社，2015 年。

[12] 费孝通:《乡土中国》，北京：人民出版社，2015 年。

[13] 方锡德:《中国现代小说与传统》，北京：北京大学出版社，1992 年。

[14] 费秉勋:《贾平凹论》，西安：西北大学出版社，1990 年。

[15] 哈迎飞:《"五四"作家与佛教文化》，上海：上海三联书店，2002 年。

[16] 洪子诚:《中国当代文学史》，北京：北京大学出版社，1999 年。

[17] 黄世权:《日常沉迷与诗性超越——贾平凹意象写实艺术》，北京：北京
     师范大学出版集团，2012 年。

[18] 黄平:《贾平凹小说论稿》，昆明：云南人民出版社，2013 年。

[19] 贾平凹、谢有顺:《贾平凹谢有顺对话录》，苏州：苏州大学出版社，
     2003 年。

[20] 鲁迅:《中国小说史略》，北京：中华书局，2014 年。

[21] 李泽厚:《中国古代思想史论》，北京：三联书店（北京），2008 年。

[22] 李泽厚:《中国现代思想史论》，北京：东方出版社，1987.

[23] 李遇春:《中国文学传统的复兴》，北京：商务印书馆，2016 年。

[24] 陆扬:《日常生活审美化批判》，上海：复旦大学出版社，2012 年。

[25] 刘上生:《中国古代小说艺术史》，长沙：湖南师范大学出版社，1995 年。

[26] 莫砺锋:《漫话东坡》，南京：凤凰出版社，2008.

[27] 孟悦、戴锦华:《浮出历史地表——现代妇女文学研究》，北京：北京大
     学出版社，2018 年。

[28] 毛峰:《神秘主义诗学》，北京：生活·读书·新知三联书店，1998 年。

[29] 钱理群、温儒敏、吴福辉:《中国现代文学三十年》（修订本），北京：北
     京大学出版社，1998 年。

[30] 孙昌武:《道教与唐代文学》，北京：人民文学出版社，2001 年。

[31] 孙昌武:《禅宗十五讲》，北京：中华书局，2016 年。

[32] 孙见喜、孙立盎:《贾平凹传》，西安：陕西人民出版社，2017 年。

[33] 苏沙丽:《贾平凹论》，北京：作家出版社，2018 年。

[34] 谭桂林、龚敏律:《当代中国文学与宗教文化》,长沙:岳麓书社,2006年。

[35] 王富仁:《王富仁自选集》,南宁:广西师范大学出版社,1997年。

[36] 王仲生:《贾平凹的小说与东方文化》,西安:陕西人民出版社,1992年。

[37] 王玉德主编:《中华神秘文化书系·序言》,南宁:广西人民出版社,1992年。

[38] 吴义勤:《中国新时期文学的文化反思》,南京:江苏文艺出版社,2009年。

[39] 徐复观:《中国艺术精神》,上海:华东师范大学出版社,2001年。

[40] 徐岱:《基础美学——从知识论到价值观》,杭州:浙江大学出版社,2015年。

[41] 徐岱:《故事的诗学》杭州:浙江大学出版社,2014年。

[42] 徐岱:《小说形态学》,杭州:杭州大学出版社,1992年。

[43] 徐岱:《小说叙事学》,北京:商务印书馆,2010年。

[44] 许子东:《当代文学阅读笔记》,上海:华东师范大学出版社,1997年。

[45] 余英时:《士与中国文化》,上海:上海人民出版社,2003年。

[46] 于淑静《"唯物"的新美学——论当代小说的日常生活叙事》,北京:北京大学出版社,2014年。

[47] 叶君《乡土·农村·家园·荒野——论中国当代作家的乡村想象》,北京:中国社会科学出版社,2007年。

[48] 杨红莉:《民间生活的审美言说——汪曾祺小说文体论》,北京:北京大学出版社,2008年。

[49] 赵树凯:《农民的鼎革》,北京:商务印书馆,2013年。

[50](英)特雷·伊格尔顿:《二十世纪西方文学理论》,伍晓明译,北京:北京大学出版社,2007年。

[51](美)勒内·韦勒克、奥斯汀·沃伦:《文学理论》,刘象愚、邢培明、陈圣生、李哲明译,杭州:浙江人民出版社,2017年。

[52](美)弗雷德里克·詹姆逊:《政治无意识》,王逢振、陈永国译,北京:

中国社会科学出版社，1999 年。

[53]（美）卡伦·霍妮：《我们时代的神经症人格》，杨柳桦樱译，北京：台海出版社，2016 年。

[54]（德）恩斯特·卡西尔：《人论》，甘阳译，上海：上海译文出版社，1985 年。

[55]（法）米歇尔·福柯：《性经验史》（增订版），佘碧平译，上海：上海人民出版社，2005 年。

[56]（英）爱·摩·福斯特：《小说面面观》，苏炳文译，广州：花城出版社，1984。

[57]（美）W.C. 布斯：《小说修辞学》，华明、胡苏晓、周宪译，北京：北京大学出版社，1987 年。

论文：

[58] 陈晓明：《穿过"废都"，带灯夜行——试论贾平凹的创作历程》，《延河》2013 年第 5 期。

[59] 陈思和：《向传统小说致敬——关于贾平凹新著〈山本〉》，《书城》2018 年第 5 期。

[60] 陈绪石：《论贾平凹创作中的道家悲剧意识》，《宁波教育学院学报》2000 年第 3 期。

[61] 程光炜：《贾平凹序跋文谈中的"古代"》，《文学评论》2016 年第 9 期。

[62] 樊星：《贾平凹：走向神秘——兼论当代志怪小说》，《文学评论》1992 年第 10 期。

[63] 樊星：《民族精魂之光——汪曾祺、贾平凹比较论》，《当代作家评论》1989 年第 12 期。

[64] 郭洪雷：《讲述"中国故事"的方法——贾平凹新世纪小说话语构型的语义学分析》，《文学评论》2015 年第 1 期。

[65] 郭茂全：《混沌美学视域下的当代文学批评》，《石河子大学学报（哲学社

会科学版）》2018 年第 3 期。

[66] 何锡章、王中：《方言与中国现代文学初论》，《文学评论》2006 年第 1 期。

[67] 何平：《中国最后的农村——〈极花〉论》，《文学评论》2016 年第 3 期。

[68] 贾平凹：《关于语言》，《当代作家评论》2002 年第 6 期。

[69] 贾平凹、杨辉：《究天人之际：历史、自然和人——关于〈山本〉答杨辉问》，《扬子江评论》2018 年第 3 期。

[70] 贾平凹、韩鲁华：《天地之间：原本的茫然、自然与本然——关于〈山本〉的对话》，《小说评论》2018 年第 6 期。

[71] 李怡：《"日本体验"与中国现代文学的发生》，《中国社会科学》2004 年第 1 期。

[72] 李遇春：《"说话"与贾平凹的长篇小说文体美学——从〈废都〉到〈带灯〉》，《小说评论》2013 年第 7 期。

[73] 李遇春：《贾平凹：走向"微写实主义"》，《当代作家评论》2016 年第 11 期。

[74] 李遇春：《传统的再生——为贾平凹长篇小说〈带灯〉新版作》，《长江文艺评论》，2016 年第 5 期。

[75] 李建军：《草率拟古的反现代性写作——三评〈废都〉》，《文艺争鸣》2003 年第 3 期。

[76] 李震：《贾平凹与中国叙事传统》，《中国现代文学研究丛刊》2019 年第 7 期。

[77] 李静：《未曾离家的怀乡人——一个文学爱好者对贾平凹的不规则看法》，《当代作家评论》2006 年第 5 期。

[78] 李彦仪：《张扬的肉体与苦闷的灵魂——论贾平凹小说的性书写》，《文艺争鸣》2021 年第 5 期。

[79] 栾梅健：《与天为徒——论贾平凹的文学观》，《当代作家评论》2012 年第 11 期。

[80] 鲁晓鹏著：《世纪末〈废都〉中的文学与知识分子》，季进译，《当代作家

评论》2006 年第 3 期。

[81] 鲁太光：《价值观的虚无与形式的缺憾——论贾平凹的长篇小说〈山本〉》，《文艺研究》2018 年第 12 期。

[82] 孟繁华：《面对今日中国的关怀与忧患——评贾平凹的长篇小说〈土门〉》，《当代作家评论》1997 年第 1 期。

[83] 孟繁华：《秦岭传奇与历史的幽灵化——评贾平凹的长篇小说〈山本〉》，《当代作家评论》2018 年第 7 期。

[84] 梅兰：《论〈极花〉与贾平凹的小说观》，《中国现代文学研究丛刊》2017 年第 5 期。

[85] 梅兰：《〈极花〉：巫史传统下的和解与暴力》，《华中科技大学学报（社会科学版）》2016 年第 11 期。

[86] 潘建国：《方言与古代白话小说》，《北京大学学报（哲学社会科学版）》2008 年第 3 期。

[87] 彭再新，丘凌：《〈助语辞〉训释的修辞特色》，《南华大学学报》2005 年第 6 期。

[88] 孙郁：《贾平凹的道行》，《当代作家评论》2006 年第 5 期。

[89] 邵宁宁：《转型期现象与无家可归的文人——关于〈废都〉的文化分析》，《甘肃社会科学》2004 年第 1 期。

[90] 石杰：《贾平凹及其创作的佛教色彩》，《徐州师范学院学报》1994 年第 3 期。

[91] 王彬彬：《毕飞宇小说修辞艺术片论》，《文学评论》2006 年第 6 期。

[92] 王春林：《探寻历史真相的追问与反思——评贾平凹长篇小说〈老生〉》，《当代作家评论》2015 年第 1 期。

[93] 王晴飞：《把两件事说成了一件事——读贾平凹长篇小说〈极花〉》，《名作欣赏》2016 年第 19 期。

[94] 吴义勤：《乡土经验与"中国之心"——〈秦腔〉论》，《当代作家评论》2006 年第 7 期。

[95] 谢有顺:《贾平凹的实与虚》,《当代作家评论》1999 年第 3 期。

[96] 谢有顺:《在传统与现代中往返博弈的贾平凹》,《小说评论》2017 年第 2 期。

[97] 谢尚发:《近年"笔记体小说"创作与传统的当代转化》,《文学评论》 2022 年第 6 期。

[98] 徐勇:《经验写作与混沌美学——评贾平凹长篇小说〈老生〉》,《百家评论》2016 年第 8 期。

[99] 杨光祖:《贾平凹小说创作的四个阶段及其文化心态论》,《社科纵横》 2003 年第 12 期。

[100] 闫海田:《贾平凹与中国现代小说的百年中变——从〈太白山记〉到〈老生〉》,《吉林大学社会科学学报》2017 年第 9 期。

[101] 叶君:《乡村现实与言说的限度——论长篇小说〈带灯〉》,《文艺评论》 2019 年第 6 期。

[102] 朱崇科:《规训的悖谬与成长的激情——王小波长篇中的性话语》, 《人文杂志》2007 年第 2 期。

[103] 张胜友、雷达等:《〈秦腔〉乡土中国叙事终结的杰出文本》,《当代作家评论》2005 年第 5 期。

学位论文:

[104] 刘一秀:《传统与现代的纠结——贾平凹长篇小说创作研究》,吉林大学, 2012 年。

[105] 刘宁:《当代陕西作家与秦地传统文化研究——以柳青、陈忠实和贾平凹为中心》,陕西师范大学,2011 年。

[106] 吕杰:《贾平凹长篇小说文体研究》,苏州大学,2021 年。

[107] 宋杰:《论当代文学的民间资源——以贾平凹的小说创作为个案》,兰州大学,2007 年。

[108] 王建仓:《中国现代乡土文学的境界叙事与意象叙事——兼论沈从文与贾

平凹》，陕西师范大学，2009 年。

作品：

[109]（明）兰陵笑笑生:《金瓶梅词话》，北京：人民文学出版社，1985 年。

[110]（清）曹雪芹:《红楼梦》，北京：人民文学出版社，1992 年。

[111] 陈忠实:《白鹿原》，北京：人民文学出版社，1993 年。

[112] 贾平凹:《贾平凹文集 3（寻根卷）》，北京：中国文联出版公司,1995 年。

[113] 贾平凹:《贾平凹作品·第 13 卷五魁·第 16 卷王满堂》，上海：上海三
      联书店，2012 年。

[114] 贾平凹:《贾平凹散文全编》，长春：时代文艺出版社，2017 年。

[115] 贾平凹:《病相报告》，上海：上海文艺出版社，2002 年。

[116] 贾平凹:《高兴》，南京：译林出版社，2012 年。

[117] 贾平凹:《带灯》，北京：人民文学出版，2013 年。

[118] 贾平凹:《山本》，北京：作家出版社，2018 年。

[119] 贾平凹:《暂坐》，北京：作家出版社，2020 年。

[120] 贾平凹:《高老庄（评注本）》，北京：同心出版社，2005 年。

[121] 贾平凹:《怀念狼》，北京：作家出版社，2000 年。

[122] 贾平凹:《白夜（评点本）》，武汉：长江文艺出版社，2004 年。

[123] 贾平凹:《秦腔》，北京：作家出版社，2005 年。

[124] 贾平凹:《极花》，北京：人民文学出版社，2016 年。

[125] 贾平凹:《秦岭记》，北京：人民文学出版社，2022 年。

[126] 贾平凹:《古炉》，北京：人民文学出版社，2011 年。

[127] 贾平凹:《老生》，北京：人民文学出版社，2014 年。

[128] 刘震云:《我叫刘跃进》，北京：作家出版社，2009 年。

[129] 刘震云:《一句顶一万句》，武汉：长江文艺出版社，2009 年。

[130] 沈从文:《边城》，太原：北岳文艺出版社，2005 年。

[131] 莫言:《酒国》，上海：上海文艺出版社，2008 年。

[132] 莫言:《蛙》，上海：上海文艺出版社，2009 年。

[133] 莫言:《丰乳肥臀》，北京：作家出版社，1996 年。

[134] 余华:《活着》，北京：作家出版社，2008 年。

[135] 余华:《许三观卖血记》，北京：作家出版社，2008 年。

附录

说明：贾平凹小说中有很多重复的地方，包括人物设置、词语句式、更多的是一些特别的细节，对此，已经有很多学者注意到并进行了评论、研究，突出的如郭洪雷的《讲述"中国故事"的方法—贾平凹新世纪小说话语构型的语义学分析》（载《文学评论》2015 年第 1 期），可以参看。笔者在此以贾平凹小说常见的复现成分连缀成篇，以便读者对此有个具体的印象，下划线的词句便是复现成分。

重回高老庄

上回返城时，子路在父亲坟前叩了头，说再也不回来了。可哪能不回来呢？娘在这儿，孩子也在这儿。他这样说，只是当时心里苦闷罢了。这不，仅仅过了一年，那种不想回去的感觉就忘到九霄云外去了，代之而来的是想念，想念娘，石头，还有，菊娃，甚至蔡老黑，每个人，每个院落，每棵树。子路正动了归乡之念，娘托人打来电话，说是三大娘去世了，希望子路能回去参加葬礼。三大娘既是子路的堂伯母，

188

当年对儿时的子路比别人更多一份关爱照顾，打小子路就跟三大娘亲，于是不再犹豫，决计回高老庄。

西夏却不打算和子路一起回了。临行的晚上，西夏穿起性感的内衣撩拨子路，子路咬着舌根，汪起满嘴的口水要和西夏举行小别仪式，西夏刮了子路的鼻子说：你可是奔丧啊。子路猪八戒似的哼哼道：这不还没动身嘛。

次日午后，子路便到了镇街的车站，扰攘声中，听得有鞭炮和啼哭声，循声望去，一辆小四轮在鞭炮的硝烟中开过，货厢上有放鞭炮的，有撒纸钱的，当中一页板子上白布盖着一个人形，脑袋像个西瓜，不时滚动，旁边绑着只白公鸡，一个妇人两个娃正扶着人形哀哀哭泣。街上的人都呆立着观望，一个杂货铺里围了七八个人，听一位似乎是知情者的妇女讲述原委，那妇女表情丰富，时而重重点头，时而摇头作可惜状。辗转相传，不一会，子路就明白了几分：死者还只有三十五岁，在县城一处建筑工地打工，不小心从脚手架上摔下来，当时就没了。结婚晚，大娃还只有七岁，小的五岁。大家都叹息一番。子路旁边一位妇女拉着孩子，对孩子说：快唾唾沫，鬼怕唾沫的，凶死鬼找替身哩！带着孩子各唾了几口，子路不自觉也跟着唾了一口。

回家见了娘和石头，娘已经将鞭炮纸钱准备好，让子路赶紧拿着去三大娘家吊唁，子路在灵前跪拜了，三大娘的儿子向他行了回拜礼，子路就把他搀扶起来。晚上，子路顾不得旅途辛苦，陪着众人守灵，也看唱师唱阴歌：人活在世上有什么好，说声死了就死了，亲戚朋友都不知道。亲戚朋友知道了，亡人已过奈何桥。奈何桥，七寸的宽来万丈的高，中间抹着花油胶。大风吹来摇摇地摆，小风吹来摆摆地摇。有福的亡人桥上过，无福的亡人打下桥。亡人过了奈何桥，从此阴间阳间路两条。社会主义这么的好，你为什么要死得这样早？

快天亮时，子路才回家睡下。一觉醒来，也不知道是什么时候了，却听得外面有说话的声音，尖着耳朵一听，一个是娘，另一个是菊娃，心就怦的重跳了一下，却听得菊娃说：这回怎么一个人回来了？娘说：那西夏说懒得动弹，也不知道真呀假呀。菊娃说：兴许，兴许是身上有了？娘说：子路没说。静了一会，菊娃又说：一觉睡到现在，可见昨天可真把他累坏了。也不年轻了，可不敢再这么辛苦。娘说：你去看看醒了没？也该起来吃点东西了。菊娃说：我呀？听到这儿，子路下意识地闭上眼睛装睡。不一会，感觉卧室的门轻悄悄地开了一条缝，有目光粘到自己脸上，还能听到菊娃的呼吸。子路睁开眼睛，果然菊娃倚在门框上望着他，见他睁眼，本能地要退却，还是硬生生停住了，那么笑了一下，道：把你吵醒啦？子路害羞似的用手抹了一把脸：你什么时候来的？现在啥时候了？菊娃说：天都快要黑啦，你赶紧起来吃点东西吧，睡了足一天。

饭是现成的，菊娃给盛了一碗饭递到子路手里，子路一时不知说什么好，埋头吃饭，夹一片肉吃了，又夹一片肉吃了。菊娃便拿石头的事情说给子路听：你儿子可神啦！跟着蔡老先生学针灸，进步神速，都可以独立给人治病啦。上回邻村来了个病人，腰疼得伸不直，蔡老先生偏又出去了不在，病人正失望，石头冷冰冰地说：我能治，你治不治？病人说：你娃儿是谁？你能治？石头说：我是他徒弟，信，你就治，不信，你就回。病人不甘心白走一趟，就让他扎针灸，真的就扎好了！而且，上次西夏跟你说没？石头还有特异功能，背梁死的时候，事情刚出了，信儿还没到村里，大伙都不知道，石头没头没脑跟娘说：我舅淹死了！果然就淹死了，那么个小水洼！蔡老先生有回跟我说你们家儿子不一般，说有时石头忽然就问：师父，咱这有啥药没？说：没了，咋？他说：要进这药，有用！果然立马就有病人来看病，就得这药！你说神不神？

说着家常，天就黑了。随着粗重的脚步渐近，一条大嗓门嚷道：教授，教授！子路！大门便被推开了，一大片月光跌进房来。高高大大的蔡老黑闯了进来，光脑袋，脖子上挂着大金链子，披着一件绸褂子，呼啦啦要飞起来的感觉。菊娃和子路却都忸怩起来，各有各的不自在。蔡老黑却大大咧咧的：怎么不搭理我呀，大教授？菊娃也在啊，西夏呢？子路本就不快，见他张嘴就问西夏，更不高兴了，伸向口袋掏烟的手又抽回来，也不说话。蔡老黑却一点不尴尬，主动给子路敬烟，口里都是感谢的话。原来，上次他领头冲击地板厂，还打伤了苏红，够得上判刑了，幸亏西夏给他找律师，又同各方沟通，说情、派出所、镇政府、地板厂一则怕把事情闹大，二则给西夏、子路几分人情，最后只给他弄了个治安处罚。所以他对西夏、子路感激不尽。一听说子路回来了，赶紧登门道谢。他看出子路不待见他，打着哈哈说要子路一定赏脸喝顿酒就告辞走了。他一走，子路口气硬硬地问菊娃：你还是跟他纠缠不清？菊娃脸通地红了，一股气升上来，硬硬地回道：你管我？甩门而去。

　　子路的心情全坏了，想出门找人喝酒去。晨堂却扭扭捏捏走了进来，子路赶忙散烟，晨堂喜笑颜开：贵纸烟么，我兄弟是大城市的教授么。眼睛却看着桌上没有收拾的碗碟，子路就问：你吃了吗？晨堂说：我不饿。子路说：不饿就是没吃么。想喊菊娃热菜来，记起菊娃已经被自己气走了，只好喊娘。娘就来热菜，子路起身拿了一瓶带回来的酒，心想正要找个酒伴呢，就在家喝吧。晨堂高兴得结巴起来：西西西凤酒哩，我兄弟真是是是！

　　喝着酒，晨堂就给子路说村里的事情。说蔡老黑又神气起来了，还是西夏给联系的法国人投资入股的葡萄酒厂真的就办起来了，蔡老黑的葡萄园就活过来了。自从那次被侮辱后，苏红却萎靡了，关键是人病了，很奇怪的病。别看她穿得花枝招展的，身上总有一股难闻的味道，一走拢来人就闻得到，起初她自己好像浑然不觉，慢慢感觉到别人躲着她，特别是王文龙也躲着她，后来连鹿茂也躲着她，鹿茂你记得吧，墙头草，原来跟蔡老黑混，蔡老黑葡萄园不行了，跟苏红，嘿嘿，还是苏红的那个，苏红使唤他就像使唤奴才，蔡老黑特别憎恨他，看见他就骂：什么烂货你也要，你丢你先人哩！那个脏货，脱了裤子躺在那，我

捡个瓦片把 × 盖上，看都不看。这个鹿茂，不仅没骨气，人也特别小气奸诈，一泡屎拉不到自家地里，怕拾粪人拾去，必定拿石头把屎砸溅了！这样一个人本来要傍着苏红赚钱，怎么都行的，居然也躲她了，就因为实在受不了那味儿！可对苏红打击就大了，那股劲一下全泄了，蔫了！

苏红是蔫了。早年的苏红虽然是村里的穷丫头，却长得美丽，每每走过街巷，旁边总有青皮后生喊：稀女子！回家来，衣服上要抖落一地的眼珠子！心就比天高，辍学了就进城打工去，一心要过扬眉吐气的日子。谁知道挣钱不容易，城里的男人见了她，一个个眼睛像狼一样，躲得过初一，躲不了十五，她还是堕落了，堕落了挣钱就容易了，慢慢她也想开了，男人找她的乐子，她也找男人的乐子，只要有钱。挣了一大笔钱了，王文龙拉她合伙办地板厂，她答应了。地板厂办得红火，钱挣了不少，更主要的是镇里的干部都尊重她，村里人更是把她当老板，挺胸昂头，风风火火，脚步生风。没想到蔡老黑这么坏她的名誉，还鼓动人当众这么侮辱她，更倒霉的是偏偏就得了这么个病，走不到人前去，私下里她不知哭了多少回，想不通自己怎么就这么命苦！她偷偷跑到省城去瞧病，却没有明显的效果。后来她听说红岩寺有个老和尚医术特别高明，能治各种疑难杂症，她就偷偷跑去了。看病的果然很多，排着队等候，老和尚鹤发童颜，气象高古，脸色平静如水，临到苏红了，隔着几案坐在了老和尚对面，老和尚示意她伸出手腕来，将两根指头轻轻搭在她的脉上，久久不语，仿佛时间都静止了。半日，老和尚方将一直似闭非闭的眼睛睁开来，精光四射的眼眸将苏红打量许久，从一叠纸张中抽出一张递给她，道：无需吃药，回吧。眼睛就又合上了，苏红也不敢多问，疑疑惑惑退出来，展开纸张来看，上面只有八个字：洁身自好，低调做人。

晨堂酒量其实不行，没喝几杯就口无遮拦了：蔡老黑呀，也不是个好东西！明明是兄弟你的面子救了他，可他口口声声只说西夏、西夏，兄弟你要离他远点儿，他明知菊娃是你媳妇，哦，前媳妇，前妻，他，他，就敢纠缠她，现在又西夏、西夏，兄弟，你要是还跟他好，他，他就捂着嘴用屁眼笑你哩。子路满脑子浮现那次亲眼看到蔡老黑和菊娃的场景，心痛得要撕了晨堂的嘴却不能，端起杯子干了：兄弟，别说他蔡老黑了，喝酒！

酒足饭饱，晨堂跟跟跄跄起身告辞，子路送出门来，看他哼着秦腔走了：嫂嫂不到严府去，十个周仁难活一，若把嫂嫂献上去，周仁不是人养的……子路只觉太阳穴突突地疼，便回屋继续睡觉。

次日，天气很好，子路要带着娘和石头去赶集，石头很高兴，子路便用轮椅推着他往镇街去，娘跟在后面。赶集的人很多，熙熙攘攘的。石头尽管是个冷性子，但难得爹带着他出门，很兴奋的样子，对什么都感兴趣。只见一个穿着不合身的破旧运动衣的中年男人，拿了一个大碗在一个油摊子跟前说要买一碗油，卖油的说哪有用碗来买油的，还是称了一斤油倒在那人的碗里，那人却嫌贵不买了，就把油倒回去了。也不管卖油的嘟囔，自顾拿着碗又去买辣子粉，辣子粉倒进碗了，又嫌贵不要了。旁边有个人就说：又来占小便宜了，拿着碗回去油有了，辣子也有了，还一分钱不花。娘摸着石头的头说：头发怎长的，今日正好把发理一下吧。石头说：我不！子路说：是该理了，去，寻个理发店去。石头很给爹面子，噘着嘴不作声了。娘就领着去了一家发屋，没有招牌，一张硬纸板上歪歪扭扭写着两个字：理发。理发的是个五十多岁的男人，一条腿有残疾，拖着走，正给一个络腮胡子刮脸，络腮胡子脸皮松，理发师手一摁，整张脸都挪位了。石头看得张大了嘴。理了发，三个人又到肉铺去买肉，一个卸了的猪头摆在肉案上，猪脸苦愁着，嘴里叼着自己的尾巴。一个买肉的妇女对屠户说：黑眼，你可不要卖死猪肉给我！屠户脸色平静：那你别处买去，我只卖死猪肉，活猪肉我可不忍心卖！这头猪吧，今天早上凌晨四点就死了，我白刀子进去，红刀子出来，送它上了西天！周围人哄地就笑了，子路也觉得屠户有趣，便指点

193

着割了一刀肉。走走看看，又路过一个小店面，门口支着一块木板，上书两个红漆大字：正骨。有几个人围着一个老头看，原来老头是给人接骨头的，此刻还没有患者，正在表演绝活，把一堆稻糠和碎瓷片搅拌了装进布口袋里，双手在口袋里捏弄，然后捧出一个拼好的瓷瓶来，围观者就鼓掌叫好。准备回去了，石头说：爹，我要尿！子路便带他到一个老式的公厕，进去了，是一个个蹲坑的，入门的坑位蹲着一个人，对着子路笑得满脸皱纹，子路一惊：谁呀，认识我吗？我怎么一点印象都没有。正想着怎么回应，那人却发出使劲的声音，子路反应过来他不是朝自己笑，是用劲努屎哩。

一家人运气挺好，快到家时，几阵疾风一刮，晴朗的天空陡然乌云密布，子路干脆背起石头，娘推着轮椅，连奔带跑，刚好赶到家门口，鸡蛋大的雨点就砸下来了，砸得地面冒烟雾，天昏地暗，电闪雷鸣，先是黑雨，再是白雨，不大一会，地面就积水成河了。隔壁五福家的院墙就塌了一段，砸到了五福家的母猪，母猪本已怀孕，就流产了。五福的媳妇急得哭哭啼啼。然后开始骂，先骂老天不该下雨，再骂围墙不该塌，最后归结到五福不该不预先补墙。然后是两口子扭打的声音，五福媳妇号哭的声音，听得子路又好笑又难过。

娘希望子路除了拜望各个本家长辈外，带上礼去感谢感谢村支书顺善，子路爹上次过三周年是顺善主持操办，平时对娘也嘘寒问暖，子路满口答应，说晚上去，因为毕竟不是近亲，提着东西去支书家，怕人说是非。天黑人静，子路提了两瓶酒出门，走到五福家倒塌的院墙外，听到前面刘高兴擂着五福的院门喊五福，半天没回声，刘高兴却不放弃还在喊，五福媳妇的声音说：五，五福不不不在哟哟哟。声音发颤，子路正惊讶五福媳妇的声音奇怪，听得刘高兴骂道：狗日的五福，恁早的就办事了！

顺善总是老成持重的样子，看到子路拿着礼上门，很是高兴，当即拿一瓶酒开了要留子路喝酒，说：我正打算找你去，你却先来了，你们文化人就是重礼。我找你还不只是我找你，还是受领导的委托呢！镇里吴书记，就是吴镇长，今年升书记了，总是说起你，说你关心家乡发展，为家乡的招商引资，经济发展做出了重要贡献，应该好好感谢你，更要请你继续关心家乡发展。子路听得面红耳赤，心里明白，主要是指葡萄酒厂的事，都是西夏努力做的，自己当时甚至是反对的。顺善果然就说到了葡萄酒厂，然后又说到了葡萄园。子路奇怪的是顺善提起蔡老黑都是赞美之词，仿佛说的不是去年那个蔡老黑，情不自禁咕噜了一句：蔡老黑，变化蛮大？顺善一脸善解人意的笑：变化蛮大。用你们文化人的话说，叫什么屁股决定脑袋嘛！原来他是反对派嘛！最后顺善说到时吴书记请子路吃饭，子路千万不要推辞，哪怕只是给他顺善一个面子。子路心里再不情愿也说不出口了，只得点头不已。

次日，顺善便来邀请子路，说吴书记和高镇长已在餐馆恭候，子路随顺善前往，到了门口忽然记起就是去年同西夏还有蔡老黑被吴镇长请吃的馆子，正在感慨，几个人涌出门来招呼，领头的正是吴书记，出乎子路意料的是，蔡老黑和王文龙也在那里，于是一番握手寒暄。吴书记说：我一听说教授回来了，马上要顺善支书帮我征求你的意见，什么时候方便见个面请教请教。不容易啊，你忙，我们这些搞基层工作的也忙，忙得都顾不上尿净，裤裆里都是湿的。但我跟顺善支书讲，再忙也要跟你教授见面请教。一面又向子路介绍了唯一面生的人，就是高镇长。高镇长看上去比吴书记年纪大，话也不多。倒是蔡老黑忙前忙后，很是殷勤，吴书记笑道，今天我们也是借花献佛，蔡老板做东。子路一看到蔡老黑与王文龙心里就不自在。他从娘那里得知，菊娃现在跟王文龙确定了关系，已经考虑结婚了，跟蔡老黑则断了关系，菊娃觉得两人各有所长，但王文龙丧偶单身，蔡老黑则离不了婚，自然只好选王文龙。去年吃饭，吴镇长和县里的黄秘书领着大伙说了一通黄段子，似乎漫无目的，最后看了派出所驱逐江老板，才明白是警告蔡老黑的鸿门宴，可谓卒章显志。今天是吴书记一人主唱，大意是地板厂和葡萄园是镇里优秀的民营企业，王文龙和蔡老黑是优秀的民营企业家，大家要精诚合作，把我镇的经济搞上去，于是大家干杯，蔡老黑说：王老板是斯文人，是真正的企业家，我是土包子，完全靠领导和教授关照。子路看见他拍打王文龙肩背时趁机把擤过鼻涕的手在王文龙的衣服上擦了。吴书记又说：来，我们一起敬教授一杯，教授是家乡走出去的优秀人才，是我镇的一张名片，据我所知，子路不仅是省城的知名教授，还经常发表有影响的文章，我们要拜托教授多写文章宣传自己的家乡，比如我们的实木地板，我们的葡萄酒，葡萄园。把它们的名气在全省打响，甚至全国。然后大家一哇声叫好，所有的酒杯都往子路的酒杯上碰，子路在头昏脑涨中隐然有一股豪情与快意升起。